JAZMÍN™

AF274860

TERESA CARPENTER
NO SOLO
PROMESAS

HARLEQUIN™

Editado por Harlequin Ibérica.
Una división de HarperCollins Ibérica, S.A.
Avenida de Burgos, 8B - Planta 18
28036 Madrid
www.harlequiniberica.com

© 2025 Harlequin Ibérica, una división de HarperCollins Ibérica, S.A.
N.º 591 - 10.11.25

© 2004 Teresa Carpenter
No solo promesas
Título original: Daddy's Little Memento

© 2004 Lucy Gordon
Ganar una esposa
Título original: Rinaldo's Inherited Bride

© 2004 Barbara Hannay
Princesa a la fuga
Título original: Princess in the Outback
Publicadas originalmente por Harlequin Enterprises, Ltd.
Estos títulos fueron publicados originalmente en español en 2004

I.S.B.N.: 979-13-7000-860-4
Depósito M-18023-2025
Impreso en España por Liber Digital
Fecha impresión Argentina: 9.5.26
Distribuidor exclusivo para España: LOGISTA
Distribuidores para Argentina: Interior, DGP, S.A. Pienovi 211 - Avellaneda
Cap. Fed./Buenos Aires y Gran Buenos Aires, VACCARO HNOS.

Querida Samantha:

Si estás leyendo esta carta es porque yo ya no estoy.

Y ahora sólo quedáis Gabe y tú. Espero que os consoléis el uno al otro como me habéis consolado a mí cuando más os necesitaba.

¡Cómo he envidiado siempre tu carácter y tu determinación...! Yo he sido débil, siempre fui débil. Y sí, he cometido muchos errores.

Tenías razón. Debería haber hablado con el padre de Gabe. Pero él no ha podido echar de menos a un niño al que no conocía y yo necesitaba tanto a Gabe...

Es lo único que he hecho bien en mi vida. Es mi alma y mi corazón. No podía abandonarlo.

Pero voy a decirte la verdad: el padre de Gabe es Alexander Sullivan, de Paradise Pines, California.

No tengo más pruebas que la seguridad de una madre. Él tomó precauciones, pero... está claro que Gabe quería venir al mundo. Y siempre le estaré agradecida por haberme dado a mi hijo.

Descansaré tranquila sabiendo que tú siempre estarás ahí para Gabe.

Con todo mi cariño,

Sarah

CAPÍTULO 1

LEX Sullivan era un hombre al que no le gustaban las sorpresas.

Él creía en las reglas. Siendo el mayor de seis chicos, había aprendido muy pronto que las reglas crean control en medio del caos. Y siendo el director del instituto de Paradise Pines, sabía que el control marcaba la diferencia entre el orden y la anarquía.

De modo que cuando abrió la puerta de su casa un domingo por la mañana y se encontró a la nueva enfermera del instituto, Samantha Dell, con un niño en brazos, supo que había un problema.

–Buenos días, Alex.

–Hola, Samantha –la saludó él, intentando disimular el escalofrío de deseo que sentía cada vez que miraba aquellos brillantes ojos verdes.

Alex tenía por norma no salir jamás con una colega. Aunque, en realidad, Samantha no era una colega. Ni siquiera trabajaba para él. Pero como enfermera del distrito, iba al instituto dos veces por semana, de modo que era intocable.

Y si eso no fuera suficiente, lo sería el niño de mejillas regordetas que tenía en los brazos.

Alex estudió al niño de pelo oscuro y ojos azules, preguntándose qué habría llevado allí a aquella pareja un frío domingo por la mañana.

–Tengo que hablar contigo –dijo Samantha entonces, sin poder disimular cierto nerviosismo–. ¿Puedo pasar?

–Sí, claro.

Alex, aún sudoroso después de su carrera matinal, miró su camiseta y sus pantalones cortos. No iba vestido precisamente para recibir a nadie. El domingo era el único día que se permitía ciertos excesos: se levantaba una hora más tarde, tomaba dos tazas de café mientras leía el periódico y corría una hora más de lo habitual. Los domingos cenaba en casa de su abuela y entre el periódico y la cena se ocupaba un poco de todo y de nada, según le apeteciera.

Alguna vez se sentía solo, pero en general agradecía la paz y tranquilidad de su ordenada vida.

Y la expresión de Samantha le advertía que esa paz estaba a punto de ser destruida.

–Entra –murmuró, dando un paso atrás. La había visto alguna vez con el niño, que no podía tener más de un año, pero siempre de lejos–. ¿Es tu hijo?

En la entrada, Samantha se volvió para mirarlo.

–No, es tuyo.

Alex la miró, incrédulo. Tenía que haber oído mal. O era una broma, claro.

–¿Cómo has dicho?

–Que es tuyo. Tú eres su padre –dijo Samantha.

–Eso no es posible –replicó él, nervioso–. Tú y yo nos conocimos hace cuatro meses...

–Yo no soy su madre, pero tú sí eres su padre –suspiró ella entonces, con los ojos llenos de compasión–. Sé que esto es una sorpresa para ti...

–¿Sorpresa? Un susto de muerte querrás decir.

Samantha estaba muy seria. De modo que aquello no era una broma...

Alex levantó los hombros y se irguió como dispuesto a la lucha. Tenía la impresión de que su vida estaba siendo amenazada...

Pero cuando Samantha reaccionó a su agresiva actitud dando un paso atrás, Alex dejó escapar un suspiro.

–Perdona. Será mejor que vayamos al salón –murmuró, haciéndole un gesto con la mano.

Ella se dejó caer sobre un sofá de cuero negro y acarició cariñosamente el pelo del niño, que se había metido el puñito en la boca.

Alex se sentó en el sillón más alejado del sofá.

Hacía solamente cuatro meses que se conocían, pero Samantha Dell siempre le había parecido una mujer bastante inteligente y sensata. Y un poco distante. Seguramente porque, como a él, no le gustaba mezclar el trabajo con el placer.

Pero mirando al niño de camiseta roja, diminuto peto vaquero y aún más diminutas zapatillas de deporte, empezó a preguntarse...

Cuando miraba aquellos ojitos azules sólo veía una carga, una responsabilidad.

Siendo el mayor de una familia de seis hermanos, Alex había tenido que ayudar a su madre con los cinco pequeños siendo él mismo un crío. Tenía catorce años cuando sus padres murieron en un terremoto en Sudamérica y, de repente, se vio solo con un montón de niños. Sus padres, supuestamente, debían haber ido a comprar joyas para la empresa familiar, la joyería Sullivan's, pero en cambio estaban en una excavación arqueológica. Habían pagado un alto precio por «jugar» cuando deberían estar trabajando, pensaba Alex. Pero los que más sufrieron fueron él y sus hermanos.

Y, tantos años después, la muerte de sus padres seguía produciéndole una mezcla de pena y resentimiento.

Menos mal que tenían a su abuela, que los acogió en su casa y trabajó como una loca para sacar a la familia adelante.

Él quería a sus hermanos. Y le gustaban los críos, por eso era director de un instituto, pero la idea de volver a casa y encontrársela llena de niños... No, eso no era lo suyo.

Aunque ni por un segundo creía que aquel crío fuera hijo suyo.

—¿Quién es ese niño, Samantha?

—Se llama Gabe y tiene once meses —contestó mirándolo a los ojos—. Es mi sobrino. Y tu hijo.

Alex se levantó, pasándose una mano por el pelo.

—Yo no tengo hijos. Por elección.

—Puede que no quisieras, pero así es. Según la carta de mi hermana, os conocisteis durante unas vacaciones en el Caribe el verano pasado.

Samantha mencionó entonces el nombre del hotel en la isla de St. Thomas donde él había pasado las vacaciones y un escalofrío premonitorio recorrió su espalda.

Muy bien, sabía el nombre del hotel, pero eso no significaba que el niño fuera suyo, se dijo.

—¿Cómo se llama tu hermana? ¿Por qué no me lo ha contado ella misma?

—Se llamaba Sarah Travis. Éramos hermanastras. Y murió en un accidente de tráfico hace seis meses.

Sarah.

Alex recordó entonces a la chica de ojos verdes, melenita rizada... y recordó la habitación del hotel aquellas noches de luna llena.

Ella había sido lo que necesitaba en el peor momento de su vida.

—Me acuerdo de tu hermana. Y siento mucho que haya muerto, pero te equivocas sobre el niño. No es mi hijo.

—*Atito, atito...* —murmuró Gabe entonces, señalando una figurita de mármol.

—Un pajarito —sonrió Samantha, besando el dedo del niño. Gabe se reía mientras ella le hacía cosquillas en la barriguita... Estaba claro el cariño que sentía por él.

—Mi hermana era un espíritu libre, pero no mentía nunca. De hecho, se negó a revelar la identidad del padre de Gabe hasta que murió. Me enteré por una carta.

—Mira, no quiero faltarle al respeto a tu hermana, pero... —empezó a decir Alex, paseando por el salón—. Sólo estuvimos juntos dos noches y... yo usé protección. Siempre uso protección.

Samantha levantó una ceja.

—Eres director de un instituto, Alex. Y sabes tan bien como yo que los métodos anticonceptivos fallan. Los condones se pueden romper... Y lo siento, pero eres el padre de Gabe.

Él se frotó la sien derecha, confuso. No podía creer lo que estaba oyendo.

–Llevas cuatro meses en el instituto. ¿Por qué no me lo has dicho antes? De hecho, ¿por qué no me lo dijo tu hermana cuando se enteró de que estaba embarazada?

Avergonzada, Samantha agachó la cabeza y empezó a arreglar la ropita del niño. Pero Gabe soportó el arreglo durante unos veinte segundos antes de empezar a dar patadas. En la lucha, enganchó la manita en el escote del jersey de Samantha y tiró hacia abajo...

Alex tuvo que contener al aliento al ver el sujetador de encaje blanco y la piel, más blanca, debajo. Afortunada o desafortunadamente, Samantha se tapó enseguida.

Intentaba calmar la pataleta de Gabe, pero el niño quería que lo dejase en el suelo.

Por un momento, los ojos de Alex conectaron con los ojitos azules del niño. ¿Azul Sullivan? Su determinación, desde luego, era la de su familia.

–Déjalo en el suelo –sugirió.

Samantha miró la mesa de cristal, las estanterías llenas de libros y el mueble metálico del estéreo.

–No creo que sea buena idea.

–¿Sabe andar?

–Aún no, pero cada día está más valiente.

–Déjalo en el suelo. No creo que se haga daño.

Samantha dejó al niño sobre la alfombra y le dio una pelota de goma para jugar.

–Debes saber que mi familia es muy pequeña –dijo entonces–. Mi padre murió cuando yo tenía cuatro años, mi madre cuando tenía diecinueve. El padre de Sarah nos dejó cuando ella nació... En fin, a mi madre no le gustaba estar sola, así que hubo varios hombres en su vida, pero no se quedaron mucho tiempo. Sarah tenía doce años cuando nuestra madre murió, dejándola a mi cargo. Yo hice lo que estaba en mi mano, pero entre la facultad y el trabajo, no pude cuidar de ella como hubiese querido... Cuando te conoció, Sarah necesitaba que la necesitasen. Y decidió que un niño llenaría ese espacio vacío en su vida.

Alex no sabía cómo responder a tan reveladora confesión porque, a pesar de las tristes circunstancias de la vida de Sarah, seguía sin entender la razón por la que no le había dicho que iba a tener un hijo suyo.

–Eso no explica...

–Lo sé. Y lo siento, pero mi hermana no pensaba decírtelo. Yo creo que fue a esa isla con la intención de quedarse embarazada... –Samantha se interrumpió un momento para aclararse la garganta–. Pero no quería hacerte responsable.

La sorpresa dejó a Alex helado. Helado y furioso. «Otra vez no», pensó. «Otra vez no».

Sentía como si le hubieran robado una parte esencial de sí mismo.

Como no decía nada, Samantha contestó a la segunda parte de la pregunta.

—Quizá debería habértelo contado antes, pero tardé algún tiempo en instalarme en Paradise Pines. Además, antes de decírtelo quería conocerte un poco.

—¿Estás diciendo que debía pasar una especie de prueba? —exclamó él, furioso.

Samantha se encogió de hombros.

—Cuando supe que mi hermana estaba embarazada, le dije que debía informar al padre del niño, pero ella se resistió hasta el final. Pero cuando murió y tuve que hacerme cargo de Gabe, decidí que era mi obligación contártelo. Ahora Gabe es mi responsabilidad y su bienestar mi única preocupación.

—¿Qué quieres decir? —preguntó Alex, intentando calmarse. No podía enfadarse con ella por no haberle dicho que era el padre de Gabe cuando, para empezar, él seguía negándose a creer que era hijo suyo.

—Creo que no tener padre es mejor que tener un padre abusivo.

Él dejó escapar un suspiro.

—Estoy de acuerdo contigo. Lo que me molesta es que hayas tardado cuatro meses en decidir que yo no sería un padre abusivo.

–No tardé cuatro meses en darme cuenta de eso... ¡Gabe, no!

El niño se había metido bajo la mesita de café y estaba dándole golpes al cristal.

–No pasa nada.

–Sí, ya, bueno... Tengo que irme. Gabe está muy inquieto.

Alex la miró, incrédulo, mientras tomaba al niño en brazos y se dirigía a la puerta.

–Espera. ¿Para qué has venido? ¿Qué es lo que quieres?

–He venido a decirte que Gabe es tu hijo y que espero que quieras ser parte de su vida. Lo que pase a partir de ahora es cosa tuya –suspiró Samantha–. Adiós.

Él se quedó mirándola desde el porche, sin saber qué hacer.

El niño tuvo la última palabra. Lo miró por encima del hombro de su tía con aquellos solemnes ojos azules tan parecidos a los suyos y dijo:

–*Adió*.

–Bueno, no ha ido tan mal como esperaba –suspiró Samantha, apretando al niño contra su corazón–. Ya me imaginaba que se quedaría de piedra. Pero no ha negado conocer a tu madre y no nos ha echado a patadas de su casa. Ya es algo.

–Mama –murmuró Gabe, dándole un golpecito en la cara.

Mamá. A Samantha se le encogía el corazón cada vez que el niño la llamaba así. Se sentía como una traidora, como si le estuviera robando el sitio a su hermana.

Hacía todo lo posible para que Gabe recordase a Sarah, pero era demasiado pequeño como para explicarle que ella no era su mamá.

–Debería haberle hablado antes de ti, pero teníamos que pasar algún tiempo juntos, ¿verdad, cariño? –murmuró, mientras sacaba las llaves del coche–. Venga, adentro –dijo, abriendo la puerta del Taurus y colocando a Gabe en su sillita.

Después de ponerle el cinturón de seguridad y darle su jirafa de peluche, Samantha se colocó tras el volante.

–Le daremos algún tiempo, a ver qué pasa. Alex Sullivan es un hombre decente. Sé que le importa mucho su familia y es muy cariñoso con los niños del instituto, así que... además, ¿quién podría resistirse a esos ojos azules? –Gabe soltó una risita cuando Samantha le dio un pellizco en la nariz–. Hemos hecho lo que teníamos que hacer. El resto depende de él. Criar a tu madre me costó muchísimo y no me enorgullece decir que necesité ayuda.

–Mama.

Samantha suspiró.

—Espero que Alex entre en razón. Yo no me acuerdo muy bien, pero creo que tener un papá es lo mejor del mundo.

La gran pena de Samantha era no recordar mejor a su padre. Se acordaba de sus besos, de la sensación de seguridad, de cariño... Era lógico que su madre lo hubiera echado tanto de menos.

—Samantha.

Sorprendida, se volvió y vio a Alex al lado del coche. Parecía más grande que nunca, con sus anchos hombros recortados contra el cielo gris de la mañana. Sus facciones estaban en sombra, escondiendo su expresión, pero parecía despeinado, como si se hubiera pasado la mano por el pelo varias veces.

¿La habría oído hablar con Gabe?

—Quiero que nos hagamos una prueba de ADN.

—Muy bien.

—Iré a buscaros mañana para ir al hospital —afirmó él.

A Samantha no le hizo gracia el tono autoritario, pero no protestó. Que pidiese una prueba de ADN demostraba que estaba dispuesto a aceptar su responsabilidad si se comprobaba que era el padre del niño.

También podría ser una forma de quitarse un peso de encima, pero prefería ser positiva.

En realidad, era más de lo que había esperado. Además, Gabe y ella no tenían nada que perder.

–¿A qué hora?

–A las diez. ¿Me das tu dirección?

Samantha miró a Alex, que estaba en una esquina con los brazos cruzados, intentando aparentar una tranquilidad que no sentía. Su palidez y los golpecitos que daba en el suelo con el pie lo traicionaban.

De tal palo, tal astilla. Gabe parecía incapaz de estarse quieto mientras esperaban al médico.

–¿Te encuentras bien, Alex? –le preguntó.

Él levantó una ceja.

–Claro que estoy bien.

–No tenemos que hacerlo si no quieres. Puedes aceptar mi palabra de que Gabe es tu hijo...

–No, es mejor asegurarse.

–Mama –murmuró Gabe, intentando que lo dejara en el suelo.

–No, tienes que quedarte aquí. El médico llegará enseguida. ¿Verdad? –preguntó Samantha, insegura.

–Claro. Llegará enseguida.

Había dicho lo mismo veinte minutos antes. Si hubiera permitido que le hicieran la prueba en cualquier hospital... Pero no, tenía que esperar a su amigo el médico. No confiaba en nadie más.

Muy bien. Como el futuro de Gabe estaba en sus manos, Samantha aceptó sus condiciones.

Pero estaba impaciente. Aun comprendiendo su deseo de saber, era difícil mantener la calma con Gabe llorando y protestando para que lo dejara en el suelo.

–Mira el barquito, cariño –le dijo, señalando la foto de un barco en la pared–. ¿Ves el barco? Es muy bonito.

Gabe se quedó quieto.

–*Baco*.

–Eso, un barco –sonrió Samantha–. Ya has aprendido una palabra nueva –añadió, dándole un beso–. Buen chico. Dentro de nada, podremos ir a la playa como te he prometido y te enseñaré los barcos de verdad.

–Yo tengo un barco –las palabras habían llegado de la esquina donde estaba Alex.

Ella lo miró, sorprendida. ¿Lo decía por decir o era una invitación?

–«Barco» es una palabra nueva para él.

–Ah.

La puerta de la consulta se abrió entonces y apareció el médico, un hombre alto de pelo blanco. Alex presentó a su amigo como el doctor Douglas Wilcox, que se disculpó por haberlos hecho esperar.

Samantha sujetó a Gabe sobre la camilla, pero el niño se negaba a abrir la boca para que tomaran una prueba de saliva. Afortunadamente, el doctor Wilcox conocía su oficio y le tapó una peca del brazo con una tirita de Superman.

Mientras el niño inspeccionaba la tirita, el doctor Wilcox consiguió su muestra y le pidió a Alex que tomara asiento.

—No tengo que preguntar si estás nervioso. Un cadáver tendría más color que tú.

—Ja, ja. Pensé que esto se hacía con un análisis de sangre —murmuró él, fulminando a su amigo con la mirada. Doug sabía cuánto odiaba ir al médico.

Alex suponía que era por la cantidad de veces que tuvo que llevar a sus hermanos. Y el posible resultado de la prueba de ADN tampoco ayudaba a calmar sus nervios.

—¿No te lo había dicho? Las pruebas de ADN se hacen con una muestra de saliva, de tejido corporal... incluso con un pelo. No hacen falta agujas —sonrió Doug, guiñándole un ojo a Samantha. Un gesto completamente innecesario, en opinión de Alex.

—Bueno, vamos a terminar con esto de una vez.

—Di «aaaaahhh».

—¿Qué?

–Que abras la boca, hombre.

Alex obedeció, mirando a Samantha de reojo. Después de conseguir la muestra de saliva, el doctor Wilcox la metió en dos tubos de plástico. Dos. Porque Samantha iba a hacer las pruebas en otro hospital. De ese modo no habría duda sobre el resultado.

Cuando por fin terminaron, Alex dio las gracias al cielo. Pero Samantha le puso al niño en brazos.

–Cuídalo un momento, por favor. Tengo que ir al lavabo.

–Espera... –su protesta no sirvió de nada porque ella ya había desaparecido. Alex sujetó a Gabe por la cintura, con las piernecitas colgando–. ¿No podía llevárselo?

Doug soltó una risita.

–Cuando uno tiene que ir al lavabo, lo mejor es llevar el menor equipaje posible.

–Hoy te hace gracia todo, ¿eh?

–No, hombre, todo no –sonrió su amigo–. Un niño muy guapo, ¿verdad? Se parece a ti.

–Oye...

–Tiene tus mismos ojos. Y también la misma barbilla.

Alex miró a Gabe de arriba abajo. Al niño parecía gustarle el juego y movía las piernecitas, riendo. Entonces alargó la mano y le tiró del pelo.

–Mama.

–Yo no veo el parecido... tiene los ojos azules, ¿y qué? Casi todos los niños pequeños tienen los ojos azules.

–A esa edad, ya no –replicó Doug.

–Pero es muy normal. Como el color del pelo –insistió Alex.

–Tiene la nariz de su madre.

–Samantha es su tía, no su madre.

–Lo sé, me lo habías dicho. Pero tiene su misma nariz, o sea que debe de ser la misma nariz de su madre. La genética es así.

–No me estás ayudando nada –suspiró Alex. Aunque debía admitir que la naricilla de Gabe le recordaba a la de Samantha.

–Samantha es una chica muy guapa –dijo Doug entonces. Con demasiado interés, en opinión de Alex.

–Ni lo sueñes.

Aparentando inocencia, Doug se cruzó de brazos.

–¿Por qué? ¿Porque tú la viste antes?

–Sí.

Aunque no pensaba hacer nada, claro. La situación ya era suficientemente complicada como para añadir otro factor a la ecuación.

Alex se sentó al niño sobre una pierna. Ahora, en lugar de dar patadas, Gabe empezó a dar saltitos.

–Un niño muy fuerte.

–Parece feliz. Y sano –sonrió Doug, acariciando su pelo. Gabe volvió la cabeza y, al ver al médico, puso cara de horror.

–¡Malo!

Alex y Doug soltaron una carcajada.

–No le gustas. Y es lógico. Es el hombre de las agujas, ¿eh? –sonrió Alex, acariciando la cabeza del pequeño.

Entendía bien la reacción del niño. Pero cuando Gabe apoyó la cabeza en su pecho, sintió que se le encogía el estómago. Mejor el estómago que el corazón, se dijo.

No quería tener nada en común con aquel niño. Ni el pelo castaño, ni los ojos azules, ni el miedo a los médicos.

La idea de hacerse una prueba de ADN era precisamente para probar que no era su hijo. Entonces no tendría nada más que ver con él. Ni con su guapa tía Samantha.

Su vida volvería a ser ordenada, como a él le gustaba.

Y esperaba no recibir más sorpresas.

Paz. Eso era lo que quería.

¿O no?

LOS ZUECOS de Samantha apenas hacían ruido sobre el suelo del solitario pasillo del instituto. Alex había enviado una nota pidiendo verla en su despacho después de las horas de clase.

No como director del instituto, seguro, sino como posible padre de Gabe.

Samantha sentía mariposas en el estómago. En las dos semanas desde que le dijo que era el padre del niño apenas habían intercambiado un par de frases. Esperar el resultado de la prueba de ADN hacía que los dos estuvieran tensos.

Quizá debería haberle hablado antes de Gabe...

En su defensa debía decir que ser madre soltera no era fácil. Quien dijera que lo era, mentía. No lo fue cuando tuvo que cuidar de Sarah y aquella vez no era diferente. Aunque era mucho mayor, treinta y un años en lugar de diecinueve.

Y aquella vez esperaba no tener que hacerlo sola.

Antes de llamar a la puerta del despacho, Samantha se llevó una mano al corazón.

–Pasa –oyó la voz de Alex. Una voz ronca, muy masculina. Una voz que alteraba sus hormonas.

Samantha abrió la puerta y la cerró sin mirarlo, porque cada vez que sus ojos se encontraban sentía un escalofrío.

Él estaba detrás de un enorme escritorio de caoba, su cabeza oscura inclinada sobre un montón de papeles. George Washington los miraba desde su retrato en la pared. La bandera americana estaba, como era habitual, colocada en una esquina.

Alex tenía remangada la camisa y se había aflojado la corbata. Sus hombros casi tapaban el respaldo del sillón y sus antebrazos, cubiertos de vello oscuro, rozaban los documentos que estaba estudiando.

Incluso así la dejaba sin aliento.

Y por eso, que no la mirase siquiera empezaba a sacarla de quicio. Al fin y al cabo, había sido él quien la había llamado.

–Alex –dijo Samantha, sentándose en una silla frente al escritorio–. ¿Querías verme?

–Ah, sí. Perdona, es que quiero terminar esto... –murmuró él, firmando un papel antes de levantar la mirada.

Y, de inmediato, el corazón de Samantha se aceleró. Sabía que también él sentía cierta atracción porque cada vez que la miraba el deseo brillaba en sus ojos azules.

Desgraciadamente, saberlo no cambiaba nada porque ellos no podían mantener una relación. Sería una locura.

Qué mala suerte.

Alex se pasó una mano por el pelo. El cansancio que había en aquel gesto la sorprendió. Normalmente era un hombre muy activo, lleno de vida.

Viéndolo así le daban ganas de consolarlo. Pero en lugar de hacerlo, juntó ambas manos sobre el regazo. Mejor guardarse el deseo de consolarlo para sí misma.

–¿Un día difícil?

Él se encogió de hombros.

–Como siempre –suspiró, tirando el bolígrafo sobre la mesa–. ¿Sabes que la gente ha empezado a murmurar sobre Gabe? Hoy me han llamado de la Asociación de Padres.

–Ah. ¿Y crees que eso es malo para ti?

Esperaba que dijese que no. Pero aunque San Diego estaba a sólo veinte kilómetros, Paradise Pines era un pueblo pequeño, con los valores y los cotilleos de un pueblo pequeño.

Como director del instituto y la mayor influencia en la vida de los niños de Paradise Pines, la noticia de que tenía un hijo ilegítimo seguramente turbaba a los vecinos.

Pero, por primera vez desde que entró en su despacho, Alex sonrió.

–Paradise Pines no es tan provinciano. Al menos, eso espero –dijo, levantándose–. Pero lo sabremos pronto. Por eso te he llamado, para decirte que ya he recibido el resultado de la prueba.

–¿De verdad? –el corazón de Samantha latía a mil por hora–. En mi laboratorio me han dicho que tardarían de cuatro a seis semanas.

Su hermana estaba convencida de que Alex era el padre de Gabe, pero... ¿y si estaba equivocada? Eso sólo podría confirmarlo el resultado de la prueba de ADN.

–¿Y?

–Gabe es mi hijo.

Samantha contuvo un gemido de emoción. Por fin. Ahora todo estaba claro. Intentó entonces descifrar la reacción de Alex, pero su expresión era tan hermética que le resultó imposible.

Él se apoyó en el escritorio, de brazos cruzados.

–Voy a solicitar la custodia de Gabe, Samantha. He contratado a un abogado.

Ella lo miró, sin entender. O sin querer hacerlo. Alex no podía arrebatarle al niño.

–No puedes hacer eso –protestó–. No puedes quedártelo –añadió entonces, agarrándose a los brazos de la silla–. ¡Gabe es mío!

–Estás disgustada –dijo Alex entonces, intentando tomar su mano. Pero Samantha la apartó.

–Claro que estoy disgustada. ¿Crees que me hace feliz que quieras robarme al niño?

Él levantó una ceja.

–¿No quieres lo mejor para él?

–Claro que sí –contestó Samantha, conteniéndose para no darle una bofetada–. Y no creo que apartarlo de la única familia que conoce sea lo mejor para él.

–No voy a arrebatártelo –suspiró Alex.

–¿Ah, no? Acabas de decir que vas a pedir la custodia. ¿Cómo llamas a eso?

–Gabe es mi hijo, mi responsabilidad.

–Te felicito por tu sentido del deber –replicó Samantha, sarcástica–. Pero hace falta algo más que sentido del deber para criar a un niño. Hacen falta paciencia, amor, comprensión...

–Sé perfectamente lo que hace falta para criar a un niño.

–Es mucho más que darle una educación –insistió ella, con el corazón partido–. ¿Por qué no me habías advertido de lo que pensabas hacer?

–Porque aún no tenía el resultado de la prueba. Mi abogado hará la solicitud hoy mismo...

–Pero sabías lo que ibas a hacer. Lo tenías todo planeado –lo acusó ella, recordando lo contenta que se había puesto cuando Alex sugirió hacerse la prueba de ADN.

¡Qué tonta había sido...! Pero, claro, ¿cómo iba a suponer que después intentaría arrebatarle al niño?

Y ella no podía pedir la custodia de Gabe. Cuando su hermana murió, se quedó con el niño porque no había nadie más. Nadie cuestionó la custodia y a Samantha no se le ocurrió solucionar el asunto de forma legal.

Y ahora podía ser demasiado tarde.

–Tienes razón –dijo Alex, mirándola a los ojos–. Debería haberte hablado antes de mis intenciones. Como tú deberías haberme dicho antes que Gabe era hijo mío.

Oh, no, no iba a hacer que se sintiera culpable.

Había dado un giro de trescientos sesenta grados a su vida para ir a Paradise Pines...

Quizá Alex tuviera razón. Quizá esperar cuatro meses no hubiera sido lo más sensato, pero tenía que saber que Alex Sullivan era una buena persona, que no sería un error decirle que Gabe era su hijo.

Aquello no debería estar pasando, pensó Samantha. Jamás se le ocurrió pensar que él pediría la custodia del niño. Según su experiencia, los hombres no se quedaban para criar a sus hijos. Y menos a los hijos de otros.

Samantha había aprendido esa lección de la forma más dura cuando su prometido la dejó para no tener que ayudarla a cuidar de Sarah.

Esperaba que Alex se interesara por Gabe, pero en el fondo de su corazón deseaba que no quisiera la responsabilidad de ser su padre.

–Cuando te lo conté ni siquiera me creíste. No tienes derecho a culparme por intentar proteger a Gabe. Dejé mi trabajo... un trabajo en el que llevaba cinco años, dejé mi casa, lo dejé todo para venir aquí. Para que Gabe conociera a su padre. No me digas que no he hecho lo que tenía que hacer porque...

Alex levantó una mano.

–Espera, espera. Cálmate.

–No te pongas condescendiente –replicó Samantha, furiosa–. No dejaré que me lo quites.

–Ya está decidido. Mi abogado va a solicitar la custodia de inmediato.

Samantha apretó los dientes.

–Mi hermana dejó claro que Gabe debía criarse con su familia.

–Los deseos de tu hermana no me conciernen. No tenía derecho a usarme como semental y luego ocultarme que tenía un hijo. Y creo que el juez estará de acuerdo.

–Ah, entonces lo haces por eso, ¿no? Para vengarte de mi hermana.

–Samantha...

–¡Y te da completamente igual que quien sufra por todo esto sea Gabe!

–Gabe es lo único que me importa. El niño necesita un hogar estable...

–Ya tiene un hogar estable –replicó Samantha, levantándose–. Es un niño muy bueno, pero arrancarlo de la única familia que conoce lo confundirá... incluso podría traumatizarlo.

–Yo soy su padre. Su familia –suspiró Alex entonces–. Es un niño muy pequeño y si hacemos las cosas bien se acostumbrará enseguida.

Samantha hizo una mueca. Esas palabras eran como un puñal en su corazón.

–Yo lo quiero. ¿Puedes tú decir lo mismo?

Él la miró, en silencio.

El sonido del teléfono rompió la tensión del momento. Alex arrugó el ceño y ella observó que se debatía entre contestar o proseguir con la discusión, pero al final levantó el auricular.

–¿Dígame?

Samantha se dirigió a la puerta, dispuesta a escapar. Y a planear cuál sería su siguiente paso.

–Samantha.

El tono autoritario la detuvo. Con desgana, volvió la cabeza y lo miró por encima del hombro.

Alex había tapado el auricular con la mano.

–No me has dado la oportunidad de que lo quiera. ¿No es para eso para lo que has venido a Paradise Pines?

Ella se mordió los labios. Para eso había ido precisamente.

Una vez en el pasillo, se apoyó en la pared y cerró los ojos. Alex Sullivan se había convertido en una amenaza para lo que quedaba de su familia.

Gabe tenía a alguien que luchaba por él. Pero temía que sería ella quien iba a perder la batalla.

El sábado, Samantha metió al niño en la sillita del coche y le puso el cinturón de seguridad. Gabe estaba riéndose, como siempre. Qué poco sabía el pobre que su tiempo juntos podría estar limitado.

–Debería hacer la maleta y huir contigo. Así no podrían separarnos.

–*Ato, ato, ato* –estaba diciendo Gabe.

–Eso es –sonrió Samantha–. Vamos a darle de comer a los patitos.

Le estaban saliendo los dientes y aquel día había estado muy inquieto. Por eso, para distraerlo, le había prometido que irían al lago.

Menos mal que Gabe no entendía nada. El niño se merecía felicidad y seguridad. Y mientras estuviera con ella, eso era lo que tendría.

Después de darle una galleta, Samantha se echó hacia atrás para cerrar la puerta del coche... pero se chocó contra el torso de Alex Sullivan.

–¡Oh! –exclamó, sorprendida.

Entonces se le encogió el corazón. ¿Habría oído lo de huir con Gabe?

–Hola.

–¿Qué haces aquí?

–He venido para ver al niño –contestó Alex, metiéndose las manos en los bolsillos del pantalón, unos Dockers de color beige–. Pero parece que tú tienes otros planes.

¿Le estaba tendiendo una trampa?

–No pienso escaparme con él.

Alex levantó una ceja.

–Eso espero.

–¿Me habías oído?

–Sí –contestó él.

–Pues no pareces muy preocupado –replicó Samantha, sin saber si debía sentirse halagada o insultada por su falta de reacción. ¿Confiaba en ella o simplemente la consideraba una amenaza tan despreciable que no pensaba preocuparse siquiera?

Alex se encogió de hombros.

–Al contrario que tu hermana, tú eres una persona íntegra.

¿Lo era? ¿O sencillamente le faltaba valor? Aparentemente, Alex tenía más fe en ella que ella misma.

–Pareces muy seguro.

–Nunca lo habrías traído a Paradise Pines si no creyeras que el niño me necesita.

Samantha no tenía respuesta para eso porque era la verdad. Una verdad que le había hecho recorrer más de quinientos kilómetros... para después ponerla en aquella situación.

–Vamos al lago a ver a los patos –dijo, sentándose frente al volante–. Si quieres, puedes venir.

–¡*Atos*! –gritó Gabe, emocionado.

Alex dio la vuelta al coche y se sentó a su lado.

Hicieron el recorrido en completo silencio. Y tampoco hablaron mientras Samantha empujaba el cochecito hasta la orilla del lago.

Colocándose a Gabe sobre la cadera, ella señaló los patos que nadaban a unos diez metros de la orilla y, sacando una bolsa de migas de pan, tiró un puñado para que los animales se acercasen.

Cuando los patos se acercaron para comer, Gabe empezó a moverse, inquieto, para que lo dejara en el suelo.

–*Zuelo*.

Samantha lo dejó en el suelo, sujetando su mano mientras el niño intentaba torpemente acercarse a la orilla con sus piernecitas de goma.

Pero cuando intentó tirar migas a los patos y, por falta de puntería, cayeron a sus pies, Gabe hizo un puchero y sus ojitos azules se llenaron de lágrimas.

–Pobrecito mío, le están saliendo los dientes –explicó Samantha.

–¿Me permites? –preguntó él entonces.

Ella lo miró sin entender.

Alex levantó al niño y se lo colocó sobre los hombros. Lo hacía como si tuviera costumbre, como si lo hubiera hecho antes.

Sorprendido, Gabe se agarró a su pelo con las dos manitas. Sin hacer siquiera una mueca de dolor, Alex se acercó al agua.

–Dale un poco de pan. Ahora no puede fallar.

Samantha obedeció, sorprendida.

Aquella vez, los trocitos de pan cayeron en su destino y los patos se acercaron para comer. Gabe estaba encantado, naturalmente.

Ella tragó saliva. Ver al padre y al niño juntos le daba a la vez alegría y pena. Eso era lo que quería para Gabe: un padre que pasara tiempo con él, que fuera responsable, que lo quisiera. Pero...

Durante los últimos cuatro meses había comprobado lo unida que estaba la familia Sullivan: hermanos, primos, tíos y abuela se apoyaban entre ellos.

Amor incondicional, eso era lo que Samantha desesperadamente buscaba para Gabe. Pero ¿por qué tenía que costarle su relación con el niño?

No era el momento ni el lugar, pero tenía que saber:

–¿Podríamos compartir la custodia?

Alex se volvió. Y se quedó sorprendido al ver la pena que había en sus ojos verdes.

Había perdido peso, además. Los vaqueros y la camiseta le quedaban un poco más anchos que el día que fue a su casa a darle la noticia.

Parecía como si un golpe de aire pudiese tirarla al lago.

Le habría gustado abrazarla, pero no podía dejar que la simpatía o la tentación enturbiaran su buen juicio.

No quería hacerle daño, pero tampoco podía aceptar la custodia compartida. Derechos de visita, sí. Pero no la custodia compartida.

Durante los años de su adolescencia, tras la muerte de sus padres, lo único que lo había mantenido en pie había sido saber quién era y cuál era su obligación. Su abuela trabajaba sin descanso para darle a él y a sus hermanos seguridad, una familia normal... Y él no podía hacer menos por su hijo.

No había planeado tener hijos, desde luego, pero así era la vida. Y pensaba hacer todo lo posible para darle estabilidad y cariño a Gabe.

Y, por supuesto, no quería que pasara por la inestabilidad de tener dos casas, dos familias.

–Lo siento, pero no puedo hacerlo.

Samantha dejó caer los hombros y se volvió, para que no viera la desilusión en sus ojos. Alex apretó el tobillo de Gabe, deseando poder tomarla a ella de la mano. Le dolía verla así, pero no quería dar marcha atrás. Ni siquiera por ella.

–Al menos, dime que le comprarás un perrito. Para que juegue con él y le haga compañía. Yo iba a comprarle un cachorro para su cumpleaños –dijo Samantha entonces.

Seguramente pensaba que no era pedir mucho, pero sí lo era. Alex tenía que trabajar y cuidar de un niño pequeño... No tendría tiempo para cuidar y entrenar a un perro.

–Necesito un poco de paz al final del día. Tener un perro sería muy complicado.

–Entonces, ¿no se lo vas a comprar?

–No.

Samantha apretó los puños.

–¿Por qué haces esto? Ni siquiera querías tener un niño. Todo el mundo sabe que te divorciaste porque tu mujer quería tener hijos y tú no.

Alex se volvió hacia el lago, sin dejar de mirarla por el rabillo del ojo. Estaba indignada, pero también equivocada.

–No. Mi matrimonio terminó el día que murió mi hija.

CAPÍTULO 3

ALEX se dio cuenta de que Samantha no se lo esperaba. Y, por el rabillo del ojo, vio que se ponía pálida.

–Dios mío... lo siento –murmuró, apretando su mano–. ¿Qué pasó?

Él se puso tenso. No quería recordar.

–Prefiero no hablar de ello.

–No, claro. Entiendo –dijo Samantha–. Lo siento mucho.

Su inesperada compasión lo conmovió. Quizá porque era la única persona, excepto Doug y su familia, a quien se lo había contado.

Absurdamente emocionado, Alex tuvo que apretar los dientes.

No podía decir nada, pero cuando levantó la mano para sujetar la zapatilla de Gabe, que observaba la escena mirando de uno a otro, se encontró con la mano de Samantha. Intentaba consolarlo a él, controlando al mismo tiempo que el niño estuviera a salvo.

Algo dentro de él se colocó en su sitio entonces.

Alex cerró los ojos y recordó la muerte de su hija, tan pequeña, tan frágil que no pudo sobrevivir a un parto prematuro.

Su matrimonio tampoco pudo sobrevivir a la tragedia.

Se enfureció cuando su mujer le dijo que estaba embarazada. Pero, al final, aprendió a querer al niño que llevaba dentro.

Sin embargo, saber que su hija había muerto porque su ex mujer no siguió las órdenes del médico acabó con lo que sentía por ella. Su ex mujer fingió que había dejado de fumar, pero siguió haciéndolo a sus espaldas.

Alex se enteró después de que el ginecólogo le había recomendado reposo absoluto, pero ella siguió trabajando sin decirle nada... y luego lloró al perder a la niña.

También Alex lloró, pero no delante de ella. Lloró a solas.

No, él no quería tener hijos, pero su pena no era que su mujer hubiera quedado embarazada contra sus deseos, sino no haber podido tener a su hija en brazos. Llegó y se fue sin que pudiera tocarla. Sin saber cuánto la quiso su padre sin conocerla siquiera.

Todos sus amigos sabían que no quería tener hijos, de modo que fue su ex mujer quien se llevó toda la compasión. Nadie pensó en él; nadie pensó en sus sentimientos. No le hicieron caso, o peor, pensaron que para él había sido un alivio.

Le hicieron sentir que no tenía derecho a ser compadecido, que no tenía derecho a estar de luto por su hija.

De modo que se lo guardó todo dentro.

Y se prometió a sí mismo que no tendría otro hijo, que no volvería a sufrir de esa manera, que no volvería a arriesgarse al sufrimiento de la pérdida.

Samantha lo odiaba por el asunto de la custodia, pero le ofrecía consuelo de forma incondicional.

Qué mujer tan asombrosa.

Alex admiraba su generosidad. Y quizá por esa razón le contó más de lo que habría querido.

Una nube se colocó entonces delante del sol. La brisa se volvió fría en un instante y Gabe empezó a moverse, inquieto.

–*Zuelo* –exclamó, dándole un golpe en la cabeza.

Samantha soltó una risita.

–¿Qué pasa, se han ido los patos? –preguntó, ofreciéndole unas migas de pan–. No te preocupes, ya volverán.

–¡*Atos no*! –gritó Gabe, tirando las migas sobre la cabeza de Alex–. ¡*Zuelo*!

Alex obedeció de inmediato y Samantha colocó al niño en el coche, enfadada.

–Eso no se hace, Gabe. Malo.

–Malo –repitió el niño mirando a Alex.

–No, él es bueno –lo corrigió Samantha–. Nos ha ayudado a dar de comer a los patos.

Gabe empezó a hacer pucheros y ella le ofreció un biberón con zumo de manzana.

–Lo siento, es que le están saliendo los dientes...

–No pasa nada. Los niños lloran, es normal –sonrió Alex, intentando quitarse las migas del pelo.

–Deja que te ayude –murmuró Samantha.

No pasaba nada. Pero si seguía tocándolo... Estaban demasiado cerca y él era un hombre con sangre en las venas.

Con las manos de Samantha acariciando su pelo, rozando su pecho y con el olor de su perfume, Alex casi se olvidó de las familias que paseaban por el parque.

–Déjalo. Ya lo hago yo.

Dando un paso atrás para no perder del todo el sentido común, agachó la cabeza e intentó quitarse las migas que quedaban. Pero al verla inclinarse sobre el cochecito se le empezaron a ocurrir unas ideas...

Por ejemplo, llevarla a su casa. A ella y a su hijo.

Cuando Samantha se incorporó y él seguía dándole vueltas a esas ideas, se dio cuenta de que tenía mucho que pensar.

Samantha volvió a su lado y carraspeó, nerviosa. Si Alex no se hubiera apartado cuando lo hizo, se habría echado en sus brazos.

Bueno, quizá no. Seguramente el sentido común se lo habría impedido. Pero no apostaría por ello. Alex Sullivan era un hombre tan atractivo... Y al tocar aquellos bíceps duros, los anchos hombros, el pelo suave...

Bueno, ya estaba bien.

Samantha movió una mano delante de su cara, como si estuviera apartando una mosca. ¿Desde cuándo hacía tanto calor?

–¿Has estado casada alguna vez? –le preguntó Alex entonces.

–No –contestó ella sencillamente. Era la verdad y su segunda gran pena.

Ella quería un marido que la quisiera para siempre, quería hijos, un perro. Una familia.

–¿Por qué?

–Estuve prometida una vez, pero todo terminó al morir mi madre, cuando tuve que cuidar de Sarah. Mi prometido decidió que era demasiado joven como para responsabilizarse de una niña.

Alex levantó una ceja y la miró de arriba abajo... sobre todo el escote, si debía ser sincero.

Samantha se movió, incómoda. Sentía esa mirada como si fuera una caricia.

–Pues fue un idiota –sonrió Alex–. ¿Qué edad tenías cuando tu madre murió?

–Diecinueve.

–¿Y ahora tienes...?

–Treinta y uno –sonrió ella–. ¿Y tú?

–Yo tengo treinta y seis –contestó Alex–. Sarah debía de ser una cría cuando os quedasteis solas.

Samantha negó con la cabeza.

–Sarah iba por la vida como si le faltara tiempo. Siempre pareció mayor de lo que era y... la verdad es que no fue una niña durante mucho tiempo.

Él la miró, incómodo.

–¿Qué edad tenía cuando nos conocimos?

–Veintitrés años –contestó Samantha–. No tienes que preocuparte, era mayor de edad.

Alex asintió con la cabeza. La Sarah que recordaba era una mujer vibrante, llena de vida. Sabía lo que quería y sabía cómo conseguirlo. Y, durante un par de días, lo que quiso fue él.

O, más específicamente, lo que él podía darle. ¡Qué irónico que hubiese ido a la isla para olvidar que su ex mujer había tenido una niña con su nuevo marido...! La noticia le hizo recordar todo lo que pasó...

Había ido a la isla para olvidar. Y lo que consiguió fue que lo usaran de nuevo.

No, no tenía por qué disculparse.

—Así que estuviste prometida. ¿Has dejado a alguien especial en Phoenix?

—¿Alguien especial? —repitió ella—. No. Salía con otro chico... pero desapareció cuando mi hermana murió. O, más bien, cuando tuve que encargarme de Gabe.

Alex entendió enseguida. Eso explicaba muchas cosas.

—Debiste imaginar que cuando me contaras lo de Gabe yo podría pedir la custodia.

Samantha apartó la mirada. No quería hablar de eso.

—Sí, claro. Pero no quería creerlo. En mi vida, los hombres reaccionan exactamente al revés. El padre de mi hermana Sarah se marchó cuando mi madre le dijo que estaba embarazada, mi prometido me dejó... Así que no, no pensé que podrías pedir la custodia de Gabe.

Durante las siguientes tres semanas, una asistente social apareció por la casa varias veces, siempre por sorpresa. Samantha hacía lo que podía para dar una buena impresión. Contestaba a todas las preguntas, por muy personales que fueran, y sonreía todo el tiempo.

Y en cuanto la mujer se iba, se preocupaba de haber hablado mucho, de haber sonreído demasiado...

Alex fue a ver a Gabe tres veces durante aquellos días. Samantha lo invitó a cenar en una ocasión y él los invitó a salir un domingo por la tarde. Todo muy civilizado, considerando que estaban en guerra.

Pero el día que Gabe cumplió un año, se empeñó en llevarlos a casa de su abuela donde, por lo visto, habían organizado una fiesta.

Samantha le había regalado un juego de bloques de plástico cuando lo que de verdad hubiera querido comprarle era un cachorro. Pero en aquella situación, sin saber si Alex conseguiría la custodia, no podía arriesgarse.

Cuando llegaron a casa de la señora Sullivan, Gabe se convirtió de inmediato en el centro de atención. El niño conoció a todos sus tíos, excepto al segundo: Brock, comandante de la Armada, que nunca podía acudir a los eventos familiares debido a su trabajo.

La abuela de Alex y su prima Mattie hicieron todo lo posible para que Samantha se sintiera cómoda.

–Nos alegramos muchísimo de que Gabe pase a formar parte de la familia –le dijo la abuela–. Y lamentamos la muerte de tu hermana.

–Gracias. Es muy generoso por su parte haber hecho una fiesta para Gabe, señora Sullivan.

–Por favor, llámame abuela como todo el mundo. Y no tienes que darme las gracias. Hace siglos que no había un niño en la familia.

A Samantha le hizo gracia que el padre de Alex hubiera nombrado a sus hijos por orden alfabético, empezando por Alex y terminando por Ford. Excepto los gemelos, cuyos nombres eran Derrick y Everett, pero a los que todo el mundo llamaba Rick y Rett.

Y se dio cuenta entonces de que, sin saberlo y por esas cosas del destino, su hermana había seguido la tradición: el nombre del último Sullivan era Gabe.

Aunque un poco tímida, lo pasó bien en la fiesta. Especialmente al ver que Gabe estaba feliz viéndose rodeado por tanto hombre.

–¡La hora de los regalos! –anunció Mattie–. Cole, ¿te importa traerlos?

Unos minutos después, Gabe estaba en medio de un montón de cajas envueltas en papeles de colores. El niño gritaba y reía, entusiasmado, y quería jugar con cada uno de los regalos. Alex lo observaba todo desde el sofá, interesado pero un poco distante.

Por fin, llegaron al último regalo: una caja más grande que Gabe. Como el niño no podía,

Alex sacó un perro de peluche de tamaño natural.

–¡*Perito*! –exclamó Gabe, alborozado.

Alex le había comprado un perro.

Samantha lo miró sin saber si reír o llorar. Aquella fiesta la estaba haciendo sentir rara. Sentía miedo y preocupación, pero también cariño y lealtad.

Le gustaba la bienvenida de los Sullivan. Eso era lo que esperaba del padre de Gabe cuando lo llevó a California. Sin embargo, ese tipo de gesto era precisamente lo que un juez apreciaría para darle la custodia.

Y cuando comparó el juego de bloques de plástico con el enorme perro de peluche y la tarta de chocolate, se sintió desesperada. Porque si ella fuera el juez, seguramente tomaría la misma decisión.

Alex estaba hablando con uno de sus hermanos, pero miraba por el rabillo del ojo a Samantha, que estaba guardando los regalos en una caja. Cada vez que se inclinaba a un lado o a otro, se le quedaba la boca seca.

Deliberadamente, apartó los ojos de aquella tentación, arrugando el ceño al ver que dos de sus hermanos, los gemelos, estaban observando lo mismo que él con toda tranquilidad.

Los gemelos dirigían la joyería familiar, Sullivan's. Rick se encargaba de la parte técnica, mientras Rett llevaba la parte creativa. Ninguno se metía en el apartado del otro, pero entre los dos habían conseguido que Sullivan's fuera la joyería más prestigiosa de San Diego.

–Oye, mirad a vuestras chicas –los regañó Alex.

Ambos gemelos lo miraron con idéntica expresión. Con esa declaración, no podría haber dejado más claro su interés por Samantha aunque lo hubiese gritado a los cuatro vientos.

Mejor. No quería que ninguno de sus hermanos se interesara por ella. Eso no iba con sus planes.

Pero los gemelos lo tomaron cada uno de un brazo para sacarlo al pasillo.

–¿Desde cuándo te gusta Samantha? –le preguntó Rick.

–Es una chica guapísima...

–Es la tía de tu hijo –lo interrumpió Rick–. Y estás a punto de arrebatarle a Gabe. No creo que le caigas muy bien.

–Pues para ser la tía de alguien, está muy buena –dijo Rett entonces.

Alex le dio un codazo.

–Vuelve a meterte los ojos en las cuencas.

–Sólo estaba admirando tu buen gusto.

–No era eso precisamente lo que estabas admirando.

–Oye, ¿vas en serio con ella?

–No lo sé –se encogió Alex de hombros–. Todo esto ha sido tan repentino...

Samantha se volvió en ese momento y vio a los tres hombres mirándola.

–Pero me gusta –dijo Alex en voz baja.

Cada hora que pasaba con Gabe era para Samantha un recuerdo precioso... y un recordatorio de que todo podría terminar.

Y entonces, por fin, llegó el día en que tenían que enfrentarse con el tribunal. Su abogado, Marvin Keyes, un hombre simpático y brillante, le hizo un gesto para que entrase en la sala. Inmediatamente después, una asistente social tomó a Gabe en brazos.

Keyes la había preparado para aquel momento, pero Samantha abrazó al niño, angustiada.

–Señorita Dell –insistió la mujer.

Su abogado le hizo un gesto, un silencioso mensaje para que cooperase. Haciendo acopio de valor, Samantha le entregó al niño. Y cuando la mujer se alejó con Gabe en brazos, se dijo que todo iba a salir bien.

La sala no era tan grande como había esperado; de hecho sólo había tres filas de bancos. Y tras una barandilla de madera, un enorme escritorio con dos mesas pequeñas a los lados.

Su abogado le había dicho que debía estar preparada para el resultado, que seguramente el juez le daría la custodia a Alex, pero...

Prefería tener esperanzas, creer que el juez entendería que lo mejor era dejar a Gabe en manos de su tía y no de un desconocido.

Un segundo después, Alex abrió la puerta para dejar pasar a su abuela y a su prima Mattie. Dos de sus hermanos, Cole y Ford, las seguían.

Que hubiera ido con su familia era un golpe más. Y Samantha se sintió muy sola.

La señora Sullivan le sonrió con simpatía, pero ella tenía un peso en el corazón.

Gabe era suyo. Y si Alex tuviera un poco de compasión, no lo apartaría de ella.

El juez McCray entró en la sala y se colocó las gafas firmemente sobre el puente de la nariz.

—Tengo frente a mí el resultado de la prueba de ADN que constata que Alexander Sullivan es el padre biológico de Gabriel Dell. También tengo una petición del señor Sullivan para que la partida de nacimiento del citado menor incluya su apellido. Y otra pidiendo la custodia del niño. Existe también una contrademanda de

Samantha Dell solicitando la custodia del menor...

Oír al juez decir eso en voz alta era como una sentencia, una confirmación de que aquella pesadilla era real. Alex de verdad quería llevarse a Gabe.

Samantha había esperado que, después de ver al niño en su casa, después de salir a pasear juntos, Alex entendería que no podía separarla de Gabe, pero...

El procedimiento continuó con el testimonio de la asistente social y el de una experta en psicología infantil. Todo lo que su abogado presentaba era mejorado por el abogado de Alex. Y la confianza de Samantha empezó a derrumbarse.

El juez la miró entonces.

–Este tribunal quiere recordarle a la señorita Dell que su obligación es tomar la decisión que considere más apropiada para el bienestar del niño. Si estuviera usted casada, me sentiría inclinado a darle la custodia, porque no tendría sentido apartarlo de una situación familiar estable. Lo ideal es que un niño crezca con un padre y una madre... pero ése no es el caso –el juez abrió una carpeta, suspirando–. La asistente social encargada del caso ha hecho varias visitas tanto a la casa de la señorita Dell como a la del señor Sullivan. Ambos hogares le parecieron adecuados, pero he de tomar una decisión. Y, en beneficio del menor, estoy preparado para darla a conocer.

A Samantha se le heló la sangre en las venas. No podía ser, aquel juez no podía arrebatarle a Gabe. El niño tenía que quedarse con ella, con la persona a la que conocía desde el día que nació...

–Este tribunal otorga la custodia del menor, Gabriel Dell, a su padre biológico, Alexander Sullivan.

El juez recalcó el decreto con un golpe de mazo sobre la mesa, poniendo así el mundo de Samantha patas arriba.

¡No! ¡No podían quitarle a Gabe!

No podía moverse, no podía pensar. Intentando controlar las lágrimas, se obligó a sí misma a permanecer de pie, como todos los demás.

Debería haber huido con Gabe cuando tuvo oportunidad, se dijo.

Pero quizá aún no era demasiado tarde...

Samantha buscó al niño con la mirada. Estaba sentado sobre las rodillas de la asistente social, mirándola, esperando que fuese a buscarlo.

Samantha calculó las posibilidades que tendría de huir si lo tomaba en brazos y salía corriendo...

–Señorita Dell, todo ha terminado –dijo su abogado entonces.

Sintiendo náuseas, Samantha se volvió hacia la puerta. Necesitaba un poco de aire fresco. Un minuto. Sólo un minuto para recuperar las fuerzas.

Alex la tomó entonces del brazo.

–Espera. Quiero hablar contigo.

–¡No tenías derecho! –exclamó ella, dolida y angustiada.

–Es mi hijo –replicó Alex.

–Es mi sobrino. Es mi familia...

–Señorita Dell, será mejor que la acompañe a casa –intervino su abogado.

Pero Samantha no estaba preparada para abandonar a Gabe.

¿Dónde estaba el niño? Vio entonces que la asistente social se lo daba a la abuela de Alex y sus ojos se llenaron de lágrimas. Era verdad: todo había terminado.

–La señorita Dell y yo estamos hablando –protestó Alex.

–No creo que sea el momento –replicó Keyes.

–Samantha, tengo que decirte una cosa...

–No tienes nada que decirme.

–Por favor, escúchame... ¿no quieres ver a Gabe?

«Canalla», pensó. Samantha no quería escucharlo, pero se veía obligada a hacerlo.

–Estoy bien, señor Keyes. Gracias por todo.

Alex se relajó visiblemente cuando el abogado desapareció.

–Voy a pedirle a mi abuela que se lleve fuera al niño.

Samantha vio que tanto la abuela como los hermanos de Alex iban a salir de la sala y, sin pensar, dio un paso hacia el niño.

–Espera –murmuró Alex–. Lo verás enseguida.

Pobrecito Gabe. La miraba sin entender y Samantha tuvo que sonreír, aunque tenía el corazón roto.

–Ven –dijo Alex entonces, llevándola hacia un banco.

Ella se apartó todo lo que pudo. Era demasiado grande, demasiado alto. Debía de medir más de metro ochenta y cinco y ella, con su metro sesenta, se sentía pequeña a su lado.

–¿Qué es lo que quieres?

–Siéntate, por favor.

–No, gracias.

–Sé que estás disgustada, pero ya está hecho...

«Ya está hecho». Su arrogancia era insoportable.

–Quiero a ese niño, Alex. Y no pienso rendirme. No pienso abandonarlo sin luchar.

–No tengo intención de alejarlo de ti.

–¿Ah, no?

–No –suspiró él–. Y si te calmas un poco, podremos hablar. Mira, Samantha, quiero que tú también seas parte de la familia.

Confusa y recelosa, ella levantó la mirada.

–¿Qué quieres decir?

Alex respiró profundamente, como para darse valor.

–Quiero que te cases conmigo y me ayudes a formar un hogar para Gabe.

SAMANTHA lo miró perpleja, incapaz de creer lo que acababa de oír. Casarse con él para formar un hogar...

Formar una familia era lo que ella siempre había querido.

Pero había un problema: el matrimonio que Alex proponía no incluía el amor. Claro que no, eran dos extraños. Pero a pesar de todo...

Pero no. Alguien debía aportar algo de sentido común a aquella absurda situación.

–¿Te has vuelto loco?

–¿Por qué? ¿Porque quiero darle un hogar a mi hijo?

–Ya tenía un hogar. Conmigo.

–Y ahora su hogar está conmigo –suspiró Alex, pasándose una mano por el pelo–. Pero el juez tiene razón, Gabe necesita un padre y una madre.

«Pobre Gabe», pensó Samantha de nuevo. Había perdido a su madre y después de vivir con ella durante seis meses, tenía que cambiar de casa, de familia...

Más que nunca, el niño necesitaba algo firme, algo consistente. Había tenido que soportar demasiados cambios con sólo un añito y debía saber que alguien lo quería de forma incondicional. Y eso sería imposible si vivía en una casa y ella vivía en otra.

—Gabe es mi hijo, mi responsabilidad —siguió Alex—. Tú y yo somos dos extraños, es verdad. Pero, como tú sabes bien, criar a un niño es muy diferente a educarlo.

Después de tantos años viendo crecer primero a sus hermanos y luego a sus alumnos, Alex sabía que una familia equilibrada era fundamental para el crecimiento de un niño. Le había dado un hogar a su hijo, pero casarse con Samantha completaría la unidad familiar que Gabe necesitaba.

Ella le daría el amor que quizá él no estaba preparado para darle.

Por Gabe, claro. Él no tenía necesidad de complicarse la vida... o no la había tenido hasta que apareció el niño.

Y querer a alguien dolía demasiado.

Abrirle su corazón a otro niño era un riesgo que no estaba dispuesto a correr. Amar a alguien y perderlo era sencillamente insoportable.

No, no podía volver a arriesgarse.

Había visto a Samantha con los niños del instituto. Y con Gabe. Era buena con los críos, paciente y cariñosa. Y su devoción hacia Gabe era incuestionable.

–Alex, no podemos casarnos –dijo Samantha entonces.

–Somos adultos, ¿no? Sabemos lo que queremos.

Además, desde que se conocieron hubo química entre ellos. Una atracción primitiva. Alex luchó contra esa atracción durante varios meses, pero contaba con ella para inclinar la balanza a su favor.

–Yo ahora mismo no sé lo que quiero –suspiró Samantha.

–¿Por qué? Mi propuesta de matrimonio es completamente seria.

–Y completamente absurda.

–No entiendo por qué –insistió Alex–. Tú te quedas con Gabe y él tiene un padre y una madre. Todo el mundo saldría ganando.

–Y tú, ¿qué ganas? –lo retó Samantha, cruzándose de brazos.

Alex sonrió. A pesar del reto, parecía vulnerable, pequeña en aquella sala vacía.

–Yo consigo a mi hijo. Y a ti.

–¿A mí? –repitió ella–. ¿Me quieres a mí?

–No te hagas la ingenua –dijo Alex entonces, mirándola a los ojos–. Tú también me deseas.

Samantha lo miró, incrédula. Menuda cara...

Pero Alex había dado un paso hacia ella. Estaba demasiado cerca y Samantha puso una mano sobre su pecho para detenerlo.

–No puede ser. Eso complicaría las cosas.

Alex tomó su mano y se la llevó a los labios.

–Te equivocas. Las simplificaría mucho.

Tan cerca, el suave aroma del perfume femenino inflamaba sus sentidos y, sin poder evitarlo, la tomó por la cintura.

–Nada ni nadie podría evitar que te besara, Samantha.

A pesar del tono autoritario de sus palabras, la besó con delicadeza. Sabía muy dulce, muy femenina. Y él quería más. Inclinando a un lado la cabeza, buscó su boca abiertamente, buscó su lengua... y al ver que ella respondía su corazón dio un vuelco.

Samantha tuvo que ponerse de puntillas para besarlo, pero aún no estaba suficientemente cerca, de modo que Alex la levantó a pulso. No se daban cuenta de dónde estaban, de que cualquiera podría entrar.

El pasado y el futuro no tenían importancia. Sólo contaba el momento. Ella le hacía olvidar por lo que estaban pasando...

Y cuando sintió sus pechos apretados contra su torso, se dio cuenta de que lo quería todo, de que no deseaba parar. Eso contestaba a una pregunta: eran definitivamente compatibles.

Después, cuando la soltó, la vio tan desmadejada que él mismo la ayudó a sentarse en el banco.

—Nuestro noviazgo será corto, treinta días máximo. Y nos casaremos enseguida. Todo el mundo creerá que... no sé, que el roce hace el cariño. Y nosotros dejaremos que lo crean.

Samantha parpadeó, confusa.

—¿Quieres que la gente crea que éste es un matrimonio de verdad?

—Será un matrimonio de verdad.

A la defensiva, ella se cruzó de brazos.

—No será un matrimonio por amor.

—Pero seremos una familia.

Samantha se quedó pensativa. Quería a su sobrino, deseaba lo mejor para él, pero...

Alex creía que casarse era lo mejor. De alguna forma, ya eran una familia. Casarse con Samantha sencillamente lo haría oficial. Su proposición podría sonar extraña, pero a él le parecía lo más correcto.

—Quieres que Gabe tenga una familia, ¿verdad?

—Claro, pero...

—Samantha, llevas tiempo suficiente en el mundo de la enseñanza como para saber que una familia con padre y madre es la situación

ideal para un niño. Casarnos es la solución perfecta.

–Llevo el tiempo suficiente en la enseñanza
como para saber que no es tan sencillo –replicó
ella.

–Los dos queremos lo mejor para Gabe. Es
así de fácil, ¿no crees? –insistió Alex.

Samantha se levantó, insegura.

–Esto es demasiado repentino. Tengo que
pensarlo.

Esa respuesta no era la que Alex esperaba,
pero seguramente era la más lógica.

–No tardes mucho en pensártelo, Samantha.
Cuanto antes nos casemos, antes podrá acostumbrarse Gabe a su nueva familia.

Y antes la tendría en su cama.

El viento movía las hojas de los árboles en
los escalones del tribunal y Samantha agradeció
el aire fresco. La ayudaba a calmar los nervios.
Caminaba al lado de Alex, pero dejando al menos un metro entre los dos.

Necesitaba espacio para pensar en su propuesta de matrimonio y aquel hombre era una
distracción...

Entonces oyó llorar a Gabe. «Pobrecito»,
pensó, al verlo en brazos de la abuela de Alex.

La mujer lo mecía suavemente, dándole golpecitos en la espalda, pero el niño no dejaba de llorar. Cuando la prima de Alex, Mattie, se acercó para intentar consolarlo, Gabe apartó la cara, furioso.

Samantha no esperó. Sin pedir permiso, corrió hacia su sobrino para consolarlo.

—El pobre quiere a su mamá —dijo la abuela de Alex, poniéndolo en sus brazos—. Estaba bien hasta que salimos de la sala, pero...

—¡Mama! —exclamó el niño, echándole los brazos al cuello.

No había palabras para describir lo que Samantha sintió en ese momento.

—Es un niño muy bueno, pero le están saliendo los dientes y lo pasa fatal. Además, ha sido un día muy duro para él.

—Ha sido un día difícil para todos, es verdad.

—¿Está bien? —preguntó Alex, pasándole un brazo por la cintura en actitud posesiva mientras con la otra mano acariciaba el pelo de su hijo.

Era la primera vez que Samantha lo veía hacer un gesto cariñoso.

—Está un poco disgustado, pero se le pasará.

—Gracias por encargarte de él, abuela. Siento que te haya dado problemas.

—No me ha dado ningún problema. Le están saliendo los dientes, por lo visto.

–Samantha tiene razón. Ha sido un día muy difícil para el pobre niño –intervino Mattie–. Y es hora de que nos vayamos a casa.

–Gabe debería dormir con Samantha esta noche –opinó Alex.

Sorprendida, ella levantó la mirada.

–¿Estás seguro?

–Confío en ti. No me lo vas a robar.

Había dicho lo mismo el día que la oyó mencionar precisamente esa posibilidad. Y eso decía mucho de él. Tanto que la asustaba.

–No sé... Estoy muy disgustada contigo y con toda esta situación.

–Pero ya sabes cómo solucionarla –contestó él con una sonrisa.

Samantha sacó un montón de calcetines de la secadora. Mientras doblaba la ropita de Gabe, no dejaba de darle vueltas a la proposición de Alex, a la nueva situación...

Habían pasado tantas cosas aquel día que no sabía por dónde empezar.

Pero lo que estaba claro era que había perdido la custodia de Gabe.

Y Alex le había pedido que se casara con él.

No sabía cuál de las dos noticias era más aterradora. Si se casaba con Alex viviría con Gabe, pero estaría casada con un extraño.

Bueno, Alex Sullivan no era exactamente un extraño. Sabía muchas cosas de él. Por ejemplo, que era una buena persona, un hombre responsable. Los niños lo adoraban, los profesores lo respetaban y era alguien muy querido en Paradise Pines.

Pero ella lo odiaba a muerte por haberle arrebatado a su sobrino.

Aunque eso era injusto. Alex era un hombre decente que se hacía cargo de un hijo inesperado. Y, además, era guapísimo. ¿Cómo no iba a gustarle?

Sin embargo, no parecía muy apegado al niño. Quizá fuera lógico. No había sabido de su existencia hasta unas semanas antes, y la pérdida de su hija lo había dejado traumatizado.

Cuando miró a Gabe, que jugaba en el suelo con los bloques de plástico, a Samantha se le encogió el corazón.

Sólo podría estar con él si se casaba con Alex.

Al día siguiente iría a buscarlo. Samantha nunca había temido algo tanto como aquello. Ver a Gabe desapareciendo de su vida, llevándose sus cositas para siempre...

Si presentaba un recurso y solicitaba de nuevo la custodia del niño estaría privando a Gabe de su padre. Pero si aceptaba casarse con Alex, abandonaría sus sueños de casarse por amor.

Se sentía acorralada, sin saber qué hacer.

Si se casaba con Alex, seguiría teniendo a Gabe y el niño tendría un padre y una madre. Y Alex la tendría en su cama. Un sitio donde, si era sincera consigo misma, también ella quería estar.

Todo el mundo salía ganando. ¿O no?

Quizá su presencia serviría para que Alex olvidase el dolor de haber perdido a su hija. Quizá así podría establecer una relación paterno-filial con Gabe.

Porque, en su opinión, aquello iba a ser un problema. Ni el uno ni el otro estaban preparados para dejar entrar a otra persona en su corazón.

¿Qué debía hacer? Sí, no, quizá... No tenía respuesta.

Había soñado tanto tiempo con formar una familia propia, con casarse con un hombre del que estuviera locamente enamorada...

Sería fácil pensar que la intimidad con Alex podría llevarlos a algo más, a un sentimiento más profundo, pero Samantha no era tan ingenua.

Lo que pasó con su prometido y con su posterior novio le había demostrado que esperaba demasiado de los hombres. Ambos la habían acusado de anteponer su familia a sus relaciones amorosas, y era cierto.

Pero ¿qué iba a hacer? Se había visto obligada a cuidar de Sarah cuando sólo tenía diecinueve años y, después, de Gabe. ¿Qué otra cosa podría haber hecho? ¿Abandonarlos a su suerte?

Además, el amor significaba compartir lo bueno y lo malo, ¿no era eso lo que decía todo el mundo?

Para ella no había sido así y quizá debería olvidar el sueño de encontrar a un hombre que la quisiera, pero... no podía hacerlo.

Las razones no estaban muy claras, pero tenían algo que ver con su padre. Como si abandonando toda esperanza de amar lo estuviera traicionando.

Samantha se pasó una mano por la cara. Estaba harta de darle vueltas al asunto. Tenía que pensar en otra cosa.

Suspirando, tomó a Gabe en brazos para llevarlo a la cuna. Afortunadamente, el niño estaba agotado y se quedó dormido enseguida. Ella misma estaba cansada y se tumbó un momento en el sofá.

Aún tenía que poner otra lavadora, pero sólo quería cerrar los ojos un momento...

Se levantaría enseguida...

Pero se quedó dormida.

En sus sueños, una boca húmeda y cálida acariciaba su garganta. Ella apartó la cabeza a un lado para que pudiera besarla mejor y tembló al sentir un mordisco en el cuello.

El deseo, un deseo desconocido para ella, calentaba su sangre. Y quería más. Como había querido más aquel día, en la sala del tribunal. ¿Había sido aquel día o el día anterior?

Daba igual.

Pero...

–Disfruta... –era la voz de Alex; el aliento del hombre rozando su cara.

–Sí –musitó ella, rindiéndose. Había sabido desde el principio que era él quien la seducía.

Samantha abrió los labios para recibir el beso, devolviéndoselo, lengua contra lengua. Poniéndose de puntillas, enredó los dedos en su pelo. Era tan suave...

Sí, sí, eso era lo que necesitaba, lo que quería. La vida debería ser así de sencilla, así de emocionante.

Alex la besaba en la garganta, dejando un rastro húmedo, provocando escalofríos por todo su cuerpo.

Samantha se arqueó hacia él. Todo parecía tan real.

–Cásate conmigo y será real.

Samantha se despertó, sobresaltada, y parpadeó, intentando recordar qué hora era... la cesta de la ropa seca estaba a sus pies y la maletita de Gabe al otro lado del sofá.

Alex no estaba allí, nunca había estado allí. El apasionado beso había sido un sueño, nada más.

Su subconsciente parecía lidiar con lo que su sentido común se negaba a aceptar.

Pero la decisión con la que tenía que enfrentarse era suficientemente seria como para tomar eso en cuenta.

Sin embargo, seguía temblando por el poder erótico de aquel sueño. La cuestión era: ¿qué significaba?

El viernes por la mañana, agotada, Samantha se dispuso a hacer el desayuno. Un buen desayuno. Aquel día necesitaba animarse.

El sonido del timbre hizo que el círculo vicioso de pensamientos en el que llevaba sumida desde el día anterior se detuviese. Secándose las manos con un paño, fue a abrir la puerta.

Su abogado estaba en el porche.

—Señor Keyes, qué sorpresa.

—Quería comprobar que estaba usted bien, señorita Dell. Ayer parecía tan disgustada... ¿puedo pasar?

—Sí, claro, pase. Acabo de hacer café y bollos con mantequilla.

El señor Keyes sonrió al entrar en la cocina.

–Qué bien huele, pero sólo tomaré un café. ¿Sullivan le dio algún problema ayer, cuando me marché?

–No –contestó Samantha, sacando una taza del armario–. Siéntese, por favor.

–¿No hubo discusión?

–No. Pero me pidió que me casara con él.

El señor Keyes ni siquiera parpadeó. Samantha supuso que, como abogado, estaba acostumbrado a todo.

–Eso sí que es inesperado.

–Dígamelo a mí –suspiró ella–. Pero tengo que saber la verdad. ¿Hay alguna posibilidad de que me den a mí la custodia si presento un recurso?

El hombre la miró a los ojos.

–Muy pocas. Sullivan es el padre biológico del niño, un respetado miembro de la comunidad, con una familia sólida... En mi opinión, sólo conseguiría derechos de visita.

Samantha se dejó caer sobre una silla.

–Me lo imaginaba.

–Los padres de Sullivan murieron cuando él era muy joven, un adolescente. Su abuela se encargó del negocio familiar, de modo que fue él quien tuvo que criar a sus hermanos. Y cuando descubrió que Gabe era hijo suyo decidió asumir la responsabilidad. Así es Alex Sullivan.

Sí, Samantha lo sabía. Pero el sentido del deber de Alex no mermaba su responsabilidad con Gabe.

–Sé que la familia es importante para él, pero también lo es para mí. Gabe es mi única familia, señor Keyes. No tengo a nadie más.

–Debo advertirle que cuanto más dure este proceso, menos posibilidades tendrá –dijo entonces su abogado, mirando el reloj–. Lo siento, pero tengo que irme.

Samantha se levantó para acompañarlo a la puerta.

–¿Y si me casara con Alex?

–Mucha gente se casa por razones que no tienen nada que ver con el amor.

–Ya, claro.

–Si no quiere separarse de su sobrino, eso sería lo mejor. Y si el matrimonio fracasara, podría solicitar la custodia de Gabe como madre del niño.

–Ah.

Samantha no había pensado en esa posibilidad. ¿La habría pensado Alex?

–Piénselo –le recomendó Keyes–. Es la única forma de conseguir la custodia del niño.

Gabe jugaba en el suelo del salón. Intentaba meter un bloque redondo en un hueco cuadrado... con la ayuda de un martillo de plástico.

Su padre estaba a punto de llegar.

Samantha colocó a Gabe sobre sus rodillas y le dio un beso, con un nudo en la garganta. No quería que la viese llorar.

–Mamá te quiere mucho.

–Mama –sonrió el niño.

El sonido de un claxon, el temido claxon, hizo que se levantara de un salto.

–Ha llegado papá, cariño. Y el tío Cole –murmuró Samantha, al ver que ambos bajaban de una furgoneta.

Alex llevaba una camisa blanca y pantalones vaqueros. Con ese atuendo tan informal parecía más alto, más impresionante.

No sabía por qué, pero cada día le parecía más alto. Quizá porque se movía con tanta seguridad...

–Hola, Samantha –le dijo, con la misma voz que había oído en sus sueños.

Ella volvió la cara, avergonzada. No podía mirarlo mientras recordaba lo que le había hecho en sueños... y las cosas que a ella le habría gustado hacerle.

–La maleta de Gabe ya está hecha. Hola, Cole.

Cole, el tercero de los hermanos, era tan alto como Alex y tenía los mismos ojos azules, pero su pelo era más claro. Era un chico sencillo y poco complicado. Al contrario que Alex.

–Hola, Samantha –sonrió, inclinándose para darle un beso–. ¿Está todo preparado?

–Sí.

–Después de guardar las cosas del niño vamos a tomar una pizza. ¿Te apuntas?

Los ojos de Samantha se llenaron de lágrimas pero, agradecida por su intención de hacerla sentir parte de la familia, consiguió sonreír.

–Sí, claro. Me encanta la pizza.

–Deja, yo llevaré eso –murmuró Alex, tomando el cochecito.

Samantha se lo dio sin decir nada, porque tenía un nudo en la garganta.

–Me alegro de que hayas decidido cenar con nosotros –dijo él entonces, percatándose de su angustia.

Samantha asintió con la cabeza. Le había resultado más fácil aceptar cuando la invitó Cole. Pero era demasiado tarde para dar marcha atrás. Además, cenar con ellos facilitaría la transición para Gabe.

–Sólo faltan el parque y la maleta...

–Pesa mucho –la interrumpió Alex–. Deja, la subiré yo.

Samantha levantó los ojos al cielo. No sabía si era un comportamiento machista o simplemente anticuado. Seguramente lo último.

Pero no pensaba decir nada, no tenía ganas de discutir.

De modo que levantó la maleta con las dos manos y la colocó en la furgoneta.

Cuando se volvió, los dos Sullivan estaban mirándola con el ceño fruncido.

—Ya no queda nada más.

Cuando miró a Alex se dio cuenta de que había entendido el mensaje: ella era capaz de cuidarse solita. No necesitaba a ningún hombre.

Mejor. Así no subestimaría la determinación de una mujer.

CAPÍTULO **5**

FUERON a El Cajón para tomar la pizza. Gabe iba en su sillita, en el asiento trasero de la furgoneta, al lado de Samantha.

Cuando llegaron al restaurante, el olor a ajo y a salsa de tomate casera despertó el apetito de Samantha, a pesar de la situación. Y se dio cuenta entonces de que no había comido nada desde el desayuno.

En el restaurante había mucho ruido, porque el equipo de fútbol local estaba celebrando una victoria, pero encontraron mesa al fondo del local y sentaron a Gabe en una silla alta en la que parecía encantado, como un reyezuelo controlándolo todo.

Samantha se había sentado al lado de Alex... o más bien, Alex se había sentado a su lado. Y estaba atrapada entre su cuerpo y la pared.

–Yo la quiero de jamón y aceitunas –dijo Cole, abriendo la carta.

Gabe empezó a golpear la mesa con una cuchara.

–Gabe, no hagas eso –lo regañó Samantha.

–Venga, chico, tengo algunas monedas. ¿Montamos un rato en el poni? –sugirió Cole.

Gabe levantó los bracitos como si lo hubiera entendido y, poco después, Cole y el niño desaparecieron.

Alex pidió dos pizzas y tres refrescos y luego se volvió hacia Samantha.

–Por lo visto, han visto salir a un hombre de tu casa a primera hora de la mañana.

Ella lo miró, sorprendida.

–¿Perdona?

–Que tres personas me han dicho que vieron salir a un hombre de tu casa.

No parecía muy preocupado por la noticia. ¿Qué significaba eso, que le daba igual? ¿O que confiaba en ella?

–Y quieres saber quién es –dijo Samantha.

–Si tú quieres contármelo...

–Pues no sé. ¿Era un hombre alto o bajito?

–¿Has estado con más de uno?

–El alto me visita por las mañanas. El bajito suele darme mucha guerra por las noches –replicó ella, irónica.

–Ah, ya –murmuró Alex. No entendía nada pero, evidentemente, no quería preguntar.

–Por cierto, he hablado con Emily, la chica de la guardería. Quiere saber si vas a seguir llevando a Gabe o has pensado llevarlo a otro sitio.

Él negó con la cabeza.

—Supongo que lo mejor es que siga en la misma guardería. ¿Quién era ese hombre, Samantha?

Ella soltó una risita.

—Mi abogado.

—¿Y qué quería?

¿Era su imaginación o los hombros de Alex se habían relajado un poco?

—¿Por qué quieres saberlo?

—Por nada.

—No tengo por qué darte explicaciones.

—Ya lo sé —suspiró él, algo avergonzado.

Samantha sonrió.

—Sólo quería ver cómo estaba. Como ayer estábamos discutiendo cuando se marchó... Por cierto, le he contado que me has pedido que me case contigo.

—¿Era necesario contárselo?

—Para mí sí. No te preocupes, está de tu lado —suspiró Samantha—. Me contó que tus padres murieron cuando eras muy joven y que ayudaste a tu abuela a criar a tus hermanos. ¿Es verdad?

Alex apartó la mirada, incómodo.

—Sí.

—Entonces, ¿cómo has podido pedir la custodia de Gabe? Tú debes de saber lo que se siente cuando arrancan a alguien de tu vida.

Él se volvió entonces para mirarla a los ojos.

—Tampoco yo tengo por qué darte explicaciones, Samantha.

—Yo creo que sí. Ayer, en el tribunal, sentí como si me arrancaran el corazón. Tengo derecho a saber por qué lo haces, Alex.

—Tú sabes por qué.

—Porque es tu hijo —suspiró ella, frustrada.

—Eso es.

—No es suficiente —replicó Samantha—. Si lo haces por sentido del deber, podrías haberle pasado una pensión alimenticia, haberte preocupado por él... No tenías por qué arrebatármelo.

Alex se encogió de hombros.

—Yo no soy así. No podría mirar a mi abuela a los ojos y decirle que me niego a criar a mi hijo.

¿Cómo podía ella luchar contra ese sentimiento? Especialmente al pensar en la señora Sullivan, una mujer que había luchado tanto por sus nietos.

—Pero ella sabe que tú no querías tener hijos.

—Nunca hemos hablado de ello. Pero da igual. Decidir que no quieres tener hijos no es lo mismo que rechazar a un hijo que has concebido... aunque haya sido sin saberlo —protestó Alex—. Querías una explicación, ¿no? Pues voy a dártela: mis padres murieron en un terremoto, en Sudamérica. Mi abuela se encargó de levantar el negocio que mi padre había descuidado y de cuidarnos a todos. Siento mucho haberte herido, pero no quiero que mi abuela se lleve una decepción conmigo, Samantha.

–Entonces, ¿lo haces por ella?

–No es sólo por ella. Lo hago por mí. Nunca dejaría que otra persona criara a mi hijo.

Samantha sabía sumar dos y dos. La señora Sullivan no podía haber levantado el negocio familiar mientras criaba a seis niños, de modo que había sido él quien se había hecho cargo de esa responsabilidad.

Y no había que ser psicólogo para darse cuenta de que Alex Sullivan era un hombre responsable, un hombre que sabía lo difícil que era criar niños y lo duro que era perderlos. Lo primero explicaba por qué no quería hijos, y lo segundo, por qué necesitaba tenerlo todo controlado.

–¿Y Gabe? ¿Podrás quererlo, Alex?

Sin pensar, él apartó un mechón de pelo de su frente.

–Gabe y yo tenemos que aprender a conocernos.

–Por favor, ten paciencia con él. Necesita cariño... sólo tiene un año, pero ya ha sufrido mucho. Se ha acostumbrado a mí y...

–Si estás tan preocupada, ya sabes lo que tienes que hacer –la interrumpió él–. ¿Has pensado en mi propuesta?

Le gustaría decirle que no, fingir que no había estado veinticuatro horas pensando en ello. Pero nunca había sido una buena actriz.

–Sigo pensándolo.

–A lo mejor necesitas un poco de persuasión –sonrió Alex, acariciando su pelo.

Samantha casi se dejó tentar. Después de aquel sueño...

Pero ese sueño tenía un precio.

Y entendía los términos del «contrato». O el matrimonio, o nada.

–No, gracias –contestó por fin–. Y apártate. No creo que pudiera sobrevivir a otra dosis de «persuasión».

El deseo que había en los ojos azules del hombre era imposible de disimular.

–Una pena.

Alex insistió en que los acompañase para instalar a Gabe, de modo que antes pasaron por su casa para buscar el coche. Pero cuanto más se acercaban a la cabaña que él tenía en la montaña, más le pesaba el corazón a Samantha. A pesar de su insistencia, debería haberle dicho que no.

Pero no podía dejar a Gabe, le resultaba imposible.

–Tenías razón –dijo Alex, bajando de la furgoneta–. Gabe se ha quedado dormido.

Samantha tuvo que forzar una sonrisa.

–Siempre se queda dormido cuando va en coche. Sacad sus cosas, yo lo llevaré dentro.

Con la habilidad que da la práctica, Samantha lo sacó de la sillita sin despertarlo y, desconsolada, lo apretó contra su corazón.

–Ése es su cuarto –dijo Alex, indicando la primera puerta a la derecha–. El mío está arriba.

Se quedó sorprendida al ver que había pintado la habitación de color azul cielo y la había llenado de muebles y juguetes.

Incluso había una mecedora frente a la ventana.

–Es muy bonita.

–Gracias. Mattie sacó los muebles del ático de mi abuela. Algunos llevan casi un siglo en la familia Sullivan.

–¿Tú dormiste en esta cuna?

–Y mis hermanos –sonrió él, acariciando la cuna con el apellido Sullivan grabado en la madera–. Mi padre y mi abuelo también.

–¿Tu familia siempre ha vivido en Paradise Pines?

Sabía la respuesta, porque se había molestado en investigar a la familia Sullivan antes de hablar con Alex. Pero quería que se lo contara él mismo.

–Llevamos aquí cuatro generaciones.

Cole llegó en ese momento con una caja en las manos.

–Si no necesitáis nada más...

Alex le dio un golpecito en el hombro.

–Gracias por todo, Cole.

–De nada. Hasta pronto, Samantha.

–Adiós.

Mientras Alex colocaba las cosas de la caja, ella le cambió el pañal al niño que, afortunadamente, no se despertó.

Le habría gustado tomarlo en brazos, pero se contentó con darle un besito en el pelo. Luego se quedó mirándolo, incapaz de dejarlo todavía.

Se alegraba de que la familia de Alex tuviera raíces en Paradise Pines, de que el niño tuviera una bisabuela y un montón de tíos...

Sus abuelos maternos habían muerto antes de que ella naciera y Samantha apenas recordaba a sus abuelos paternos. Vivían en la costa este, de modo que sólo los había visto un par de veces en su vida. Y la impresión que le habían dado había sido la de dos ancianos que no sabían qué hacer con una niña de seis años.

Afortunadamente para Gabe, la abuela de Alex, su bisabuela, era una persona muy cariñosa.

–Estará bien aquí, Samantha –dijo él entonces en voz baja.

–Sí, lo sé –contestó ella sin mirarlo, con la voz estrangulada por la emoción.

–No te preocupes, todo se arreglará –murmuró Alex, poniéndole una mano en el hombro.

«Sí», intentó decir ella, pero no le salió. Estaba demasiado emocionada. Sería tan fácil apoyarse en su pecho, dar un paso atrás y decirle que sí, que se casaría con él...

Pero no podía sacrificar su más ferviente deseo.

–Ven, te acompaño al coche –dijo Alex entonces.

Resignada, Samantha salió de la habitación. Pero cuando estaba sentada frente al volante, él se inclinó para darle un beso en los labios.

Con los nervios, apenas lo oyó decir:

–Piensa en lo que te he propuesto.

Alex se sentó de golpe en la cama, sobresaltado.

Gabe estaba llorando.

Medio dormido, apartó las mantas de golpe y se puso el pantalón del chándal. Cuando miró el reloj, comprobó que eran las tres de la mañana.

Al entrar en la habitación del niño vio que estaba de pie sobre la cuna, agarrado a los barrotes de madera, llorando a todo pulmón.

–¿Qué pasa, Gabe? ¿Quieres que te cambie el pañal? ¿Quieres un biberón?

–Mama –lloraba el niño, con la carita enroje-
cida.

–No pasa nada. Voy a cambiarte el pañal y ya
verás cómo te encuentras mejor enseguida –murmuró Alex, nervioso.

–Mama, mama –seguía llorando Gabe.

–Lo siento, chaval. Estamos solos.

Quería que se sintiera a gusto en su casa,
pero no era tan sencillo. Y tampoco fue tan sencillo cambiarle el pañal. ¿Cómo lo había hecho
Samantha? En sus manos, todo parecía tan fácil...

–¡Mama, mama!

Gabe daba patadas, no se dejaba cambiar el
pañal y Alex se desesperó. El niño no paraba de
gritar, tanto como para que sus vecinos sospe-
charan que allí estaba teniendo lugar un asesi-
nato.

Por fin, después de la lucha, Alex consiguió
ponerle el pañal.

Era lo más lógico. Al fin y al cabo, él tenía
un máster en educación infantil, se dijo, orgulloso de sí mismo. Y llevaba trece años edu-
cando a los niños de Paradise Pines.

Pero no. No sirvió de nada.

–¡Ma-ma, ma-ma! –seguía llorando Gabe,
angustiado.

Alex preparó un biberón, pero el niño apartaba la cara cada vez que intentaba dárselo. Ni

siquiera su peluche favorito conseguía calmarlo.

Tiró el biberón al suelo, rechazaba los juguetes y se apartaba de él cuando intentaba tocarlo...

Dos horas después, agotado, se quedó dormido. Justo entonces empezaba a amanecer.

Temiendo hasta respirar, Alex lo cubrió con la mantita.

Y pensar que había esperado que la primera noche de su hijo en casa fuera pacífica...

CAPÍTULO 6

SAMANTHA no durmió mucho ni el viernes ni el sábado. El domingo, a las cinco de la madrugada, se echó una manta sobre los hombros y salió al porche para ver amanecer.

La casa le parecía vacía, solitaria.

Era curioso lo pronto que se había acostumbrado a Gabe. ¡Qué rápido había desarrollado su instinto maternal! Sólo después de perder al niño se dio cuenta de lo sola que se sentía sin él.

Recordaba el día que nació, el día que su hermana salió del hospital, cómo lo apretaba contra su corazón durante el funeral de su madre...

No había tenido la menor duda de que su obligación era cuidar de él y enseguida formaron una familia. Los dos, solos en el mundo.

Y entonces encontró a Alex.

El sol empezaba a levantarse sobre el horizonte y sus primeros rayos iluminaron el rocío sobre las hojas de los árboles. La belleza del paisaje hizo que el corazón de Samantha se llenara de esperanza.

Un nuevo día significaba un nuevo comienzo.

Debía enfrentarse con los hechos, se dijo. No tenía por qué perder a Gabe. Y para eso había una solución: casarse con Alex.

Luchar contra él para conseguir la custodia del niño era absurdo...

Estaba considerando esa posibilidad cuando vio que un coche azul aparcaba delante de su casa. Pero en lugar de salir, el conductor apoyó la cabeza en el respaldo del asiento y cerró los ojos.

Curiosa, Samantha se levantó del balancín y fue a comprobar qué hacía Alex en la puerta de su casa a las seis de la mañana.

Y para saber cómo estaba Gabe.

El niño estaba dormido en la sillita. Pero Alex parecía exhausto.

Algo había ido mal aquella noche.

Samantha llamó a la ventanilla y Alex dio un respingo.

—Hola.

—Hola. ¿Quieres pasar?

—No —contestó él, mirando hacia atrás—. Está dormido. No quiero que se despierte.

—Podemos sentarnos en los escalones —sugirió Samantha entonces.

—De acuerdo.

–¿Qué ha pasado?

–Ese niño no duerme nunca –suspiró Alex–. Y si él no duerme, yo tampoco.

–Le pasó lo mismo cuando su madre murió –explicó Samantha–. Sólo volvió a recuperar el sueño cuando se acostumbró a estar conmigo.

Un brillo de esperanza se encendió en los ojos azules del hombre.

–¿Cuánto tiempo tardó, un par de días?

–Un par de semanas. Bueno, en realidad, un mes.

Alex levantó los ojos al cielo.

–No puedo seguir levantándome a medianoche. Tienes que casarte conmigo, Samantha.

Ella tuvo que contener una risita. Alex Sullivan, tan seguro de sí mismo... Así aprendería. Cuidar de un niño no era tan fácil como había creído.

–¿Qué ha hecho?

–Nada. Llorar.

–¿Se ha hecho pis en la cuna?

–Varias veces. Y en mi albornoz.

–Ah, eso es imperdonable. Será mejor llamar al juez ahora mismo –bromeó Samantha.

–Me siento fatal –suspiró Alex–. El pobre no duerme, yo no duermo... Y no deja de llorar. Por favor, dime que a partir de ahora será más fácil.

–No puedo decirte eso. Te estaría mintiendo.

–Por favor...

–No te lo tomes así, hombre. Estas cosas llevan su tiempo. Y te ayudaré, no te preocupes. He pensado mucho estos días y creo que he puesto las cosas en perspectiva.

–¿Y has decidido casarte conmigo? –preguntó Alex, esperanzado.

Samantha tenía que tomar una decisión. Y quizá aquél era el momento.

–No.

–¿Por qué no?

–Pues... porque el matrimonio no es algo sobre lo que se pueda o se deba ser práctico. Cuando uno se casa, se compromete a querer y a cuidar de esa persona toda la vida, Alex. Siempre estaré aquí si me necesitas, pero yo también quiero tener una familia.

–Gabe y yo podemos ser tu familia –insistió él.

Aquel hombre era más tenaz que un bulldog, pensó Samantha.

–Estoy hablando de un marido que me quiera, de tener hijos propios. Y seguro que no es eso lo que tú tienes en mente.

Alex apartó la mirada.

–No. Yo puedo darte pasión, fidelidad. Y puedo prometerte que ni a ti ni a Gabe os faltará nada.

Samantha estudió su perfil. No dudaba de su sinceridad. Alex Sullivan era un buen hombre intentando hacer lo que le parecía mejor.

–¿Y si yo quisiera tener otro hijo?

Su mirada fue respuesta suficiente. No podía darle todo lo que quería.

Sabiendo que había tomado la decisión adecuada, pero sintiéndose absurdamente triste, Samantha dejó escapar un suspiro.

Gabe despertó en ese momento y, al verla, empezó a dar patadas y a levantar los bracitos.

–¿Cómo está mi niño? –sonrió Samantha, acariciando su barriguita–. Lo estás pasando bien, ¿no?

–Mama –sonrió Gabe cuando ella lo tomó en brazos. Pero luego procedió a regañarla. Tomó su cara entre las manos y empezó a decirle en su incomprensible lenguaje que no estaba nada contento. Samantha lo supo porque repitió la palabra «malo» varias veces.

–¿Ah, sí? ¿No me digas? Pero tú eres un niño muy valiente.

Alex hizo una mueca.

–Lo que no sé es si yo lo soy.

–Ven, vamos a desayunar.

Mientras Samantha preparaba el desayuno, Alex se tumbó en el sofá del salón. Pero cuando lo llamó y no obtuvo respuesta, decidió ir a investigar.

Estaba completamente dormido. Parecía incomodísimo en el sofá y le dio pena. Pobre Alex, aquellos días debían de haber sido terribles para él.

Intentando que estuviera un poco más cómodo, Samantha le quitó los zapatos y lo cubrió con una manta.

Alex se movió entonces y estuvo a punto de caerse del sofá.

–Despierta. Te vas a caer.

Él abrió un ojo azul. Luego el otro. Y luego cerró los dos. Entonces se dio la vuelta y, al mover el brazo, la empujó sin querer, tirándola sobre el sofá.

–Buenos días, Samantha –murmuró, medio dormido.

–Alex, suéltame –protestó ella, intentando apartarse.

No hubo respuesta. Se había vuelto a quedar dormido.

Samantha empujó y empujó, pero no pudo moverse. La tenía atrapada. Y todo en aquel hombre era duro, masculino...

–Alex, tienes que soltarme. Gabe está solo en la cocina y...

–Hazme el amor.

Ella parpadeó, confusa.

–¿Qué?

Por primera vez en su vida estaba experimentando un sofoco. Y Alex no la soltaba. Y no sería justo sucumbir a la tentación en esas circunstancias, se dijo.

–Tengo que irme. Gabe está solo en la cocina...

–Samantha, danos una oportunidad –dijo Alex entonces, abriendo los ojos.

–No puedo. Por favor, suéltame.

Él tardó unos segundos en obedecer, pero al final lo hizo, resignado. Samantha se levantó, nerviosa, arreglándose el pelo.

–Será mejor olvidar lo que ha pasado.

Alex se incorporó, arrugando el ceño.

–Será fácil porque no ha pasado nada.

–Duerme un rato, anda. Yo voy a darle el desayuno a Gabe.

Él volvió a tumbarse en el sofá, suspirando.

–Despiértame cuando estés dispuesta a casarte conmigo.

El lunes a las nueve de la mañana, el móvil de Samantha empezó a sonar.

–¿Sí?

–Soy Emily –contestó la chica que cuidaba de Gabe. Emily, una chica sudamericana de piel impecable y nervios de acero, jamás la llamaba durante el día. De modo que había pasado algo.

–¿Qué ocurre? –preguntó Samantha, nerviosa–. ¿Gabe está bien?

–Sí, bueno... No deja de llorar y se niega a tomar el biberón. Creo que está histérico. Empezó a llorar cuando Alex lo dejó en la guardería y no ha parado desde entonces.

–Pobrecito mío –murmuró Samantha, angustiada–. No se adapta al cambio.

–Ya me imagino.

–Alex ha estado despierto todo el fin de semana.

–Lo he llamado al móvil, pero iba a San Diego para dar una conferencia y no cree que pueda volver antes de una hora. ¿Puedes venir tú? –preguntó Emily–. De verdad, yo no sé qué hacer. Los otros niños están empezando a llorar también.

–Puedo ir a verlo, pero no puedo llevármelo sin permiso de Alex.

Emily dejó escapar un suspiro.

–Eso no es problema. Alex ha dado tu nombre como persona de contacto en caso de que le ocurriera algo al niño. ¿Puedes venir ahora mismo?

¿Alex había dado su nombre? Samantha no sabía qué pensar. ¿Qué significaba eso? ¿Tanto confiaba en ella? Que no se lo hubiera dicho hacía que el gesto fuera más conmovedor.

No respiró tranquila hasta que llegó a la guardería. El pobre Gabe se abrazó a ella como desesperado, con el cuerpecillo temblando de fatiga. Parecía más delgado, como si hubiera perdido peso. Y si no había parado de llorar, seguramente habría perdido fluidos.

Samantha sabía que retrasaba el ajuste a su nueva vida cada vez que iba a verlo, pero no podía dejarlo llorando...

De modo que quizá debía dejar de rescatarlo cada vez que lo pasaba mal y estar con él todo los días, se dijo.

Cuando le ofreció el biberón, Gabe lo agarró con una mano, pero con la otra siguió aferrando a Samantha, como si temiera que fuese a desaparecer. Unos segundos después, se había quedado dormido.

—Pobrecito mío.

—Lo está pasando fatal —suspiró Emily—. Yo esperaba que se calmase cuando reconociera la guardería y a los otros niños, pero no ha habido manera.

—Siento que te haya dado problemas.

—No, por favor. Ojalá hubiese podido hacer algo.

Cuando estaba colocando a Gabe en la sillita del coche, Alex llegó a la puerta de la guardería.

—He llegado tan pronto como he podido. ¿Qué tal está?

—Ahora, dormido. Pero lo ha pasado fatal —suspiró ella—. Alex, tenemos que hacer algo. El niño se está poniendo enfermo.

—Vamos a mi casa. Hablaremos allí.

Alex insistió en llevar a Gabe en brazos hasta la cuna, pero cuando el niño abrió los ojos se puso a llorar desconsoladamente.

Samantha se acercó corriendo para consolarlo y Gabe dejó de llorar de inmediato. Era
todo lo que necesitaba.

Unos minutos después, Alex y Samantha salían de la habitación, cada uno más angustiado
que el otro.

–Voy a hacer café –suspiró Alex.

–Me gusta tu casa –intentó sonreír ella.

Mientras iban hacia la cabaña había tomado
una decisión: se casaría con Alex. Ver cómo su
presencia calmaba la angustia del niño había
hecho que se decidiera. El problema era que no
sabía cómo decírselo.

–¿Por qué no te vienes a vivir aquí? –preguntó Alex.

Ella carraspeó, nerviosa. Todo parecía tan
frío...

–No sé...

–Lo he intentado todo, Samantha. Ya no sé
qué hacer –suspiró Alex, angustiado–. No quiero
que el niño sufra, pero...

–Muy bien, me casaré contigo –dijo Samantha
entonces.

Ya estaba. Lo había dicho.

Alex no reaccionó enseguida. Pasaron varios
segundos y no dijo nada. Su expresión no cambió en absoluto. Un minuto después, Samantha
se preguntó si habría dejado de respirar.

–Si sigues queriendo que nos casemos, claro.

Sin decir nada, Alex dio un paso adelante, tomó su cara entre las manos y le dio un beso.

No hacía falta más. Sólo un beso. Cada vez que Alex la besaba, se sentía consumida de pasión, sentía que estaba en un lugar desconocido, con sentimientos desconocidos para ella.

Enredaba los brazos alrededor de sus hombros, pero quería estar más cerca... mucho más.

–Sigo deseándote –dijo Alex por fin.

–¿Sigues queriendo casarte conmigo? –consiguió decir Samantha en voz baja.

–Es la única forma –contestó él, pasando un dedo por sus labios–. Y cuanto antes, mejor.

Luego volvió a besarla, con una desesperación que era reflejo de la suya. Cuando la soltó, a Samantha le costaba trabajo permanecer de pie.

–Pero con una condición –dijo entonces, agarrándose a la mesa.

–¿Cuál?

–No haremos el amor hasta que estemos casados.

Alex la miró, perplejo.

–¿Por qué?

Ella miró alrededor.

–Pues... porque Gabe no es el único que debe acostumbrarse a... esta nueva situación.

–Esto no es un juego, Samantha. Vamos a ser una familia de verdad.

–Por eso. Tenemos que conocernos un poco mejor. Además, ahora mismo no estoy tomando nada y... me refiero a métodos anticonceptivos.

Alex se pasó una mano por el pelo, mirándola con cara de resignación.

–Muy bien, acepto tus condiciones.

–Me alegro.

–¿Qué haces el sábado?

CAPÍTULO 7

ALEX y Samantha decidieron celebrar la decisión yendo al puerto.

Pero sonó el teléfono cuando estaban a punto de salir.

–Hola, cariño –lo saludó su abuela–. Me han dicho que tuviste que ir a buscar al niño a la guardería. ¿Pasa algo?

–En realidad, Samantha fue a buscarlo –contestó Alex–. Ella me ha ayudado a dormirlo... o, más bien, ella ha conseguido que se durmiera. Pero ahora todo está bien. Nos vamos al puerto.

–Ah, yo también quiero ir. Así podré conocer a Samantha un poco mejor.

Y él esperando un día romántico... En lugar de una tarde encantadora con Samantha y Gabe, lo que había conseguido era tener como carabina a su abuela.

Pero una vez en el puerto, se animó. Hacía un día perfecto para dar un paseo en barco. El cielo era de un azul precioso y la brisa, fresca y agradable. No podía pedirse nada más.

Perfecto también fue que su abuela decidiera bajar al camarote para que a Gabe no le diera el sol. Así pudo quedarse a solas con Samantha.

Ella estaba tumbada sobre una manta en cubierta. Llevaba una camiseta de manga larga y unos pantalones cortos de color azul que dejaban al descubierto sus largas y bien torneadas piernas.

Alex arrugó el ceño. En San Diego no se podía tomar a broma el sol. La agradable temperatura solía engañar a la gente, que terminaba con quemaduras de segundo grado.

Y él no quería que se quemara esa piel tan bonita, de modo que sacó la crema solar.

–Hola.

–Hola. ¿No estás llevando el timón?

–No, prefiero estar aquí contigo.

–¿Y tu abuela?

–Ha bajado al camarote con Gabe. No quiere que le dé el sol. Así que estamos solos... tú, yo... y las gaviotas.

Samantha soltó una carcajada.

–Gracias por traernos aquí. Es maravilloso. Casi me siento culpable por hacer novillos.

–Mentirosa.

–He dicho «casi».

–Tengo que ponerte crema en las piernas –dijo Alex entonces.

–¿Tienes que hacerlo? –bromeó ella. Empezaba a encontrar divertido aquel juego.

–Si no quieres...

–No me importa.

–Pues túmbate. Voy a ponerte un poco. No querrás quemarte esas piernas tan preciosas, ¿verdad?

Le gustaba sentir las fuertes manos del hombre sobre su piel, no podía negarlo. Le gustaba sentir aquellos dedos largos recorriendo sus piernas de arriba abajo... pero cuando los metió por el bajo del pantalón se puso tensa.

–Cuidado...

–Perdona –se disculpó Alex, con el tono de alguien que no está en absoluto arrepentido–. Ya está –dijo entonces, dándole un azote en el trasero.

–¡Oye!

–¿Sí?

Riendo, Alex se quitó la camisa y se tumbó sobre la manta. No había tenido un momento de paz en todo el día y le gustaba estar así, tumbado con Samantha.

Cuando le había dicho que estaba dispuesta a casarse con él... eso sí había sido una sorpresa. Naturalmente, sabía que lo hacía por el niño.

Un fin de semana a solas con Gabe le había demostrado que no era capaz de cuidar de él. El pobre niño estaba deshidratado y angustiado... ¿Qué más prueba quería Samantha de que padre e hijo la necesitaban?

Entonces, ¿por qué se sentía decepcionado? ¿Por qué, si había conseguido lo que quería, se sentía insatisfecho?

No había cambiado de opinión, desde luego. Todo lo contrario.

Porque la idea de cuidar solo de Gabe le daba pánico. Sin embargo, seguía sintiéndose insatisfecho.

Al sentir la crema fría en su espalda, Alex levantó la cabeza.

–¿Qué haces?

–No te muevas. No querrás quemarte la espalda, ¿verdad? –sonrió Samantha–. Voy a darte crema. Es mi turno.

Mientras le ponía la crema, Alex tuvo que disimular un gemido de placer. Lo que le hacía no era decente y no debería hacerse en público, desde luego. Pero se sentía demasiado débil como para protestar.

Sólo podía soportarlo. Y disfrutar.

La venganza nunca había sido tan dulce. Sentándose sobre él, Samantha extendió la crema por su espalda con movimientos eróticos...

–Para o no seré capaz de hacer honor a la promesa que te he hecho.

–Confío en tu autocontrol –rió ella.

–Pues yo no. Compórtate.

–Tú no lo has hecho.

–La próxima vez lo haré –dijo Alex.

–Vaya, espero que no.

Él soltó una carcajada, encantado de su sinceridad.

–Muy bien, no me comportaré.

–Tu abuela no está de acuerdo –dijo Samantha.

Era martes por la noche y estaban cenando en un restaurante de San Diego.

Las luces del puerto se mezclaban con las luces de la bulliciosa ciudad, creando un decorado alegre y lleno de vida.

–Mi abuela es una romántica –suspiró Alex–. Pero se acostumbrará. Dentro de diez años o así.

–No te rías –protestó Samantha–. Esto podría cambiarlo todo.

Alex se quedó parado, con el tenedor a medio camino entre el plato y la boca.

–¿Qué quieres decir?

–No sé... Pero tu abuela es una parte importante de la familia. No podemos dejar de hacer caso a sus objeciones.

Alex masticó despacio y luego tragó con un marcado movimiento de la nuez.

–Ya hemos acordado que nos casaríamos. ¿Estás diciendo que has cambiado de opinión?

–No, claro que no –contestó ella–. Pero tampoco quiero causar un problema en tu familia.

–No vas a causar ningún problema –dijo Alex, apretando su mano–. Créeme. En mi familia no siempre estamos de acuerdo, pero siempre nos apoyamos unos a otros. Mi abuela no desaprueba nuestro matrimonio, lo que pasa es que no le gusta que lo hagamos tan rápido.

Era lógico. La propia Samantha estaba nerviosa por todo aquel asunto.

–Entonces, ¿crees que estoy exagerando?

–Un poco.

–Sí, bueno, supongo que me he vuelto un poco paranoica con lo de Gabe. Sólo quiero que el niño sea feliz.

–Es normal –sonrió Alex, levantando su mano para darle un beso–. Pero las cosas serán más fáciles cuando nos casemos. Y ahora, termina de cenar. Quiero enseñarte un sitio.

A Samantha le encantaba que fuera tan cariñoso, que le diera besitos en la mano... Esos gestos tan anticuados le parecían conmovedores.

–¿Qué quieres enseñarme?

Alex levantó su copa de vino, con un brillo burlón en los ojos.

–Ya lo verás.

La llevó a Sullivan's, la joyería familiar.

A las once no había actividad comercial en el distrito de Gaslamp, pero los turistas que visitaban las discotecas y los bares llenaban las calles. Y su alegría era contagiosa.

Alex sacó una llave, desactivó la alarma y levantó el cierre. Luego desactivó una segunda alarma y abrió la puerta de la joyería.

–Bienvenida a Sullivan's –dijo, señalando alrededor.

El olor a flores frescas la sorprendió. Y, sobre todo, los cuadros que colgaban en las paredes. Eran de un artista local que había logrado fama internacional. Ciertamente, Sullivan's era una joyería muy elegante.

–Muy bonita –sonrió Samantha, mirando alrededor–. Y cuando las joyas estén colocadas en las estanterías debe de ser impresionante.

–Yo no sé mucho de joyas, eso es cosa de mi hermano Rett. Y de Rick, claro. Pero sí, cuando las joyas están colocadas en las estanterías es bastante impresionante.

–¿Tus hermanos son los propietarios de la joyería?

–No, la fundó mi bisabuelo y es una empresa familiar. Cada uno de nosotros es propietario de una parte. De ésta, de la que tenemos en La Jolla y de la que se abrirá en Rodeo Drive el año que viene.

Samantha lo miró, sorprendida.

–¿En Rodeo Drive, Beverly Hills?

–Eso es.

–¡Qué maravilla! Eso sí que es lujo.

–Rett y Rick son el alma de la empresa. Rett es el diseñador, y Rick, el hombre de negocios. Y juntos han logrado que Sullivan's se convierta en la joyería número uno en San Diego –contestó Alex, desactivando una tercera alarma.

Aquel sitio parecía más seguro que el banco de Inglaterra.

–¿Seguro que podemos entrar aquí?

–Claro. Rett me ha dado la combinación esta mañana.

–¿La combinación?

–Ésta es la caja fuerte –sonrió Alex, señalando una puerta de acero.

Al otro lado de la puerta había una salita con estanterías de acero, una mesa y dos sillas.

–Alex, ¿para qué me has traído aquí?

–Para elegir tu anillo de compromiso y las alianzas.

Diamantes, rubíes, esmeraldas, perlas... todas las gemas imaginables estaban allí, delante de ella. Samantha no se lo podía creer. Y cada una era más hermosa que la anterior.

–Elige uno –la animó Alex.

–Pero yo... no puedo –empezó a decir Samantha, abrumada–. No puedo aceptar esto.

–¿Por qué no?

–Porque es demasiado.

–No sabía lo que te gustaba, así que le pedí a Rett que dejase preparada una variedad de estilos y piedras.

–No puedo –insistió ella.

No podía aceptarlo porque era demasiado. Y demasiado poco. Demasiado porque eran piedras de gran valor... seguramente cualquiera de esos anillos valdría un cuarto de lo que ella ganaba al año. Y demasiado poco porque no había ningún sentimiento que correspondiese al gesto. De modo que sería un gasto inútil.

Cada vez que mirase aquel símbolo en su dedo, se acordaría de por qué había aceptado casarse con Alex.

–¿No tenéis alianzas normales?

Él se echó hacia atrás en la silla, sorprendido.

–¿Qué pasa, Samantha? Tú tienes muy buen gusto, así que deberían gustarte...

–No es eso –lo interrumpió ella, mirando un zafiro rodeado de diamantes–. No quiero que me compres un anillo, Alex. Especialmente, en nuestra situación.

–Nuestra situación es que vamos a casarnos –le recordó él–. Intercambiar anillos es la costumbre.

–Sí, ya. Pero nuestras circunstancias son diferentes.

–¿Por qué? ¿Por qué estamos siendo prácticos? ¿Eso significa que estamos menos comprometidos? ¿Que nuestro matrimonio no puede funcionar?

–Sí. No. No lo sé –suspiró ella–. Me estás confundiendo.

–Nuestro matrimonio va a ser real, Samantha. Real. El compromiso, la fidelidad, las promesas...

–Promesas de amarnos, honrarnos y cuidar el uno del otro.

–El amor muere, se acaba en algún momento. Es mejor casarse sabiendo lo que hacemos.

–¿Tú crees que eso lo hace real? ¿Que es suficiente para que funcione?

–Sí, lo creo –contestó Alex–. Entre nosotros hay algo más que deseo; tenemos un propósito. Los dos queremos darle una familia a Gabe. Y, además, nos gustamos.

Sí, eso era verdad. Se gustaban. Alex no mantenía en secreto que la deseaba. Y seguramente tampoco ella podía evitar que se le notase. Cada vez que la tocaba en público se le aceleraba el corazón, y cuando estaban solos... le resultaba difícil mantener la condición que le había impuesto.

Sí, quería casarse con él, no había cambiado de opinión. Pero una alianza sencilla sería más que suficiente.

–Muchos matrimonios no duran ni seis años –siguió Alex–. El mío se acabó ahí.

¿Seis años? No sabía que hubiese durado tanto.

—La pérdida de tu hija debió de ser un golpe durísimo para los dos.

—Sí, pero fue más que eso. Mi mujer y yo queríamos cosas diferentes de la vida.

—Ah —murmuró Samantha. No quería preguntarle, pero tenía que saber. Así podría aprender del pasado—. ¿Por qué queríais cosas diferentes?

Alex se encogió de hombros. Había abierto la puerta del pasado, pero no parecía querer decir más.

—Eran cosas pequeñas. Y algunas importantes también, supongo. Ella quería tener hijos, yo no. Pensaba que, con el tiempo, cambiaría de opinión, y como no lo hice se quedó embarazada sin decírmelo. Pero era mi mujer y estaba embarazada de mi hija. Por supuesto, la apoyé. Y me enamoré de la niña la primera vez que vi una ecografía.

—Alex... —murmuró Samantha, apretando su mano—. ¿Perdió a la niña?

—Fue un parto prematuro. Mi hija nació a los seis meses. Yo iba con mi mujer al ginecólogo siempre que podía, pero me perdí una consulta... precisamente en la que le dijeron que el feto tenía ciertos problemas y le recomendaron reposo absoluto. Pero mi mujer no hizo caso.

–¿Por qué no? ¿Por qué se arriesgó?

–Porque tenía que fumar en alguna parte –contestó Alex–. Me había engañado también en eso. Según ella, había dejado de fumar, pero no era verdad. Seguía fumando en el trabajo, aunque el médico se lo había prohibido terminantemente. Su egoísmo nos hizo sufrir a los dos y destruyó el amor que sentía por ella.

–Entiendo.

–Mi hija existió el tiempo suficiente como para que yo me enamorase de ella y luego desapareció.

–Lo siento –murmuró Samantha.

–Lo he dejado atrás, es el pasado. Pero quiero que entiendas por qué confío más en los objetivos que en las emociones. Quiero que te pongas uno de estos anillos como promesa de que nuestro matrimonio va a funcionar.

–Alex... –Samantha no sabía qué decir. El dinero podría no ser importante para él, pero lo era para ella. No quería aceptar más de lo que podía dar.

–Por favor.

–Esto es demasiado. No necesito nada tan extravagante para saber que eres sincero, de verdad. Sólo quiero una alianza sencilla.

–El dinero no importa, Samantha. Y esto no tiene nada que ver con Gabe. Es entre tú y yo. Una alianza sencilla estaría bien, pero... –Alex tomó de la bandeja precisamente el anillo con el zafiro–. Estarías muy guapa con éste.

Le quedaba perfecto, como si estuviera hecho para ella.

La resolución de Samantha empezaba a desvanecerse. ¿Cómo podía decir que no? Rechazar aquel anillo sería como rechazarlo a él. Algo que no tenía ningún deseo de hacer.

De modo que levantó la mano para admirar el brillo del zafiro.

–Es precioso.

Alex sonrió mientras besaba sus dedos uno a uno.

–Será mucho más bonito con una alianza al lado.

U NA SEMANA después, Samantha corría hacia el gimnasio del instituto. Tenía una cita con Alex en... Samantha
apartó la manga de la chaqueta para mirar el reloj: cinco minutos. Perfecto. Justo el tiempo necesario antes de que empezara el partido de baloncesto.

Esperaba que Alex le hubiera puesto a Gabe
un jerseycito. Hacía un poco de fresco para el
niño. Paradise Pines en febrero era helador
comparado con Arizona.

Le resultaba difícil creer que había aceptado
casarse con él. Y, desde entonces, el tiempo parecía haber tomado una nueva dimensión: el
tiempo real y el tiempo Sullivan.

Para que Gabe se acostumbrase a la nueva situación sin traumas, lo llevaba todas las mañanas a la guardería y pasaba todas las tardes con
ellos. Alex también hacía su parte: iba a buscarlo a la guardería por la tarde, le daba de ce-

nar y lo metía en la cuna. Y cada día, el niño se acostumbraba un poco más al cambio.

Como Alex y ella empezaban a acostumbrarse el uno al otro... cuando Gabe se iba a dormir. Samantha conocía sus gustos sobre música y cine mejor que los suyos propios.

Y otras cosas. Pero tenía cuidado de escapar antes de que fuese demasiado tarde, aunque cada noche le resultaba más difícil.

Cuando estaban juntos, la realidad se volvía borrosa y la proximidad física, el deseo que sentían el uno por el otro, tomaba la apariencia de un compromiso emocional. Sola en la cama, Samantha se regañaba a sí misma, diciendo que debía recordar por qué iba a casarse con Alex Sullivan. Porque, aunque la línea que separaba la realidad del sueño se hacía borrosa cuando estaba con él, intuía que Alex no sentía lo mismo.

Iba corriendo a toda velocidad cuando lo vio en la puerta del gimnasio. Estaba consolando a una animadora, que lloraba sobre su hombro. La consolaba cariñosamente... muy cariñosamente en su opinión.

La mayoría de los hombres se derretía al ver a una mujer llorando. Pero Alex no; él conocía a los chicos y sabía cómo hablar con ellos. Era un buen director de instituto.

Una pena que no pudiera llevarse eso a casa, pensó. Seguía mirando a Gabe con cierta distancia. Jugaba con él y era cariñoso, pero nunca bajaba la guardia.

Alex seguía hablando con la chica, que poco a poco empezaba a calmarse y, unos segundos después, volvió a entrar en el gimnasio con una sonrisa en los labios.

–Hola.

–Hola, Samantha –sonrió Alex–. ¿De dónde sales?

–De la consulta. ¿Qué le pasaba a esa chica? –preguntó ella, fingiendo desinterés.

–No estoy seguro. Algo sobre un perro que se llama Queenie, un chico que no quiere salir con ella y unos kilos de más.

–Ah. ¿Y cómo has conseguido que dejase de llorar?

–Le he contado la historia de un chico al que se le cayeron los pantalones delante de todo el colegio.

–¿Y se le ha pasado el disgusto?

–Es una adolescente. A un chico se le caen los pantalones y ella se muere de risa.

–Ese chico no serías tú, ¿verdad?

En lugar de contestar, Alex tomó su mano.

–Vamos, Gabe está con el entrenador Anderson...

–¿Eras tú?

–Mi hermano Rick, pero no le digas que te lo he contado o me mata –sonrió Alex.

Acababa de sonar el silbato del árbitro y él tiraba de su mano, pero Samantha lo llevó hasta una esquina.

–Tenemos que entrar –la urgió él.

Samantha le echó los brazos alrededor del cuello.

–Esto por ser tan bueno –murmuró, dándole un beso en los labios.

–¿Bueno? ¿Tengo que soportar las lágrimas de una adolescente y sólo soy bueno? Venga, tú puedes hacerlo mejor.

Siguieron besándose como dos críos entre las sombras. A Samantha le gustaba tanto besarlo... le gustaba tanto sentir su cuerpo apretado contra ella... La hacía sentirse viva, querida, deseada.

Sí, era más que bueno. Era fabuloso.

Alex levantó la cabeza y sujetó la suya hacia atrás para mirarla a los ojos.

–Muy bien, lo reconozco. Eres malo, muy malo.

–Tenemos que parar, Samantha –murmuró él, sin dejar de besarla en el cuello.

–¿Por qué? Estamos comprometidos.

–Sí, es verdad. Pero no estamos casados –le recordó Alex.

Sabiendo que ésa había sido su condición, Samantha dejó escapar un suspiro.

–No eres sólo malo, eres peor.

El jueves, Samantha volvió tarde de una reunión en San Diego, de modo que no pudo ir a casa de Alex. Echaba de menos a sus chicos, pero pensó que estar solos sería bueno para ellos.

Eran las diez cuando el timbre del microondas anunció que su cena estaba lista. Olía bien, pero cuando sirvió los espaguetis en el plato vio que tenían un aspecto muy poco apetitoso.

No podía creer que hubieran pasado sólo dos semanas desde que el juez le dio la custodia a Alex. Dos semanas. Tenía la impresión de que había pasado toda una vida.

Afortunadamente, Gabe dormía bien y había dejado de llorar. Eso era lo más importante, pensó mientras probaba su triste y solitaria cena.

Alex había dicho que quería casarse enseguida, pero seguían sin fijar una fecha. Le preguntaría al día siguiente, decidió. Tenía que empezar a hacer planes.

No quería una boda exagerada, con muchos invitados. No, algo sencillo. Si no podía ser romántica, que al menos fuera elegante.

La verdad era que no sabía bien lo que quería... o más acertadamente, no sabía lo que debía querer. La niña que había en ella, la adolescente soñadora y la mujer apasionada que era, pedían a gritos una boda de ensueño, un matrimonio para siempre. Pero...

En ese momento sonó el timbre de la puerta y cuando salió a abrir vio a Alex en el porche. No la sorprendió su presencia.

Lo que la sorprendió fue que iba vestido de esmoquin.

¡De esmoquin! Y llevaba un ramo de flores en la mano. Además, detrás de él había una limusina.

–¡Hola!

–Hola, preciosa. Esto es para ti.

–Gracias –sonrió Samantha, confusa–. Hoy no es el día de San Valentín.

–No, ya lo sé. Son para mi novia –contestó él, después de aclararse la garganta–. ¿Quieres casarte conmigo, Samantha?

A ella se le encogió el corazón. Ésas eran las palabras que necesitaba oír en aquel momento. Dejando los asuntos prácticos a un lado, una mujer necesitaba que se lo pidieran.

–Ya te he dicho que sí.

–Y me alegro –sonrió Alex, señalando la limusina–. Pero digo ahora mismo. ¿Quieres escaparte conmigo a Las Vegas?

Samantha se quedó boquiabierta.

–¿Ahora mismo?

–Ahora mismo.

–¿Seguro que quieres hacerlo, Alex? ¿Y tu familia ¿Y tu trabajo?

Él la abrazó como respuesta. Podía parecer un poco nervioso, pero era tan sólido como siempre. Y cuando levantó su barbilla con un dedo para besarla, era el Alex Sullivan más sexy que Samantha había visto nunca.

–Lo he arreglado todo para que los dos tengamos tres días libres. Gabe está en la limusina y el resto de mi familia estará dispuesta cuando tú digas.

Ah, de modo que aquel momento de «espontaneidad» estaba más que preparado. A Samantha casi le dio la risa.

–Bueno, ¿y a qué estamos esperando?

–A nada –sonrió él, apretándola con fuerza–. No puedo esperar más. Estoy deseando hacerte mía.

En realidad, también ella estaba deseando hacerlo suyo.

–Necesito cinco minutos. ¿Puedes esperar?

–Sí, pero no tienes que llevar mucho. Compraremos lo que haga falta en Las Vegas –sonrió Alex–. Y después de la boda, no te hará falta nada en absoluto.

–Ah, muy bien. Entonces, llevaré poca cosa.

El viaje de seis horas desde Paradise Pines hasta Las Vegas pasó en un soplo. En cuanto la

limusina entró en la autopista, la señora Sullivan... la abuela, anunció que estaban celebrando
la despedida de soltera.

–¿Una despedida de soltera? ¿Aquí? –rió Samantha.

–Por supuesto. Hay que hacer las cosas
bien. Aunque todo sea muy rápido, debemos
respetar las tradiciones. Mattie ha traído los
regalos.

Samantha no debería haberse sorprendido.
Los Sullivan eran así. De modo que, muerta de
risa, aceptó la copa de champán que Alex le
ofrecía y empezó a abrir regalos.

El niño estaba encantado con aquel multi-
tudinario viaje. ¡Incluso habían llevado una
tarta!

Y Samantha veía a Alex mirándola por el rabillo del ojo, pendiente de ella. ¿Qué más podía
pedir?

Alex empezó a relajarse. Iba a casarse con
Samantha, como habían decidido. Y ella parecía
feliz. Pronto estaría en su cama y en su vida,
cuidando de él y de Gabe. Permitiendo que se
distanciara del niño lo suficiente como para
proteger su corazón.

Aunque ya no le importaba demasiado. Estaba enganchado al niño. Cuando miraba a
Gabe, sentía el deseo de protegerlo, de cuidar
de él. Pero un instinto primitivo, más fuerte que

su voluntad, impedía que le abriese el corazón del todo.

Había aprendido bien esa lección. Por mucho que intentara proteger a su hijo, por mucho que hiciera, seguiría estando en manos del destino.

Alex no quería volver a sufrir. De modo que cumpliría con su deber hacia el niño, lo querría, cuidaría de él y rezaría para no sufrir de nuevo.

–¡Ay, por favor!

Alex levantó la mirada. Samantha estaba sacando una prenda de encaje blanco de una caja. Era algo muy pequeño... una braguita. Y cuando la imaginó con ella...

Riendo, levantó su copa y le hizo saber con los ojos que estaba deseando que llegara el momento.

El viaje, de repente, le pareció interminable. Quería llegar a Las Vegas cuanto antes. Quería pronunciar las promesas delante de Dios, de su familia... y de Elvis si hacía falta. Quería terminar lo antes posible con la ceremonia y empezar la luna de miel.

Quería a Samantha para él solo. En la suite de un hotel. Con un cartel de «no molesten» colgando en la puerta.

Pero mientras tanto, no tenían por qué estar separados.

–¿Te gusta la tarta? –preguntó, tirando de su mano hasta colocarla sobre sus rodillas.

Riendo, Samantha se pasó la puntita de la lengua por los labios.

–Está deliciosa. ¿Quieres un poco?

Quería un poco, sí. Pero de ella.

–¿Lo estás pasando bien? –murmuró Alex, acariciándola por debajo del vestido para disimular.

–Muy bien. Está siendo un viaje muy emocionante.

Le gustaba verla feliz. Él siempre se preocupaba demasiado por todo. Por Gabe, por ella, por el futuro...

Samantha se merecía más de lo que él podía ofrecerle pero, egoístamente, no quería dejarla ir. Gabe la necesitaba. Y él también, cada día más.

Y no sólo por Gabe.

Aunque eso debería asustarlo. Samantha había invadido su vida. Ella hacía que todo fuera más dulce, más fácil, más bonito...

Muy bien, se dijo. De acuerdo. Disfrutaba de su compañía. Disfrutaba hablando con alguien que entendía su trabajo en el instituto, alguien que compartía sus bromas. Eso no significaba que se estuviera ablandando.

Sólo significaba que había hecho un buen trato.

–¿Queda mucho hasta Las Vegas? –preguntó Samantha.

–Un par de horas –contestó Alex, buscando sus labios–. ¿Tienes sueño?

–Un poco.

–Duerme si quieres –dijo él entonces, apretándola contra su corazón–. Mañana va a ser un día muy largo.

CAPÍTULO 9

A LA MAÑANA siguiente, Samantha entró con Gabe en el salón de la suite y encontró a Mattie y a la abuela desayunando.

Aquél, se dijo Samantha, iba a ser un día de excesos. Empezando por un buen desayuno repleto de calorías y terminando con una noche de amor.

–Tengo que comprar un vestido de novia y sólo cuatro horas para hacerlo. ¿Alguien quiere venir conmigo?

En realidad, necesitaba de todo: vestido, zapatos, velo, ropa interior...

–Alex ha hecho un itinerario –dijo la abuela–. Después del desayuno, tienes una reunión con el organizador de bodas del hotel.

–¿Qué?

–El organizador de bodas. Es una cosa nueva. Por lo visto, se encargan de todo, desde el vestido hasta la música para la ceremonia.

–¿En serio?

–En serio. Y Alex ha dejado una nota diciendo que no te preocupes por el precio de nada. Quiere que este día sea especial para ti.

–Qué pelota –rió Mattie.

–Matilda Ann –la regañó su abuela.

–Pero es que es un pelota...

–Y a mí me encanta que lo sea –rió Samantha.

–Bueno, niñas, hoy tenemos mucho que hacer –suspiró la abuela–. Después de la reunión con el organizador, tenemos que ir al centro para pedir la licencia de matrimonio. Luego, a comprar el vestido y los accesorios. A las dos, tenemos una cita en el salón de belleza del hotel para peinarnos y maquillarnos...,

–Parece que Alex ha pensado en todo –murmuró Mattie.

–Tenemos que dejar a Gabe con los chicos antes de ir de compras –dijo la abuela, levantándose–. Venga, daos prisa si no queréis que lleguemos tarde. Voy a buscar mi bolso.

–Yo también...

–Espera, Mattie –dijo Samantha entonces–. ¿Quieres ser mi dama de honor?

–Claro, encantada.

–Muchas gracias.

–Por favor... –dijo la abuela, impacientándose.

Samantha también tenía su propia agenda para aquel día. En cuanto aceptó la proposición de Alex fue al médico para pedir que le recetara la píldora, pero el ginecólogo le advirtió que su organismo tardaría algún tiempo en acostumbrarse y que debía usar condones durante el primer mes.

De modo que debía comprar condones en algún momento. Preferiblemente, sin que la abuela se diera cuenta.

Samantha estaba mirando a la novia que posaba frente al espejo en uno de los saloncitos del hotel. Elegante y refinada con un vestido de brocado de seda color crema y un ramo de capullos de rosa del mismo color, parecía sacada de una revista.

Nada llamaba la atención exageradamente. No había volantes, ni encajes, ni lazos. El vestido, sin mangas, era chic, sofisticado, precioso.

Y Samantha no podía creer que ella fuera esa chica. ¿Cómo podía parecer tan tranquila si le temblaban las piernas?

El vestido era lo que la hacía diferente, lo que hacía que se sintiera tan especial.

Nerviosa, se tocó el pelo, preguntándose si debía haberse puesto un velo. Pero no, estaba bien así. Había elegido un moño decorado con una rosa como único ornamento.

Convencer a la abuela y a Mattie de que necesitaba unos minutos a solas había sido muy fácil. El problema era esconder la caja de condones. ¿Dónde podía guardarla? El vestido era de línea recta, de modo que no había escondite posible.

–¿Samantha Dell? –oyó una voz masculina.

–¿Sí?

–Soy Brock Sullivan. Mi abuela me ha dicho que te encontraría aquí.

–¿Brock? –sorprendida, Samantha miró unos ojos de color azul zafiro, azul Sullivan–. Dios mío... ¿sabe Alex que estás aquí?

–Sí. Llegué hace veinte minutos y le di una sorpresa a todos.

–No me extraña. Encantada de conocerte, Brock. Me alegro de que hayas venido.

–Alex y yo hicimos un pacto hace años para ser el uno el padrino del otro. Por eso quería hablar contigo. ¿Te importa que yo sea el padrino?

–Claro que no –sonrió Samantha–. ¿Por qué iba a importarme?

Brock vaciló un momento.

–Porque fui el padrino de su primera boda.

–Ah, ya. Pero si a Alex le parece bien... Además, habéis hecho un pacto, ¿no?

–Gracias, Samantha.

–¿De dónde vienes, de Sudamérica?

–Sí, más o menos –contestó Brock, sacando una cajita del bolsillo del pantalón–. Rett me ha pedido que te diera esto. Es la alianza de Alex.

Samantha acarició el anillo de platino finamente labrado.

–Es preciosa. Gracias.

–Yo sólo soy el mensajero. Rett es el genio de la familia.

–Sí, es verdad. Pero tú podrías ser mi héroe si me guardas esto hasta el final de la ceremonia –dijo Samantha entonces, dándole la bolsita de plástico que contenía la caja de condones.

Rezaba para que no preguntase qué era pero, por supuesto, Brock era un caballero.

–Claro, cómo no –contestó él, guardándola en el bolsillo–. ¿Puedo acompañarte al salón?

–Gracias –sonrió Samantha.

Bajo la suave sombra de los árboles, en un cenador adornado con hiedra y rosas, con la familia Sullivan como testigo, Samantha y Alex intercambiaron las promesas de matrimonio.

–Yo os declaro marido y mujer –dijo finalmente el juez de paz–. Puede besar a la novia.

Samantha miró los ojos azules de Alex y, de repente, descubrió algo tremendamente importante: se había enamorado de su marido.

Se había enamorado de su integridad, de su seriedad, de su sentido del deber, del amor que sentía por su familia, incluso de su testarudez y su pragmatismo.

Nerviosa, contuvo el aliento, esperando que el sentido común le hiciera poner los pies en el suelo. Pero no fue así.

Acababa de casarse con el hombre de su vida. Pero él no la quería.

Samantha sintió angustia y euforia al mismo tiempo. En sus ojos veía afecto, deseo... y decidió concentrarse en lo positivo, en la alegría de la boda, en sus sueños hechos realidad.

Mientras se guardara aquello para sí misma, todo iría bien.

Cuando Alex la besó, rezó en silencio para que todo saliera como habían esperado.

—Señoras y señores, les presento al señor y la señora Sullivan.

Tras el anuncio, Samantha y Alex se volvieron para recibir las felicitaciones de su familia. Él apretaba su cintura posesivamente, como si no quisiera dejarla ir nunca, y Samantha saboreó aquel momento, creyendo casi que sus sueños podrían hacerse realidad.

Gabe, vestido de blanco para la ocasión, se dejaba besar por todo el mundo sin saber muy bien qué estaba pasando. Pero parecía contento, como si supiera que aquélla era una fiesta especial.

—Bienvenida a la familia —sonrió la abuela, estrechándola en sus brazos.

—Gracias —dijo Samantha.

Aquel cariño, aquel calor, eran nuevos para ella. Nuevos y bienvenidos. Había querido mucho a su madre y a su hermana, por supuesto, pero los Sullivan eran especiales.

Medio dormido, pero demasiado excitado como para dormir, Gabe empezó a protestar durante el banquete. Alex lo tomó en brazos y, sin dejar de hablar con su hermano, como si fuera lo más natural del mundo, colocó la cabecita del niño sobre su hombro. Gabe se quedó dormido enseguida para asombro de todos.

Samantha sonrió, encantada, y Alex apretó su mano, contento también. Ese contacto tan simple la unió a él de una forma primitiva, difícil de explicar.

–¿Estás cansada?

–Un poco.

–Entonces, es hora de irnos –le dijo Alex al oído–. Pero no te duermas. Aún queda lo mejor de la noche.

–Estoy bien. Ha sido un día perfecto –sonrió Samantha, arreglándole la corbata–. Pero estoy dispuesta a quitarme el vestido y a empezar una noche perfecta.

Alex tragó saliva antes de aclararse la garganta para anunciar:

–Samantha y yo queremos daros las gracias a todos por estar con nosotros en este día tan especial. Pero tenemos que dejaros. Y esperamos que lo paséis bien sin nosotros.

Después de decir eso, puso a Gabe en brazos de su abuela y tomó a Samantha de la mano para ir a la suite.

Por supuesto, no los dejaron ir de inmediato. Todos querían despedirse y desearles una buena noche... y Brock aprovechó para darle a Samantha la cajita.

–Me alegro mucho de que hayas podido venir. Era importante para Alex.

–Para mí también.

Por fin, Alex se la llevó. Y cuando entraron en la suite, Samantha miró alrededor, entusiasmada.

–Qué maravilla –murmuró, quitándose los zapatos. Sus pies se hundieron en la gruesa y suave alfombra.

Alex se quitó la chaqueta, sonriendo.

–Parece que el hotel se ha encargado del champán –dijo, sirviendo dos copas–. Ah, al fin solos.

–Al fin –sonrió Samantha.

Después de brindar, Alex la tomó por la cintura y buscó sus labios con gesto posesivo. Poniéndose de puntillas, Samantha le echó los brazos alrededor del cuello, disfrutando del calor del cuerpo masculino, de la anticipación de lo que estaba por llegar.

Pero las copas eran un estorbo y cuando fue a dejarlas sobre la mesa, Alex se fijó en la bolsita de plástico.

–¿Qué es?

–Condones.

Él levantó una ceja.

–¿No estabas tomando la píldora?

–Sí, pero el ginecólogo me ha advertido que todavía no es segura al cien por cien. Y supongo que querrás tomar precauciones.

–Sí, claro. Pero ¿por qué te dio Brock la bolsa? He visto cómo te la daba.

Samantha sonrió.

–Tuve que pedirle que me la guardase durante la ceremonia. No quería comprarlos delante de tu abuela, así que tuve que hacerlo en el último momento... y en este vestido no hay bolsillos.

–¿Brock sabía lo que había dentro?

–No –contestó ella, sorprendida–. ¿Qué pasa, Alex? Brock es mayorcito, supongo que sabrá lo que es un condón.

–Deberías haberme llamado para que la guardase yo.

–No se me ocurrió. Además, no me importa comprar condones. Lo que pasa es que no podía esconderlos en ningún sitio.

–La próxima vez pídemelo a mí –dijo Alex entonces, abrazándola de nuevo, besándola como si quisiera marcarla–. Ven –dijo luego, tomándola por la cintura para llevarla al lado de la cama.

La besaba por todas partes, en el cuello, en la cara, en los labios...

–Alex, no sé si puedo aguantar mucho más.

–No tendrás que hacerlo –suspiró él, desabrochando el vestido–. Estoy deseando tenerte debajo de mí.

–Y yo estoy deseando tenerte encima de mí.

Alex dejó escapar un gruñido de deseo.

–Ahora soy yo el que no puede esperar –murmuró, apretándose contra su espalda.

–Yo creo que lo estás haciendo muy bien.

–Y aún no has visto nada, cariño.

Tuvieron que comprar una segunda caja de condones. Y en dos ocasiones, demasiado frenéticos de deseo, olvidaron los condones y confiaron en que la píldora haría su trabajo.

Samantha rodó sobre la alfombra, buscando aire. Se sentía como una muñeca de trapo, agotada, exhausta. Y absolutamente satisfecha.

A su lado, el cuerpo de Alex brillaba de sudor, su pasión saciada por el momento.

Estaba claro que, físicamente, eran más que compatibles.

–No puedo creer que hayamos hecho eso –rió Samantha.

–¿Por qué no? Llevamos haciéndolo todo el fin de semana.

–Lo sé, pero el botones está a punto de llegar. Y nuestro vuelo sale en un par de horas.

–¿Y?

–Que no tenemos tiempo para esto, Alex. Si no empezamos a movernos, el botones lo va a pasar en grande.

Él se colocó encima, aprisionándola con su peso.

–Si tú estás dispuesta, yo también.

–Suéltame, tonto. Tengo que darme una ducha.

Alex se levantó de un salto y le ofreció su mano.

–Gracias. Saldré enseguida.

–Tardaremos menos si nos duchamos juntos, ¿no crees?

–Oh, no. De eso nada –protestó Samantha–. Si nos duchamos juntos tardaremos el doble.

–Lo haremos rápido. Te lo prometo.

–Muy bien. Pero debes comportarte.

–Lo haré, lo haré –rió él, tomándola por la cintura.

Alex se comportó extraordinariamente bien. Cuando se ponía juguetón la volvía loca. Era tan raro que abandonara su sentido de la responsabilidad que no tenía corazón para decirle que no.

¿Y por qué iba a hacerlo?

Había vuelos a San Diego casi cada hora. Si perdían uno, tomarían otro, se dijo. Un par de horas de retraso no significaban nada.

Pero significaban mucho para Alex. Eran un par de horas más de libertad. Sin duda, esas horas eran el mejor regalo que podía hacerle.

Mientras enjabonaba su espalda, Samantha apoyó la cabeza en su hombro.

–Me parece que están llamando a la puerta.

–El botones –dijeron los dos a la vez.

–Puede volver más tarde, ¿no? –sonrió Samantha.

Perdieron el vuelo.

CAPÍTULO 10

ALEX tomó a Samantha en brazos para entrar en su casa. No sabía por qué había hecho ese gesto tan romántico cuando el romance no tenía sitio en su relación, pero le pareció apropiado.

Y, con una sonrisa, Samantha agradeció el gesto. Eso fue suficiente para hacerlo feliz.

Pero entonces Alex recordó la primera vez que había llevado a una mujer en brazos a su casa para empezar una vida juntos. Qué diferente fue entonces. Estaba enamorado, sí. Pero había sido una ilusión.

No volvería a cometer los mismos errores. Ahora era más maduro, más sensato. Y la mujer que tenía en sus brazos era como él. Más que amarla, la admiraba y la respetaba. Y una relación basada en el respeto mutuo y en la compañía tenía muchas más posibilidades de funcionar, se dijo.

Y que, además, compartieran una pasión desenfrenada ayudaba mucho.

–Bienvenida a casa, Samantha.

–Al final, no hemos tenido tiempo de ir al casino.

–No, es verdad. Estábamos ocupados con otras cosas. Pero ahora empieza la diversión –sonrió Alex.

–Ah. Pensé que lo habías pasado bien en Las Vegas.

–No lo he pasado mal –bromeó él–. Hola, abuela. Gracias por cuidar de Gabe.

–De nada. Lo he pasado divinamente.

Después de saludar a la abuela de Alex, Samantha fue corriendo a la habitación del niño. Gabe dormía tranquilamente en su cunita, con la jirafa de peluche en la mano.

–¿Qué tal se ha portado?

–Muy bien. No ha dado ninguna guerra –contestó la abuela.

–Gracias por todo, de verdad.

–De nada, en serio. Ha sido estupendo.

–Vamos a pedir una pizza para cenar. ¿Quieres quedarte?

–Oh, no, no. No quiero molestar en vuestra primera noche como una familia.

Alex esperó para ver cómo contestaba Samantha. Eso le mostraría cómo iba a ser su futuro. Siendo el mayor, se tomaba sus responsabilidades familiares muy en serio y esperaba que ella lo entendiese.

–Tú eres nuestra familia –sonrió Samantha–. Así que te quedas a cenar. Después, tengo que ir a mi casa a buscar mis cosas.

–No te preocupes, ya las han traído los de la mudanza.

–¿Qué?

–Se me olvidó decirte que había contratado un camión para traer tus cosas –dijo Alex.

–Pero si no había guardado nada... todo estaba como lo dejé.

–No te preocupes por eso. Los de la mudanza se encargaron de todo. Las cajas están en la habitación de invitados y tus cosas, en un guardamuebles.

–¿En un guardamuebles?

Quizá debería haberlo consultado con ella, pensó Alex al ver su expresión. Pero quería ahorrarle tiempo y preocupaciones.

–No te preocupes, Samantha. Mattie y yo supervisamos la mudanza para que no rompieran nada –dijo la abuela–. Y en todas las cajas hay una etiqueta con el contenido.

–Gracias. No me gustaría perder ningún recuerdo de mi familia.

–Claro que no. Y no te enfades con Alex, lo ha hecho con buena intención. Los hombres no entienden que las mujeres preferimos hacer estas cosas personalmente.

–Si quieres traer alguno de tus muebles, puedes hacerlo –dijo él entonces–. Puedes cambiar todo lo que te apetezca.

Samantha estaba cepillándose el pelo en el cuarto de baño. Llevaba un camisón blanco... transparente en realidad, uno de los regalos de su despedida de soltera. Debería haber salido del baño diez minutos antes, pero sentía un absurdo nerviosismo.

Acostarse con Alex en su casa no era como hacerlo en Las Vegas. Aquello era una luna de miel, alejados de su vida normal, en territorio neutral.

Pero acostarse con él en su cama era el principio de su vida de casados. Estaba deseándolo, pero la asustaba.

Pasar dos días en un mundo irreal de delicias eróticas le había demostrado que se había estado engañando a sí misma. No podía separar las emociones de su respuesta física y dudaba que pudiera terminar la noche sin delatarse.

De modo que ni siquiera iba a intentarlo.

Se guardaría las palabras de amor, pero viviría una vida de amor. Le daría amor a Alex y Gabe y crearía los cimientos de una familia. Y quizá, sólo quizá, Alex aprendería a amarla.

Le gustó pensar eso. Era absurdo esconder sus sentimientos. Alex tendría que aprender a vivir con su amor. Y también le enseñaría a querer a Gabe.

—¿Samantha? ¿Estás bien?

—No estoy sólo bien, estoy de maravilla —contestó ella, abriendo la puerta.

Alex deslizó la mirada desde su pelo recién peinado hasta las uñas de sus pies, pintadas de rosa. Sin decir una palabra, la apretó contra su pecho buscando su boca.

—Cariño, estás mucho mejor que bien... estás siendo mala.

En las semanas que siguieron a la boda, la vida se convirtió en una deliciosa rutina. Casarse con Samantha era lo más inteligente que había hecho nunca, pensaba Alex.

Gabe había engordado y parecía muy contento. Si Samantha no hubiera querido casarse con él... no sabía lo que habría hecho. Porque realmente estaba muy preocupado por el niño. Y habría hecho lo que fuera para no perderlo.

Su hija había sido parte de su vida durante tan poco tiempo... Al principio le había costado trabajo acostumbrarse a la idea de que iba a ser padre, pero la quiso desde que vio su diminuta figura en la ecografía.

Y después...

Afortunadamente, Samantha había cambiado de opinión. Y la vida era maravillosa.

Le gustaba todo en ella, su sentido del humor, su responsabilidad... Estando con Samantha se sentía mejor persona. Y, sobre todo, estando con ella los recuerdos amargos desaparecían.

Y Gabe... pasaba mucho tiempo con él, jugaba con el niño siempre que podía. Haría cualquier cosa por él. Cualquier cosa menos entregarle su corazón.

Cualquier cosa menos confiarle su corazón a aquel ser tan frágil, tan vulnerable. Sabía que su miedo no era racional, pero por una vez su instinto de supervivencia fue más fuerte que todo lo demás.

Y seguramente por eso su hijo jamás lo había llamado papá.

En ese momento alguien llamó a la puerta del despacho.

–Hola, guapo –lo saludó Samantha, con Gabe en brazos.

–Hola, preciosa –sonrió Alex, levantándose.

Su mujer llevaba un vestido blanco con florecitas amarillas y parecía tan fresca como por la mañana, recién levantada. Tenía las mejillas sonrosadas y los labios brillantes, como una niña.

–¿Qué haces aquí?

–Me han dicho que no has comido –sonrió Samantha, mostrándole una bolsa de papel en la que, por el olor, debía de haber hamburguesas–. Te he traído el almuerzo.

–Genial. Estoy muerto de hambre –murmuró Alex, inclinándose para besarla. Pero Gabe, irritado por su falta de atención, le tiró del pelo–. ¡Ay!

–Gabe, no seas malo. Eso no se hace.

Riendo, el niño levantó los bracitos para irse con su padre. No lo llamaba «papá», pero se mostraba cariñoso con Alex.

Después de hacerle cosquillas en la tripita, lo dejó en el suelo, jugando con una pelota de fútbol que, de alguna forma, había aparecido en su despacho.

–Gracias por traerme la comida.

–De nada. Gabe y yo te echamos de menos cuando llegas tarde a casa. Pero ahora que te ha visto se quedará dormido sin protestar.

–¿Lo dices de verdad?

–Claro que sí. Cuando vuelves tarde a casa me cuesta un mundo meterlo en la cuna.

–Resulta difícil creer que hace apenas un mes tenía que dormirlo dando vueltas en el coche.

–Los niños necesitan una rutina diaria. Si la cambias, reaccionan.

–Entonces, no me echa de menos a mí. Echa de menos a cualquier hombre –suspiró Alex.

–Eso no es verdad –dijo Samantha mirando al niño, que abría y cerraba la manita pidiendo una patata. Ella se la dio y Gabe se la metió entera en la boca–. No, ten cuidado... Come despacito.

Gabe se apoyó entonces en la pata de una silla e intentó levantarse.

–¡Mira, está intentando ponerse de pie!

Consiguió hacerlo durante un segundo... y después se cayó. De inmediato hizo un puchero, pero Samantha empezó a aplaudir y Gabe sonrió, encantado consigo mismo.

–¡Mira, Alex, está intentando caminar!

–Bien hecho, chico. A ver, inténtalo otra vez.

Samantha se levantó del sofá.

–Vamos, Gabe. Ven hacia aquí, ven hacia mamá.

–Mama –confuso por la repentina atención, el niño agarró la mano de Alex para levantarse.

–¡Muy bien, muy bien! Ven hacia aquí, cariño.

Gabe dio dos pasitos para llegar a Samantha y rió, encantado, cuando ella lo abrazó.

–Ahora, ve hacia papá. Vamos, ve hacia papá.

Encantado con aquel nuevo talento, Gabe movió sus piernecitas de goma hasta llegar a las rodillas de Alex.

A él se le encogió el corazón al ver su carita de alegría, su confianza en que no iba a dejarlo caer.

Nunca había sentido nada igual y se le hizo un nudo en la garganta.

–Ahora que se ha levantado no querrá volver al cochecito.

El juego continuó hasta que sonó el teléfono. Era su secretaria, para recordarle que llegaba tarde a una reunión. Era la primera vez que olvidaba una cita de trabajo, pero había merecido la pena.

–Lo siento, tengo que irme.

–No importa –sonrió Samantha, poniéndose de puntillas para darle un beso–. Y Alex...

–¿Sí?

–No eres una pieza intercambiable en la vida de Gabe. Eres su padre. Y podría llamarte «papá» si tú lo llamaras «hijo».

Alex apretó los dientes.

–Lo intentaré.

Samantha fue a San Diego aquella tarde para comprar una prueba de embarazo. No quería que hubiese ninguna duda antes de decírselo a Alex. Y aunque tener un hijo era su gran deseo, esperaba seriamente estar equivocada.

Porque lo último que Alex necesitaba en aquel momento era otro niño. Añadir otro niño a la ecuación, un niño no deseado además, pondría en peligro el frágil lazo que había entre Gabe y su padre.

Dos horas más tarde, Samantha miraba las tres pruebas de embarazo. En todas decía lo mismo.

Positivo. Positivo. Positivo.

Sólo quedaba la confirmación del ginecólogo para que el veredicto fuese unánime. Pero sabía en su interior, con el instinto de una mujer, que estaba embarazada.

Iba a tener un hijo con Alex. Se sentía bendecida. Y desesperada al mismo tiempo.

¿Cómo iba a decírselo? ¿Y cómo reaccionaría él?

Era la tercera vez en su vida que iba a ser padre sin desearlo. Quizá fuera el destino, pensó.

Nerviosa, tiró las pruebas a la basura y llevó la bolsa al cubo del jardín. No quería que Alex viese los resultados antes de que tuviera oportunidad de darle la noticia.

El viaje a San Diego había retrasado todas sus citas y cuando llegó a casa, Alex estaba haciendo la cena.

Sonriendo, Samantha lo abrazó por detrás y le dio un mordisquito en el cuello. Olía mejor que el pollo que había en el horno.

—Gabe está esperándote. ¿Por qué no vas a darle las buenas noches mientras yo pongo la mesa?

Alex se volvió, con una sonrisa en los labios.

–Emily me ha dicho que la tiene hecha polvo. Por lo visto, no para.

–Él también está agotado, así que será mejor que vayas a darle un beso cuanto antes. Va a dormir como un tronco.

–Al pollo sólo le quedan dos minutos. Sirve dos copas de vino, vuelvo enseguida –murmuró Alex, buscando sus labios antes de salir de la cocina.

Samantha dejó escapar un suspiro. Nada de vino para ella. Ése sería uno de tantos cambios... Le habría gustado decírselo a Alex, pero sabía que debía esperar hasta estar completamente segura.

–Tenías razón –dijo su marido unos minutos después–. Le he dado un beso de buenas noches, pero ya estaba medio dormido. Esto de que haya empezado a andar es un buen invento.

Mientras cenaban, charlaron sobre lo que habían hecho durante el día. Aquellos ratos compartiendo cosas simples de su vida, unidos a los momentos de pasión, le daban esperanzas de que Alex podría amarla algún día.

Y rezaba para que el niño que estaba esperando los convirtiera en una familia de verdad.

Suspirando, Samantha dejó el tenedor sobre el plato y se apoyó en el respaldo de la silla.

–Gracias. Estaba riquísimo.

–¿Te ha gustado?

–Mucho.

–Pues yo sé cómo puedes demostrarme tu gratitud –sonrió Alex, con un brillo travieso en los ojos.

–Ni lo pienses. Antes tenemos que lavar los platos.

–Aguafiestas.

–Venga, me ofrezco a fregar los platos mientras tú sacas la basura –sonrió Samantha.

–¡De acuerdo!

Desgraciadamente, cuando salía al jardín para echarla en el cubo, la bolsa se rompió.

–¡Maldita sea!

Alex miró alrededor, buscando algo para recoger la basura sin tener que tocarla con las manos. Al levantar la tapa del cubo vio una bolsa de papel marrón y la vació con la intención de usarla...

Y entonces se quedó helado. Tres pruebas de embarazo. Tres. Y las tres con idéntico resultado.

Se negaba a creer la evidencia, pero...

¿Cómo podía hacerle aquello Samantha?

Furioso, tomó las tres pruebas y entró en la cocina.

–¿Quieres explicarme esto?

Su esperanza de que fuera un malentendido se esfumó al ver que Samantha se quedaba pálida.

–Alex...

–¡Explícamelo!

–Sabía que te llevarías un disgusto, pero...

–¿Cuándo pensabas decírmelo?

–Acabo de enterarme, Alex. Pensaba visitar a mi ginecólogo para estar segura del todo.

–Ya estás segura. Tres pruebas y las tres con el mismo resultado. ¿Cuál es el resultado, Samantha?

–Estoy embarazada –contestó ella.

–¿Cómo has podido... como has podido utilizarme de esa forma?

Samantha lo miró, atónita.

–¿Yo? Hacen falta dos personas para concebir un hijo, Alex. Tú estabas conmigo cuando nos arriesgamos durante la luna de miel.

–¿Quieres hacerme creer que ha sido un accidente? ¿Cuántas veces voy a tener que creerme la misma historia?

–No es ninguna historia...

–¿Ah, no? Una mujer desea tener un hijo y lo tiene, aun sabiendo que yo no quiero tenerlo. Es la historia de mi vida.

Samantha se puso muy seria.

–Muy bien. Puedes dejar de compararme con tu mujer y con mi hermana. Yo nunca te haría eso.

–Ya. Porque tú eres sincera y honesta –replicó Alex, sarcástico–. Por eso tardaste cuatro meses en decirme que Gabe era mi hijo. Seguramente lo tenías todo planeado... y yo he sido un idiota.

–¿Qué dices? Te conté que debíamos usar condones. Los dos sabíamos que nos estábamos arriesgando al hacer el amor sin ellos.

Alex se pasó una mano por el pelo.

–No sé qué creer. Sólo tengo tu palabra de que estabas tomando la píldora... ¡Por Dios bendito, debería tatuarme «donante de esperma» en la frente! ¿Y sabes lo que es realmente patético? Que de verdad confiaba en ti, Samantha...

–¿Ah, sí? ¿Sabes una cosa, Alex? Me estoy cansando de tu actitud –replicó ella, indignada. Nadie hablaba así de su hijo–. Tuviste una niñez difícil, ¿y qué? La mía tampoco fue fácil. Al menos, tú tenías a tu abuela para ayudarte... Quizá merecías unos años de tranquilidad, de pensar sólo en ti mismo, pero eso ya ha pasado. Yo no te he engañado, Alex, y no pienso permitir que me trates así. ¿Te queda claro? Así que acostúmbrate a la idea –añadió, mordiéndose los labios–. ¿Quieres oír algo patético? Un día, no sé exactamente cuándo, pero después de que el juez te diera la custodia de Gabe y antes de nuestra luna de miel, me enamoré de ti. No quiero hacerte daño, como no quiero hacerle daño a Gabe –terminó, con los ojos llenos de lágrimas–. ¿Quieres decirme quién de los dos es más idiota?

SAMANTHA guardó sus cosas y las de Gabe en una maleta, sentó al niño en la sillita del coche y arrancó a toda velocidad.

La abuela echó un vistazo a sus lágrimas, al niño y a la maleta y le abrió la puerta de par en par.

–He dejado a Alex –le confesó Samantha.

–Pasa, cielo. Vamos a meter al niño en la cama. Luego te haré un té y podremos hablar con tranquilidad.

Los día siguientes pasaron a toda velocidad, pero Alex no intentó siquiera ponerse en contacto con ella.

Aunque Samantha no tenía intención de hablar con él.

Había comprometido su sueño una vez para acabar recibiendo una bofetada. Y se merecía algo mejor. Por ejemplo, que la quisieran, que el padre de su hijo estuviera encantado, tener una casita, un perro...

Otras mujeres tenían esas cosas. ¿Por qué ella no?

La abuela estaba siendo encantadora, sin juzgarla en ningún momento. Samantha sabía que había hablado con Alex por teléfono, de modo que conocía su versión de la historia, pero no intentaba influir de ninguna manera.

Se declaraba neutral.

Incluso intentó convencerla para que se quedara a cenar el domingo por la noche.

—Tú también eres de la familia.

Ya, por eso ni Gabe ni ella habían sabido nada de Alex en tres días. Su silencio era más que elocuente.

—Gracias, pero no me encontraría cómoda. ¿Seguro que no te importa si te dejo a Gabe?

—Gabe es más que bienvenido, cariño.

—Hazme un favor, abuela. No dejes que Alex se aleje del niño.

No dejaría que su marido ignorase a Gabe después de todo lo que había hecho para acercarlos.

—Claro que no. Y me alegro de que aún no te hayas rendido. Alex fue una gran ayuda para mí cuando sus padres murieron, pero le da tanto miedo tener hijos... Debes tener paciencia con él.

–Ya –murmuró Samantha–. Pero no sé cuánta paciencia puedo tener. En los asuntos del corazón, tu nieto es completamente ciego.

La abuela dejó de pelar patatas para mirarla.

–No hay peor ciego que el que no quiere ver.

–¿Qué quieres decir?

–Que para construir una relación hacen falta dos personas. Alex tiene sus defectos, no lo niego. Pero no sé si algún hombre puede estar a la altura de tu ideal.

Samantha arrugó el ceño. ¿Su ideal? No era ella la que imponía condiciones.

–No te entiendo. Sé que Alex siente que lo han usado. Y es verdad que, por tercera vez, va a tener un hijo sin desearlo...

–No me refiero a eso.

–¿Entonces?

–Te he oído hablar de tus padres, del amor que se profesaban.

–Ésos fueron los mejores momentos de mi vida –murmuró Samantha.

–Son recuerdos de infancia, cariño. Pero, en realidad, no sabes cuál era la relación de tus padres.

–Sé que mi madre nunca encontró un hombre que pudiera reemplazarlo –replicó Samantha, a la defensiva.

–Eso dices. Y lo lamento por ella. Pero me pregunto si sería porque se agarró a un recuerdo. Un recuerdo con el que no podía compararse ningún otro hombre.

Alex estaba jugando al baloncesto como si le fuera la vida en ello.

—Treinta puntos. Gano yo. ¿Quieres que juguemos otra vez?

Doug se apoyó en la pared.

—Ni lo sueñes. ¿No tienes cena en casa de tu abuela?

—Sí, pero me da tiempo —contestó él, mirando el reloj.

—No creo que tu abuela esté de acuerdo.

—Nada de lo que haga la haría feliz. Se ha puesto del lado de Samantha.

—¿Aún no habéis hecho las paces?

—No puedo hacerlo, Doug. Sólo tengo su palabra de que estaba tomando la píldora.

—¿Te estás oyendo a ti mismo? ¿Por qué iba a mentirte?

—Mira, estoy harto de que me usen como donante de esperma...

—Tonterías.

—¿Cómo?

—Así es la vida, chico —suspiró Doug, secándose la cara con una toalla—. Has estudiado suficiente psicología como para saber que cuando no usaste condón durante tu luna de miel, estabas tomando la decisión de tener un hijo.

–Por favor, no me vengas con ésas...

–Míralo. Esa negativa es otra manifestación de tu miedo al compromiso.

–No sabes de qué estás hablando –protestó Alex.

–Sí lo sé. Y sobre todo, sé que jamás te había visto tan feliz como cuando estabas con Samantha. Y que has sido un idiota por dejarla marchar.

Alex detuvo el coche frente a la casa de su abuela. El de Samantha no estaba, comprobó.

Pero seguramente estaría en el garaje, para engañarlo. Y ella estaría dentro, cocinando o poniendo la mesa con su carita de ángel. Esa carita con la que engañaba a todo el mundo.

Su abuela lo había llamado por teléfono en cuanto Samantha fue llorándole a casa:

–¿Por qué has dejado escapar a la mejor persona que habías encontrado en toda tu vida?

La mejor persona que había encontrado en su vida. Ja.

–Dijiste lo mismo de mi primera mujer.

–¿Yo? Yo nunca dije eso de tu primera mujer. Era demasiado egoísta, demasiado frívola. Pero Samantha es otra cosa.

–Lo que ha pasado no es culpa mía...

–Ya, ya. ¿Sabes una cosa? A mí me parece que no es culpa de nadie.

La mejor persona que había encontrado nunca... ¡Bah!, pensó, saliendo del coche. Aunque tampoco él entendía el comportamiento de Samantha. Le resultaba difícil creer que lo había engañado a propósito.

Alex entró en la cocina por la parte de atrás, pero Samantha no estaba allí. Aunque él no estaba buscándola, por supuesto.

–Abuela, ¿cómo estás? ¿Los chicos te han ayudado?

–Samantha me ayudó con la cena antes de marcharse.

–¿No está aquí? –preguntó Alex, aparentemente desinteresado.

–No, no quería molestar.

–¿Adónde ha ido?

–No lo sé.

–¿No lo sabes o no quieres decirlo?

–No puedo decirlo –sonrió su abuela–. Gabe está en el salón, por si te interesa.

–¡Papi! –exclamó el niño al verlo.

Era la primera vez que lo llamaba así, y se le encogió el corazón.

–Hola, cariño –murmuró, tomándolo en brazos. Gabe le echó sus bracitos al cuello y, en ese instante, Alex se enamoró.

Deseando compartir aquel momento miró alrededor buscando a Samantha... antes de recordar que ella no estaba.

Debería estar allí, con él y Gabe. Eran una familia.

Había sido tan idiota, tan arrogante..., se dijo. Los árboles le habían impedido ver el bosque.

Cuando recordó las cosas terribles que le había dicho a su mujer... Su mujer, que estaba esperando un hijo suyo.

Que le había dicho que lo quería.

Y él la había dejado ir.

Apretando a Gabe contra su corazón, reconoció entonces que Samantha era lo mejor que le había pasado en la vida.

Y que tenía que encontrarla para decírselo, para pedirle perdón.

—Abuela, ¿te he dicho últimamente que te quiero?

Su abuela sonrió.

—No es a mí a quien tienes que decírselo.

—Ya lo sé. Y pienso solucionarlo esta misma noche.

Samantha entró en casa a medianoche. Todo estaba a oscuras, pero en cuanto entró en la habitación de Gabe vio que el niño no estaba en su cuna.

–Cole lo ha llevado a casa –oyó entonces la voz de Alex.

Samantha encendió la luz y tiró el bolso sobre la cama, indignada.

–¿Has vuelto a llevártelo?

–No me lo he llevado. Quiero que vuelvas a casa conmigo. Con nosotros –dijo su marido entonces.

–No.

–Siento haberte hecho daño, de verdad.

–¿Qué es lo que sientes, Alex?

–Quiero pedirte perdón por todo... por todo lo que quieras, porque tendrás razón –suspiró él–. He sido un egoísta. Pero esta noche Gabe me ha llamado «papi» y yo...

Alex tenía los ojos llenos de lágrimas y Samantha lo abrazó, sin pensar. Había deseado tanto que llegara aquel momento...

–¿Cuánto tiempo tardarás en hacer la maleta?

–Me siento feliz por ti, Alex, pero no pienso ir contigo –contestó ella.

–¿Por qué no? Me he disculpado...

–Sí, pero no me crees.

–Samantha, vas a tener un hijo mío. Gabe te necesita. Tener una familia es todo lo que siempre habías querido.

–Todo no. También necesito amor.

–Tenemos amor. Tenemos el amor de Gabe...

–Lo siento, Alex –lo interrumpió Samantha–. Pero yo me merezco algo más. Merezco que me quieran por mí misma.

Alex cerró la puerta de su casa tras despedir a Cole, furioso consigo mismo y con Samantha.

¿Cómo podía ser tan egoísta? ¿Cómo podía poner sus necesidades por delante de las de Gabe?

¿No veía que estaba tirando su futuro por la ventana?

Era una egoísta.

Una manipuladora.

Una romántica.

Una loca.

Lo amaba, pero decidía decirle adiós.

Gabe se puso a llorar entonces, quizá contagiado de su propia tensión.

–Mama.

–Mamá no va a venir, cariño –suspiró Alex–. No quiere estar con nosotros.

Mientras lo decía, se daba cuenta de que no sonaba bien, que no era la verdad.

Samantha quería a Gabe. Lo quería a él. Lo único que deseaba era estar con ellos.

Él era la razón por la que Samantha no estaba allí. Sólo él. Porque no tenía valor para enfrentarse con sus sentimientos.

No sólo era lo mejor que le había pasado en la vida. Estaba enamorado de ella.

Y la necesitaba.

Alex miró a su hijo, suspirando. Había vuelto a estropearlo.

Samantha le había dicho la verdad sobre el niño, como le había dicho la verdad sobre todo.

—Tu madre es más honesta, más íntegra, más generosa que ninguna otra mujer, Gabe. Y haría lo que fuera por recuperarla.

—¿Papi? ¡Mama!

—Eso es, hijo mío. Voy a hacer todo lo posible, todo lo que esté en mi mano. Mañana mismo iremos a buscarla.

El martes por la tarde, Samantha llegó a la cabaña para cuidar de Gabe mientras Alex iba a una reunión. Se sentía rara yendo allí en aquellas circunstancias, pero no podía decirle que no.

Llamó al timbre, incómoda, pero nadie salió a abrir, de modo que empujó la puerta.

Olía a pollo asado y el estéreo estaba encendido. Qué extraño si Alex iba a salir, pensó.

Y más extraños eran los ruidos que llegaban del cuarto de Gabe.

Lo que vio al abrir la puerta hizo que se le encogiera el corazón.

En vaqueros y camiseta, Alex jugaba en el suelo con Gabe... y con un cachorro. Una bolita de pelo blanco.

¡Qué diferente del hombre al que había conocido unos meses antes!, pensó, con un nudo en la garganta.

–¿Alex?

–¡Samantha!

–¡Mama! –exclamó Gabe, levantando los bracitos–. ¡*Perito*! –dijo entonces, señalando al cachorro.

–Ya lo he visto, cariño. Es precioso.

Alex tomó una rosa roja de un jarrón y se la ofreció, con una sonrisa en los labios.

–Esto es para ti.

–¿Qué está pasando aquí? –preguntó Samantha, recelosa.

En ese momento sonó el móvil de Alex.

–Perdona... ¿Sí? Hola, abuela. No, todo va bien. Gracias por tu ayuda.

Después, colgó, sonriendo de oreja a oreja.

–Alex, no entiendo... ¿No tenías que irte a una reunión?

–No hay ninguna reunión. Es que quería darte una sorpresa –contestó él, acariciándole el pelo–. Y esperaba que pudiéramos hablar.

Samantha se mordió los labios. No quería tener esperanzas, pero...

–¿Y el cachorro?

–Es un símbolo de mi amor por ti.

–¿Me has comprado un perro?

–Sí.

–¿Me quieres? –preguntó Samantha, como una niña ansiosa.

–Con todo mi corazón –contestó su marido.

–Oh, Alex... –exclamó, echándose en sus brazos. Samantha sonrió mientras lo besaba. La quería, la quería. Por sí misma–. ¿Cómo se llama el cachorro?

–Aún no le hemos puesto nombre. Estábamos esperándote.

–Mama –la llamó Gabe, levantando los bracitos.

–Ven aquí, mi amor –sonrió ella, apretándolo contra su corazón–. ¿Estás seguro de esto, Alex?

–Completamente seguro. Y lamento haber tardado tanto en darme cuenta. Pero Gabe y tú me habéis cambiado la vida. Tanto que... no sé si podré estar a la altura.

–¿Y el niño? –preguntó Samantha entonces, insegura.

–Aparentemente, en nuestra luna de miel decidí que quería tener un hijo. Pero no me di cuenta hasta hace un par de días.

–¿Te das cuenta de que vamos a tener dos niños y un perro? La vida no será pacífica.

–Tú eres mi paz. Mientras te tenga a mi lado, tendré todo lo que necesito –sonrió Alex, abrazándola. Estaban los tres juntos, los cuatro, con la bolita de pelo–. Te quiero, Samantha. Y quiero darte todo lo que has soñado siempre. Quiero vivir el resto de mi vida contigo, con nuestros hijos, con Bolita. ¿Aceptas?

–No me imagino nada mejor que pasar el resto de mi vida contigo –contestó Samantha, con los ojos llenos de lágrimas–. Tú eres mejor que un sueño, amor mío. Tú eres real.

JAZMÍN™

LUCY GORDON

GANAR
UNA ESPOSA

CAPÍTULO 1

ME ODIA. Me odia de verdad»

Alex había esperado cierto resentimiento, pero no aquella abierta hostilidad. Durante el viaje de Inglaterra a Italia había estado preguntándose por Rinaldo y Gino Farnese, los dos hombres a los que, sin querer, había desposeído de parte de su herencia.

Ahora, mirando a Rinaldo a los ojos frente a la tumba de su padre, pensó que nunca había visto tanta amargura concentrada en un ser humano.

Alex parpadeó, pensando que podría ser una ilusión producida por el sol. En Toscana, las sombras contrastaban fuertemente con los colores: rojo, naranja, amarillo, verde... Colores vibrantes, intensos. Peligrosos.

«Estoy imaginando cosas», pensó.

Pero el peligro estaba allí, en los ojos llenos de furia de Rinaldo Farnese.

Isidoro, su abogado italiano, le había dicho quiénes eran los hermanos Farnese, pero Alex lo habría descubierto de todas formas. El parecido familiar era clarísimo. Los dos hombres eran altos, de facciones clásicas y brillantes ojos oscuros.

Gino, el más joven, la miraba con expresión amistosa a pesar de las circunstancias. Su pelo, muy oscuro, se rizaba un poco en la nuca y en sus ojos había un brillo de humor.

Pero no había nada amistoso ni humorístico en Rinaldo, cuyo rostro parecía esculpido en granito. Era un hombre de entre treinta y cinco y cuarenta años, de frente amplia y nariz romana; un rasgo poderoso en un rostro poderoso.

Incluso a distancia, Alex podía detectar una fuerte tensión, que él intentaba controlar con supremo esfuerzo.

Rinaldo Farnese no la perdonaría.

Pero, ¿por qué iba a necesitar Alex su perdón? Ella no le había hecho nada.

Quien se lo hizo fue su padre, que había hipotecado un tercio de la granja familiar sin decírselo a sus hijos.

–Vincente Farnese era un tipo encantador –le había dicho Isidoro–. Pero tenía la terrible costumbre de cerrar los ojos para no ver la realidad, siempre esperando un milagro. Rinaldo intentaba controlar en lo posible el negocio familiar, pero Vincente les tenía reservada una sorpresa para el final. Entiendo que esté disgustado.

Pero el hombre que Alex tenía enfrente no estaba disgustado. No, Rinaldo Farnese parecía dispuesto a matar a alguien.

–Quizá no debería haber venido al funeral de su padre.

–Desde luego que no –suspiró Isidoro–. Seguramente se lo habrán tomado como una provocación.

–Pero yo no quería provocar nada. Sólo conocerlos, decirles que voy a darles una oportunidad para pagar la hipoteca.

–Alex, ¿es que no lo entiendes? Estos hombres creen que no te deben nada, que eres una usurpadora. Ofrecerles una oportunidad de que te paguen la hipoteca es una receta segura para el desastre. Vámonos de aquí.

–Vete tú si quieres, yo no pienso salir corriendo.

–Más tarde es posible que lo lamentes, Alex.

–¿Por qué? ¿Qué podrían hacerme?

Una semana antes, en un restaurante londinense con David, todo le había parecido tan fácil...

–Con el dinero de esa herencia puedes convertirte en socia de la empresa –le había dicho él.

–Y mucho más –sonrió Alex pensando en la casa que compartirían después de la boda.

David no contestó directamente, pero levantó su copa.

David Edwards, su prometido. Con cuarenta años, guapo, elegante y muy británico, era el presidente de una prestigiosa firma londinense de administración de empresas.

Alex había empezado a trabajar para ellos ocho años antes, después de terminar la carrera.

Siempre supo que algún día conseguiría ser socia de la firma, como supo que algún día se casaría con David.

Ocho años habían transformado a una chica tímida que se sentía más cómoda con las cifras que con las personas, en una mujer guapa y sofisticada.

Fue el propio David el que, sin saberlo, había dado comienzo a la transformación. Alex se quedó prendada de él desde el primer día, pero David ni siquiera se fijó en ella. Seis meses después de haber llegado a la empresa, ella oyó que le preguntaba a un colega:

—¿Quién es la gordita del vestido rojo?

Y pasó de largo, sin saber que «la gordita» había oído el comentario.

Dos días más tarde, David anunciaba su compromiso con la hija de su socio.

Alex se centró en su trabajo sin pensar en nada más y, cinco años después, se había convertido en jefa del departamento.

Entonces el suegro y socio de David ya se había retirado y él ya no necesitaba su influencia... aunque sólo los malpensados hicieron la conexión entre ese dato y su divorcio.

En esos cinco años, Alex se esforzó mucho para transformarse físicamente y su cuerpo llegó a representar el triunfo del gimnasio. Sus piernas eran suficientemente esbeltas como para arriesgarse a usar minifalda y en su cuerpo no había un kilo de más.

Se cortaba el pelo, rubio, en la mejor peluquería de Londres, se maquillaba a la perfección y era, en definitiva, como una pulida obra de arte. Y su cerebro estaba en consonancia con su aspecto.

David y ella se convirtieron en pareja después de su divorcio y todo parecía perfectamente estructurado. El reconocimiento de la herencia iría seguido de una sociedad y, más tarde, de la boda.

–Aunque para eso aún falta tiempo –le había dicho David–. Aún no ha habido un reconocimiento de herencia, ¿verdad?

–No, pero los hermanos Farnese me deben una enorme suma de dinero. Si no pueden pagar en un tiempo razonable, me quedaré con la granja.

–Eso o vender tu parte a otra persona. Yo creo que sería lo más razonable, Alex. ¿Para qué quieres tú una granja?

–Para nada. Además, quiero darle a los Farnese la oportunidad de pagar la parte que me corresponde.

–Sí, claro, lo entiendo. En fin, tómate el tiempo que haga falta.

Alex había sonreído, agradeciendo que fuera tan comprensivo. Así las cosas serían más fáciles.

–No conoces mucho a tus parientes italianos, ¿verdad? –le preguntó David entonces.

–Enrico Mori era tío de mi madre. Vino a visitarnos un par de veces… Era un hombre muy emocional y muy nervioso, como ella.

–Y al contrario que tú.

Alex sonrió.

–Yo no puedo permitirme el lujo de ser nerviosa y emocional. La experta en melodramas era mi madre. Yo la adoraba, pero supongo que, por contraste, decidí tener sentido común. Una de las dos tenía que ser calmada y fría. Recuerdo que mi tío Enrico decía: «eres igual que tu padre». Y no era un cumplido.

–¿Por qué?

–Mi padre murió cuando yo tenía diez años, pero jamás lo oí gritar o perder los nervios. Y eso no pega mucho con el carácter italiano.

–Tú tampoco pierdes los nervios.

–¿Para qué? Es mejor hablar las cosas con tranquilidad. Mi madre solía decir que un día iríamos a Italia juntas y yo «vería la luz». Incluso me obligó a estudiar italiano para que no me sintiera perdida cuando visitáramos «mi otro país».

–Pero no fuisteis nunca.

–No, desgraciadamente no –suspiró Alex–. Cuando murió, hace tres años, mi tío vino al funeral.

–¿Tú eres la única heredera de Enrico Mori?

–No, tengo unos primos que han heredado su casa y sus tierras. Era un solterón muy rico y se dedicaba a pasarlo en grande en Florencia, bebiendo y persiguiendo mujeres.

–Entonces, ¿de dónde viene tu relación con Vincente Farnese?

–Enrico y él eran viejos amigos. Hace unos años, Vincente le pidió dinero prestado a Enrico y

puso como aval Belluna, su granja. Pero la semana pasada se fueron de copas... y tuvieron el accidente donde murieron los dos.

–¿Y sus hijos no tenían ni idea de que la granja
estaba hipotecada?

–Aparentemente, lo supieron al leer el testamento.

–Entonces, te vas a meter en la boca del lobo.
Ten mucho cuidado, Alex –la había prevenido
David.

–No creerás que van a asesinarme, ¿verdad?
–rió ella–. Iré a Florencia, llegaré a un acuerdo
con los hermanos Farnese y volveré a casa.

–Pero si no pueden reunir el dinero y tú vendes
la granja a un tercero... ¿cómo crees que van a tomárselo?

–No seas melodramático, David. Seguro que
son gente razonable, como yo. Se arreglará de alguna forma.

–¿Razonables? –exclamó Rinaldo–. ¿Nuestro
padre hipotecó la granja sin decírnoslo y su abogado quiere que seamos razonables?

Gino suspiró.

–Sigo sin entenderlo. ¿Cómo es posible que
papá mantuviera eso en secreto?

–No lo sé.

Estaba atardeciendo. Rinaldo, al lado de la
ventana, miraba las colinas y los campos, la tierra

que había cultivado con sus propias manos. Su tierra. La que querían arrebatarle.

–Tú y yo somos los propietarios legítimos de estas tierras. Esa mujer no puede hacer nada –suspiró Gino.

–Si no le pagamos, puede hacerlo –replicó su hermano–. Si no recibe el dinero, podría reclamar un tercio de la propiedad. Papá nunca pagó los plazos, así que debemos la cantidad completa, más intereses.

–Sí, bueno, pero la verdad es que nosotros nos hemos aprovechado de ese dinero. Hemos pagado la maquinaria, los nuevos tractores, las nóminas de los trabajadores, los fertilizantes... Todo eso ha costado una fortuna. Y papá nos dijo que le había tocado la lotería... ¡Qué ingenuos hemos sido!

–Desde luego –dijo Rinaldo, furioso–. Eso es lo que me duele, que nos hayamos enterado después de su muerte. Aunque supongo que no podemos culparlo. Él no sabía que iba a morir de repente.

–No, claro –murmuró Gino, entristecido.

–¿Sabemos algo de esa mujer, además de que es inglesa?

–Según su abogado, se llama Alexandra Dacre. Tiene veintitantos años, trabaja en una firma dedicada a la administración de empresas y vive en Londres.

–Lo único que le importa es el dinero –suspiró Rinaldo, apretando los dientes–. Y tenemos que librarnos de ella.

Gino se levantó de un salto.

–¿Cómo? Rinaldo, por favor... –dijo con incredulidad.

En ese momento, habría podido creer que su hermano era capaz de cualquier cosa.

–Cálmate, Gino. No pienso matarla. No digo que la idea no me parezca atractiva, pero no me refería a eso. Quiero solucionar este asunto legalmente.

–Entonces, tendremos que pagarle.

–¿Cómo? Hemos invertido el dinero en la granja y tenemos la cuenta en números rojos. Un préstamo nos arruinaría.

–¿Tu abogado te ha dado alguna idea?

–Yo creo que se ha vuelto loco. Como Alexandra es soltera, se le ha ocurrido que uno de los dos podría casarse con ella.

–¡Eso es! –exclamó Gino–. Sería perfecto, Rinaldo. Así se acabarían los problemas. ¿Tú crees que vendrá al funeral de papá?

–Espero que no se atreva. Venga, vamos a comer. Teresa nos ha llamado hace rato.

Encontraron a Teresa, la vieja ama de llaves, poniendo la mesa en la cocina. Mientras lo hacía, no dejaba de llorar. Llevaba así desde la trágica muerte de Vincente.

Rinaldo no tenía apetito, pero no podía decirlo porque Teresa se llevaría un disgusto.

–Venga, anímate. Ya sabes cómo odiaba mi padre las caras largas.

–Siempre riéndose –asintió la mujer–. Aunque la cosecha fuese mala, siempre encontraba algo de qué reírse. Era un hombre estupendo.

–Sí, es verdad. Y así debemos recordarlo.

–Debería estar aquí –dijo Teresa entonces, secándose las lágrimas con un pañuelo–. Contando chistes, haciendo bromas. ¿Os acordáis de las bromas pesadas que solía gastar?

Gino abrazó a la mujer. Era un hombre joven, muy cariñoso, un hombre querido en todas partes.

Cuando Rinaldo salió a la terraza, el ama de llaves lo miró con tristeza.

–Ha perdido a tantos seres queridos... Y cada vez está más sombrío, más amargado.

Gino asintió. Teresa hablaba de Maria, la esposa de su hermano, y de su hijo, ambos fallecidos dieciocho meses después de la boda.

–Si hubiera vivido, el niño tendría ahora diez años. Y seguramente habría tenido más hijos. Esta casa habría estado llena de niños y yo tendría sobrinos a los que abrazar en lugar de...

Gino miró alrededor. Aquella casa era demasiado grande para las tres personas que la compartían.

–Ahora sólo te tiene a ti –dijo Teresa.

–Y a ti. Y a ese chucho... A veces creo que Brutus significa más para él que cualquier ser humano, porque era el perro de Maria. El pobre Rinaldo es tan posesivo con la granja porque no tiene nada más...

–No, es verdad –suspiró Teresa, sonándose la nariz.

–Espero que la *signorina* Dacre tenga carácter, porque va a necesitarlo.

Rinaldo volvió entonces con Brutus, un mastín de cara simpática y patas enormes que, sin hacer caso de la expresión de Teresa, se colocó bajo la mesa, a los pies de su amo.

El ama de llaves sirvió la comida, pasta con champiñones, y Gino comió con apetito.

–Entonces, uno de los dos tiene que casarse con la inglesita.

–Cuando dices «uno de los dos» te refieres a mí, claro –protestó Rinaldo–. Tú no quieres casarte. Además, si se dedica al mundo empresarial, debe de tener una mente ordenada, y eso te volvería loco.

–Entonces, cásate tú con ella –sonrió Gino.

–No, gracias.

–Pero tú eres el cabeza de familia. Es tu obligación. Oye... ¿qué haces con el vino?

–Voy a tirártelo encima si no te callas.

–Pero tenemos que hacer algo, hombre. Tenemos que trazar un plan.

Rinaldo dejó el vaso de vino sobre la mesa, sonriendo. Gino podía ser un frívolo a veces, pero su alegría era contagiosa.

–Entonces ponte a trabajar, enamórala –dijo Rinaldo.

–Yo tengo una idea mejor. ¿Por qué no lo echamos a suertes?

–¡Por favor! –murmuró Rinaldo.

–Lo digo en serio. Dejemos que decida el destino.

–De eso nada.

–Venga, ¿cara o cruz? –rió Gino, sacando una moneda del bolsillo.

–Lo que te dé la gana –suspiró su hermano.

–Yo pido cara.

–Ah, entonces me dejas muchas opciones.

Gino tiró la moneda al aire y la aplastó contra la mesa.

–¡Cruz! ¡La *signorina* Dacre es para ti!

–Lo siento, no estoy interesado. Puedes quedártela.

Rinaldo se levantó antes de que su hermano pudiera replicar. Estaba cansado.

Gino era joven, podía dormir a pierna suelta a pesar de todo. Él no recordaba cuándo fue la última vez que durmió de un tirón.

Cuando la casa estuvo en silencio, salió al porche, iluminado por la luna.

Aquella era la tierra que había trabajado toda su vida. Allí, sobre esa tierra, se había tumbado una vez con una chica que olía a flores, susurrándole palabras de amor.

–Pronto llegará el día de nuestra boda, amor mío. Ven a mí, sé mía para siempre.

Y ella había aceptado con pasión y ternura, generosa, sin esconder nada, entregándole su cuerpo joven y hermoso.

Pero por tan poco tiempo...

Sólo había pasado un año y seis meses desde la boda hasta el día que tuvo que enterrar juntos a su esposa y a su hijo.

Y su corazón con ellos.

Rinaldo comenzó a andar. Podría haber hecho ese camino con los ojos cerrados. Cada centímetro de aquellas tierras era parte de su ser. Conocía sus cambios de humor, a veces brutales, trágicos, a veces generosos con la cosecha, pero casi siempre exigiendo a cambio un precio cruel.

Hasta aquel día había pagado el precio, no siempre de buena gana, a veces angustiado, amargado.

Y ahora aquello.

Rinaldo perdió la noción del tiempo. Veía a su padre, Vincente, riéndose mientras lanzaba a Gino al aire.

–¿Recuerdas cuando te lo hacía a ti, Rinaldo? –le preguntaba–. Pero ahora eres un hombre.

Entonces él tenía ocho años y su padre sabía qué decir para que no tuviera celos de su hermano menor.

Su padre... Un hombre que había creído que el mundo era un sitio maravilloso porque tenía un corazón lleno de amor y generosidad.

Su padre, su aliado en un montón de travesuras infantiles.

–No se lo diremos a mamá, no te preocupes.

Pero a esas imágenes las seguía otra, una que él no había visto pero imaginaba: su padre riéndose de la broma que le había gastado a sus hijos y, particularmente, a su hijo mayor.

Vincente no vio el peligro, de modo que no hubo advertencia, no hubo ningún aviso. Rinaldo siempre había querido a su padre, pero en aquel momento le resultaba difícil no odiarlo.

La oscuridad empezaba a dejar paso a la luz rosada del amanecer. Había caminado varios kilómetros y era hora de volver para enfrentarse a la mayor pelea de su vida.

RINALDO Farnese por fin apartó los ojos de la mujer que era su mayor enemigo. Había notado, desapasionadamente, que era guapa y sofisticada, un detalle que habría aumentado aún más su ira si hubiera sido posible. Todo en ella confirmaba sus sospechas, desde el cabello rubio al elegante traje de chaqueta.

Había llegado el momento de que familiares y amigos dijesen unas palabras en el funeral. Eran muchos porque Vincente Farnese había sido una persona muy querida. Algunos eran personas mayores, compañeros de juerga, que se pasaban el día bajo el sol de la Toscana, bebiendo y recordando los buenos tiempos.

Había también mujeres maduras, con muchas de las cuales su padre mantuvo algún tipo de relación.

Y, por fin, estaban sus hijos. Gino habló, emocionado, recordando la alegría de su padre, su buen carácter:

—Tuvo una vida dura, trabajando muchas horas para que su familia prosperase. Pero eso nunca lo amargó. Y hasta el final de sus días, nada le gustó más que una buena broma.

Gino se quedó en silencio y un escalofrío pareció recorrer a los congregados. Ya todos conocían la última «broma» de Vincente Farnese.

El rostro de Rinaldo no reveló sus sentimientos mientras daba un paso adelante para tomar la palabra:

—Mi padre era un hombre que sabía ganarse el amor de los demás. Eso queda probado por la presencia de sus amigos aquí hoy. Es lo que se merece. Y os agradezco a todos que hayáis venido para despediros de él.

Eso fue todo. Parecía como si le hubieran arrancado esas palabras contra su voluntad.

El grupo empezó a disgregarse. Rinaldo miró a Alex un momento y luego se dio la vuelta.

—Espera —dijo Gino, tomándolo del brazo.

—No.

—Tenemos que conocerla queramos o no. Además... es guapísima.

—Estamos en el funeral de papá, Gino. Ten un poco de respeto —lo regañó su hermano.

—A papá no le importaría. Es más, habría sido el primero en piropearla. ¿Habías visto alguna vez una belleza así, Rinaldo?

—¿Te gusta? Pues me alegro por ti. Así el trabajo te será más fácil.

Gino miró al abogado de la *signorina* Dacre y le hizo un saludo con la cabeza antes de acercarse.

Alex estaba pendiente de sus movimientos. Gino Farnese era un hombre guapo. Incluso vestido de negro, desprendía alegría. Y no sólo por su edad; esa alegría debía de estar en su naturaleza.

–Gino, esta es la *signorina* Alexandra Dacre –los presentó Isidoro–. Enrico era su tío abuelo.

–He oído hablar de la señorita Dacre –sonrió él.

–Empiezo a pensar que toda Florencia ha oído hablar de mí –ella le devolvió la sonrisa.

–Toda la Toscana. Esto no pasa todos los días.

–Supongo que no sabía nada –dijo Alex.

–Nada en absoluto hasta que el abogado leyó el testamento –dijo Gino.

–Y supongo que no habrá sido una sorpresa muy agradable. Me extraña que quiera saludarme.

–No es culpa suya. Pero tenemos que hablar.

–Sí, tenemos que hablar –asintió ella–. ¿He hecho mal viniendo al funeral de su padre? Quizá no debería... pero lo he hecho con la mejor intención.

–Sí, ha hecho mal –dijo una voz entonces–. ¿Por qué ha venido?

–Rinaldo, por favor –murmuró Gino.

–No, tiene razón –se apresuró a decir Alex–. Ha sido un error. Es mejor que me vaya.

–Pero hemos organizado una recepción en el hotel Favello. Enrico era el mejor amigo de mi padre y usted es su sobrina. Tiene que venir.

–No sé si debo.

Rinaldo la fulminó con la mirada antes de alejarse.

–El hotel no está lejos. Venga conmigo –suspiró Gino.

–No hace falta, me alojo allí. Nos veremos en la recepción.

–Muy bien.

Alex dejó escapar un suspiro cuando el joven se reunió con su hermano.

–¿Vienes conmigo a la recepción, Isidoro?

–Si vas a meterte en la boca del lobo tendré que acompañarte –dijo el hombre, resignado.

–Vincente Farnese tenía muchos amigos, ¿no?

–Sí, era un hombre muy querido. Pero en la recepción también habrá buitres esperando quedarse con un pedazo de la herencia. Cuidado con un hombre que se llama Montelli. No tiene escrúpulos y si Rinaldo te ve hablando con él...

–¿Qué? –lo interrumpió Alex–. Tengo la impresión de que ese hombre se enfadará conmigo haga lo que haga. ¿Has visto cómo me ha mirado?

–Sí, lo he visto. Por eso te advierto.

El hotel era un edificio renacentista que había pertenecido a la familia Favello durante siglos y que, a pesar de haber sido convertido en hotel de lujo, seguía manteniendo ese aire de casona antigua.

Alex subió a su habitación con intención de darse una ducha. El mes de junio en Florencia era más caluroso que el de agosto en Londres y se sentía incómoda y pegajosa. Pero no podía ducharse si quería llegar a tiempo a la recepción. De modo que se arregló un poco el maquillaje y se contempló en el espejo. Estaba inmaculada, como siempre.

Habría sido una exageración vestirse de negro por un hombre al que no conocía, pero llevaba un traje de lino azul oscuro, adornado únicamente por un broche de plata. Como hacía mucho calor, se quitó la chaqueta y bajó al vestíbulo del hotel.

Se alegró al ver que la sala donde tendría lugar la recepción estaba llena de gente; así podría pasar más o menos desapercibida.

Isidoro le hizo señas con la mano.

—Los que te miran desde la esquina son los parientes de Enrico.

—¿También están enfadados conmigo?

—Por supuesto. Ellos esperaban heredar más.

—Así que voy a recibir disparos por ambas partes —suspiró Alex.

—Esto es Italia —sonrió Isidoro—. La cuna de las peleas de sangre. Cuidado... aquí vienen.

Dos hombres y una mujer se acercaron para saludarla, no abiertamente agresivos, pero sí cautos. El mayor le dijo que «tenían asuntos que discutir».

Alex asintió y el grupo se dio la vuelta. Pero tras ellos había un hombre muy alto de mediana edad que se presentó como Leo Montelli y le dijo que «cuanto antes hablasen, mejor».

Después de él llegó el propietario de una finca que lindaba con la granja de Farnese y luego el director de un banco.

Una cosa estaba clara: todo el mundo sabía quién era y por qué estaba allí.

Y quien mejor lo sabía era Rinaldo Farnese, que la estudiaba atentamente. Su rostro era inescrutable, pero Alex tuvo la impresión de que estaba tomando notas sobre ella.

–Isidoro, me voy. No me encuentro cómoda.

–¿Quieres que prepare una entrevista con los Farnese?

–Sí, bueno... como quieras. Pero yo me voy.

–Espera, parece que Rinaldo quiere hablar contigo –murmuró Isidoro entonces.

–Quiero que se vaya. No debería estar aquí –dijo él a modo de saludo.

–Oiga...

–Márchese ahora mismo o la obligaré a hacerlo.

–*Signore* Farnese... –empezó a decir Isidoro.

–Iba a marcharme de todas formas –lo interrumpió Alex–. Y si ésta no fuera una ocasión solemne, sería un placer decirle lo que pienso de usted –añadió, antes de salir de la sala sin darle tiempo a replicar.

Si pudiera vender la granja a un tercero para hacerle daño, lo haría, pensó.

El hotel Favello estaba en la Plaza de la República, en el corazón medieval de Florencia, cerca del Palazzo Vecchio, del Duomo, del fascinante Ponte Vecchio sobre el río Arno y muchos otros lugares que Alex se había prometido a sí misma visitar.

Y aquella noche pensaba cenar fuera, preferiblemente en un restaurante desde el que pudiera ver todos esos edificios.

La temperatura había bajado un poco al caer la tarde y la habitación del hotel tenía aire acondicionado, pero el calor de Florencia parecía penetrarle hasta los huesos.

Después de ducharse, Alex se puso un vestido de lino blanco sin sujetador. Con aquel calor, ni siquiera podía soportar las medias.

Pero cuando iba a salir de la habitación alguien llamó a la puerta.

Y quien estaba al otro lado era Rinaldo Farnese.

Se había quitado la chaqueta negra y la sujetaba sobre el hombro de una camisa blanquísima.

—No la molestaré mucho –dijo, entrando en la habitación.

—No recuerdo haberlo invitado –protestó ella.

—Yo tampoco la he invitado a venir y aquí está –replicó Rinaldo.

—Iba a cenar...

Un caballero se habría ofrecido a invitarla, pero Rinaldo Farnese se encogió de hombros.

—Entonces seré breve. Isidoro me ha dicho que estaba usted a punto de marcharse de la recepción cuando me acerqué.

—Ya se lo dije. Me encontraba incómoda.

—Siento haberle hablado así.

Alex lo miró, sorprendida.

—¿Lo siente? Supongo que decir eso le estará costando un mundo.

—No soy conocido por mi don de gentes —asintió él, burlón.

—¿No me diga?

—¿Piensa desconcertarme con esas ironías? No se moleste.

—Tiene razón. A usted la opinión de los demás le da completamente igual. Y seguro que la grosería tiene sus ventajas —replicó Alex—. Además, ¿puedo recordarle que asistí a la recepción por invitación de su hermano? No fue idea mía y, de haber sabido que ésa iba a ser su reacción, no habría aparecido por allí.

A pesar de su enfado, Alex sentía curiosidad por aquel hombre. En comparación con su refinado prometido, Rinaldo Farnese era como un animal salvaje, alguien que a duras penas podía controlar su temperamento.

Pensó entonces en David, que nunca hacía nada que no hubiese planeado de antemano. No podía imaginarlo perdiendo el control. Y estaba segura de que Rinaldo lo perdía con facilidad.

Extrañamente, eso no la asustaba, sino todo lo contrario; aumentaba su curiosidad.

Él empezó a pasear por la habitación, como si aquel sitio lo ahogara. Alex se percató de que era muy alto, más de metro ochenta y cinco, atlético y de espalda ancha.

–Ahora los ha visto a todos. A todos los buitres que esperan a la cola. Y creen que usted sólo está interesada en el dinero. ¿Es así?

–Yo... bueno, veo que es usted muy directo.

–He venido aquí para saber cuáles son sus planes. ¿Eso es suficientemente directo para usted?

–Sinceramente, aún no tengo un plan definido. Estoy esperando a ver qué pasa.

–¿Se ve a sí misma como granjera?

–No, no soy granjera ni tengo deseos de serlo.

–Una decisión muy sabia. Entonces, ¿qué piensa hacer?

–Discutir la situación con usted. Los buitres pueden pensar lo que quieran, pero usted tendrá la oportunidad de redimir la deuda de su padre.

–¿Seguro?

–Mire, no soy ningún monstruo y sé que a veces cuesta trabajo reunir dinero. Yo misma me dedico a la gestión de empresas...

–Lo sé, trabaja con dinero. Y eso es lo único que le importa –la interrumpió Rinaldo.

–Bueno, ya está bien. No voy a permitir que me hable en ese tono. Yo no soy responsable de su situación.

–Pero no le importa beneficiarse de ella.

–No me importa beneficiarme del testamento de mi tío Enrico porque eso es lo que él quería. Siento que haya sido una sorpresa para usted, pero no es culpa mía que su padre no les contase nada...

—¡No se atreva a hablar de mi padre!

Alex lo miró, atónita. ¿Cómo se atrevía a hablarle en ese tono?

—Y usted deje de culparme por una situación de la que yo no soy responsable —replicó, intentando mantener la calma.

—Nadie duda de su derecho a la herencia, pero le sugiero que tenga cuidado.

—Lo que quiere decir es que me porte como a usted le conviene, ¿no? —replicó ella, a punto de perder la paciencia.

—Digamos que debería considerar la situación antes de hacer nada al respecto. Recibirá su dinero, pero a plazos.

—Eso no me vale, lo siento. Tengo otros planes.

—Si sus planes entran en conflicto con los míos, le sugiero que los cambie —le espetó Rinaldo—. Mientras tanto, creo que debería marcharse de Italia.

—No —contestó Alex.

—Es mejor que...

—La respuesta es no.

—*Signorina*, usted no conoce este país.

—Más razón para quedarme. Soy medio italiana, así que también es mi país.

—No me entiende. Cuando he dicho «este país» no me refería a Italia, sino a la Toscana. Ahora no está en la fría Inglaterra. Éste es un sitio peligroso para los intrusos.

—¿No me diga? Mire cómo tiemblo —replicó Alex, irónica.

–Quizá sería más inteligente que lo hiciera.

–Deje de intentar asustarme. No funcionará. Haré lo que me dé la gana, cuando me dé la gana. Y si no le gusta, peor para usted.

–Muy bien, usted decide. Aténgase a las consecuencias.

–Quiero el dinero y no lo quiero a plazos –dijo ella entonces–. Pero podemos solucionar el asunto a través de terceros. Un banco, por ejemplo.

El rostro del hombre se oscureció.

–No pienso involucrar a ningún extraño en esto. ¿Cree que dejaría que alguien interfiriese en un asunto familiar?

–Mire, ya estoy harta. No voy a dejarme intimidar... Si pensaba que iba a hacerlo, se ha equivocado.

–Sólo intento...

–Sé lo que intenta –lo interrumpió Alex–. Y ya he oído más que suficiente. Me voy. Si desea hablar conmigo, póngase en contacto con mi abogado.

–¡Ni hablar!

–Pues entonces no tenemos nada más que decirnos, señor Farnese –dijo ella, tomando el bolso para salir de la habitación.

Rinaldo la siguió.

–¿Con quién ha quedado? –preguntó él.

–¡Pero bueno...!

–¿Con cuál de los buitres?

–No es asunto suyo.

–Si va a encontrarse con Montelli, sí es asunto mío –dijo Rinaldo entonces, interrumpiéndole el paso.

–Si fuese a ver al señor Montelli lo haría en el despacho de mi abogado. Y ahora, por favor, apártese de mi camino. Tengo intención de salir a cenar.

–Puedo recomendarle un buen restaurante.

–¿El restaurante de un amigo suyo, para vigilarme?

–Es usted muy suspicaz.

–¿Yo? Eso sí que tiene gracia.

–Y también es una mujer inteligente.

–Lo suficiente como para elegir restaurante por mí misma. Usted me pondría arsénico en el vino.

Rinaldo contuvo una sonrisa.

–Sólo si me incluyera en su testamento.

Lo último que Alex había esperado era una broma, pero salió de la habitación y siguió adelante sin sonreír, con Rinaldo detrás de ella.

En la plaza había un mercadillo de arte lleno de gente. Y en el centro, la estatua de un oso, sobre un pedestal. La nariz, al contrario que el resto del cuerpo, estaba muy brillante.

Dos jóvenes se acercaron entonces y frotaron la nariz del oso con la mano.

–Por eso brilla –explicó Rinaldo–. Le frotas la nariz mientras pides el deseo de volver algún día a Florencia.

Alex se acercó a la estatua. Iba a frotarle la nariz, pero retiró la mano.

–Ah, no... Pedir ese deseo significa que estoy dispuesta a irme de Florencia. Y como eso es lo que usted quiere, pienso hacer todo lo contrario.

–Veo que este asunto la divierte. Pero para mí, es una pérdida de tiempo.

–Y para mí, señor Farnese. Tomaré mi decisión cuando descubra qué le molestaría más.

Alex iba a darse la vuelta, pero Rinaldo la sujetó del brazo con mano de hierro.

–O sea, que quiere molestarme a propósito, para divertirse. Se lo advierto, *signorina*, para mí esto no tiene ninguna gracia. No juegue conmigo –luego apartó la mano–. Que disfrute de su cena –añadió antes de desaparecer entre la gente.

A Alex se le ocurrieron mil cosas que decirle, pero era demasiado tarde. Sólo quedaba la huella de la mano masculina en su brazo.

Pensativa, caminó por las calles hasta que encontró un restaurante. La comida era deliciosa: tarrina de pato con trufas negras y crema de champiñones con gambas. Había comido en los mejores restaurantes de Londres y Nueva York, pero aquella era una experiencia nueva. Más arte que comida.

–Definitivamente, no pienso volver a casa hasta que lo haya solucionado todo. Diga lo que diga el señor Farnese.

CAPÍTULO 3

ALEX decidió tomarse un día de vacaciones para visitar Florencia. Eso era mucho mejor que quedarse en la habitación, esperando a ver cuál era el siguiente paso de Rinaldo Farnese.

Pero cuando llegó al vestíbulo se encontró con la imponente figura del señor Montelli y, a regañadientes, accedió a sentarse con él en la cafetería del hotel.

–He venido para solucionar sus problemas –sonrió, obsequioso.

Naturalmente, Alex se puso en guardia.

–No creo que conozca usted mis problemas –contestó ella.

–Lo que quiero decir es que estoy dispuesto a comprarle la hipoteca sobre la granja Farnese. ¿Cree que podríamos llegar a un acuerdo?

–Es posible, pero no ahora mismo. Quiero darle una oportunidad a los Farnese.

Montelli se encogió de hombros.

–No pueden reunir el dinero.

–¿Cómo lo sabe?

–Ah... esas cosas se saben. Y supongo que usted querrá cobrar ese dinero lo antes posible.

Como eso era precisamente para lo que había ido a Italia, podría parecer poco razonable que Alex se sintiera ofendida. Pero, por alguna razón, no quería hacer tratos con el señor Montelli. Aquel hombre estaba demasiado seguro de sí mismo.

–Me temo que no puedo discutirlo con usted hasta que lo haya hablado con ellos.

El señor Montelli mencionó una cifra y Alex tragó saliva. Era más de lo que le debían y ella era, al fin y al cabo, una mujer de negocios.

Pero su sentido de la justicia era más importante.

–Tengo que hablar antes con los Farnese.

–No soy un hombre paciente, *signorina.*

–Pues me arriesgaré a perder su oferta. Y ahora, si me disculpa...

Cuando se levantaba, Montelli la sujetó por la muñeca.

–No hemos terminado.

–¿Cómo que no? Si no me suelta ahora mismo, le daré una bofetada que va a oírse en toda la plaza –replicó Alex.

–Si no lo hace usted, lo haré yo mismo –oyó la voz de Gino Farnese a su espalda.

Montelli la soltó, fulminando a Farnese con la mirada.

–¿Quiere que le pegue? –preguntó Gino.

–No se atreva a hacerlo. Si alguien tiene que pegar a alguien, ésa soy yo. Y lo haría con sumo gusto.

Gino soltó una carcajada.

–Váyase de aquí, Montelli.

El hombre se levantó y salió de la cafetería sin decir nada.

–Qué pena. He perdido mi oportunidad de rescatar a una damisela en apuros. ¿No podría haber fingido estar un poquito asustada?

–No creo que a su ego le haga mucha falta –rió Alex.

–*Signorina*, usted me entiende perfectamente.

Decía *signorina* con un tono simpático, agradable. Al contrario que su hermano, Gino Farnese era un seductor, un chico simpático y poco complicado. Un acompañante excelente para ver Florencia, pensó.

–¿Iba a salir?

–Sí, pensaba ir de visita. No conozco la ciudad.

–¿Puedo acompañarla? Estoy a su servicio.

–Muy bien. Vamos a tomar un café y lo discutiremos.

Encontraron un pequeño café en la plaza, frente a la estatua del oso. Alex esperó que le hablase sobre la tradición de frotar la nariz, pero Gino no lo hizo.

Claro, pensó, él sabía que su hermano había ido a visitarla por la noche. De modo que aquel no era un encuentro fortuito.

Seguramente Rinaldo le habría pedido que fuese a verla para ver si la seducción funcionaba mejor que las groserías.

«Estupendo, guapo, me encantaría pasar el día contigo. Pero no vas a engañarme», pensó.

–¿Montelli le ha hecho daño? –preguntó Gino entonces, tomando su mano.

–No, no me ha hecho daño.

–¿Quiere que la lleve a la galería de los Uffizi? En Florencia tenemos las mejores colecciones de arte del mundo.

–Encantada.

Alex intentó fijarse en todos los cuadros y mostrar admiración, pero aquello era demasiado para ella. En Florencia había arte por todas partes.

Comieron en un restaurante a la orilla del río Arno, cerca del Ponte Vecchio.

–No puedo dejar de mirar el puente. Todos esos edificios encima, como si quisieran hundirlo en el agua... Es milagroso que no se haya hundido.

–Cierto –asintió Gino–. Pero es que Florencia es una ciudad milagrosa. El sesenta por ciento del arte mundial está aquí. Durante los últimos siglos...

Alex lo escuchaba, fascinada. ¿En qué otro lugar del mundo un granjero hablaría de arte?

Pero aquello era Florencia, la cuna del Renacimiento, el lugar que había producido a tantos grandes artistas.

–Lo siento –dijo él de repente–. ¿La estoy aburriendo?

–En absoluto. Parece usted un hombre del Renacimiento, de aquellos que eran capaces de dominar varias disciplinas artísticas a la vez. Supongo que el alma de ese hombre del Renacimiento sigue por aquí.

–Por supuesto, ése es nuestro orgullo. Aunque Rinaldo no está de acuerdo, porque a él sólo le importa la tierra. Sin embargo, yo creo que un hombre debe tener un alma artística... aunque sus manos estén llenas de callos.

Alex sonrió, preguntándose si de verdad sus manos estarían llenas de callos. Las de Rinaldo, seguro. Ese hombre parecía ser parte de la tierra.

–Había pensado llevarla al Duomo después de comer, pero...

–¿Podríamos ir en otro momento? Ahora mismo no podría admirar otra catedral.

–Muy bien. Entonces hagamos algo más divertido y menos artístico.

–¿Por ejemplo? –preguntó ella, recelosa.

–Montar a caballo.

–Ah, eso me encantaría.

No había llevado ropa de montar, de modo que fue necesario hacer algunas compras. Gino, como buen italiano, era un gran conocedor de la moda femenina y no la dejó elegir hasta que hubo aprobado el modelo.

–Ése, perfecto. Va estupendamente con su tono de piel.

Poco después, dejaban atrás Florencia para tomar la carretera que llevaba a las colinas. En un pequeño establo, Gino eligió un par de caballos y salieron a recorrer el campo. Alex se sintió cómoda enseguida con su yegua, un animal de dulce disposición.

Tras galopar casi una hora se detuvieron en un pueblecito. El hostal tenía una terraza en la que comieron un queso fuerte, aceitoso, riquísimo.

–Hacía siglos que no montaba a caballo –sonrió Alex–. Ha sido estupendo.

Por primera vez desde que llegó a Italia se sentía cómoda, relajada. David, sin embargo, jamás se encontraría a gusto allí. Él sólo montaba a caballo en su elegante mansión a las afueras de Londres.

Entonces se dio cuenta de que no había hablado con él desde que llegó a Florencia. Lo había llamado por la noche, pero tenía puesto el contestador.

Y cuando sacó su móvil del bolsillo comprobó que estaba apagado. Aunque no recordaba haberlo hecho.

Tenía un mensaje de David, pero cuando lo llamó de nuevo saltó el contestador.

–¿Llama a su amante? –preguntó Gino.

–¿Qué?

–Perdón, no tenía derecho a preguntar eso. Pero me gustaría saberlo.

–Yo no tengo amante, tengo novio –contestó Alex–. ¿Y por qué quiere saberlo? ¿Para comprobar si voy a traer refuerzos?

Gino negó con la cabeza.

–No, tengo otras razones.

Sus ojos le decían cuáles eran esas razones.

–Es usted como Rinaldo, siempre juega escondiendo sus cartas –dijo él entonces.

–¡No se atreva a decir que soy como él! Su hermano es un grosero.

–¿Qué le dijo anoche?

–No dejé que me dijera nada –replicó Alex.

–A mi hermano no le gusta que alguien tenga poder sobre él. Por eso está tan enfadado.

–Bueno, todo se arreglará pronto. Espero.

–¿Cómo? Usted quiere el dinero...

–No soy una mercenaria... aunque Rinaldo lo crea.

–Lo siento, no quería decir eso. Pero si nosotros no podemos pagarle, otro estará dispuesto a hacerlo. Montelli, por ejemplo. ¿Alguien más se ha puesto en contacto con usted?

Alex levantó una ceja.

–¿Por qué no le dice a su hermano que deje de tratarme como si fuera tonta? Me temo que está perdiendo el tiempo.

Él soltó una carcajada.

–El día no ha terminado. Y aunque no lo crea, la hipoteca cada vez me importa menos. Hay otras cosas mucho más importantes.

Alex sonrió. El tipo era encantador, desde luego.

Llegaron al establo cuando se ponía el sol. Gino habló poco mientras volvían a Florencia, pero cuando detuvo el coche frente al hotel le preguntó si podían cenar juntos.

–¿Para asegurarse de que no ceno con otra persona?

–No, no es por eso.

–Muy bien. De acuerdo.

Era un chico muy simpático y le gustaba tontear con él. Además, estaba claro lo que pretendía, de modo que no había peligro alguno.

No pensaba serle desleal a David y saliendo con él podría averiguar algo que le facilitase las cosas con los Farnese.

Gino quedó en ir a buscarla a las nueve, de modo que tuvo tiempo de pasarse por las tiendas del hotel, que tenían la última moda de Milán.

Y cuando volvió a su habitación, era la orgullosa propietaria de un vestido de seda azul y de unas sandalias plateadas de tacón de aguja.

Gino levantó las cejas al verla.

–*Signorina*, será un honor que me vean con usted.

Alex soltó una carcajada.

–¿Qué he dicho? –preguntó él.

–No, nada. Es que me hace mucha gracia lo de *signorina*. Creo que ha llegado el momento de tutearnos. Por favor, llámame Alex.

–Y tú, Gino.

–Bueno, ¿cenamos o vamos a quedarnos aquí toda la noche?

–¿Puedes andar con esas sandalias?

–Claro que puedo –sonrió ella–. Es una cuestión de equilibrio. Y a mí se me da muy bien mantener el equilibrio.

Pasearon por la orilla del Arno y se detuvieron en las tiendecitas de los orfebres, que llevaban siglos allí, antes de sentarse en la terraza de un restaurante.

Las luces se reflejaban en el río y el ambiente tenía cierto tono mágico, encantador. Era una delicia estar allí.

Gino resultó ser el anfitrión perfecto, contándole cosas de su infancia mientras tomaban canapés de hígado de pato y *bistecca a la fiorentina*, un filete a la parrilla.

–Lo hacen como en el siglo XIV –le explicó–. La leyenda dice que los magistrados de la ciudad lo hacían ellos mismos en el Palazzo Vecchio, así no perdían el tiempo yendo a casa a comer.

–Te lo estás inventando.

–Te juro que no. Es la leyenda.

–Cuando una leyenda es más poderosa que la realidad, hay que creer en la leyenda, ¿no?

–Claro. Porque eso es lo que la gente quiere creer –asintió él.

–Y tu hermano quiere creer que yo soy la bruja mala –rió Alex.

–¿Sabes que lo haces continuamente?

–¿Qué hago?

–Hablar de Rinaldo –contestó Gino–. Pareces estar convencida de que no soy más que un títere de mi hermano...

–Yo no he dicho eso.

–No estoy aquí por órdenes de mi hermano, Alex.

–Muy bien, te creo.

–Estupendo. Vamos a celebrarlo con champán.

Cuando él se levantó, Alex se apoyó en el respaldo de la silla, pensativa. Era cierto, pensaba todo el tiempo en Rinaldo. Era una presencia invisible, pero constante.

Gino volvió poco después con una botella de champán y siguió hablándole de su infancia.

–Nunca olvidaré la primera vez que mi padre me trajo a los carnavales. Él era un niño en el fondo. Mi madre siempre decía eso.

–¿Cuántos años tenías cuando tu madre murió?

–Ocho.

–¿Tu padre volvió a casarse?

–No, nunca.

–Por lo que he oído, era una persona encantadora.

–Lo era. Por supuesto, en opinión de Rinaldo era un frívolo... Mi padre solía decirle: «alegra esa cara, el mundo no es tan malo como crees».

–Ahora eres tú el que habla de Rinaldo –sonrió Alex.

–Sí, es verdad.

–¿Tu hermano siempre ha sido tan... amargado?

–Siempre ha sido una persona muy seria, pero desde que su mujer murió...

–¿Su mujer?

–Sí, se llamaba Maria y era de Fiesole. Fueron novios desde la adolescencia... creo que se prometieron con quince años, pero se casaron a los veinte.

–¿Cómo era ella? –preguntó Alex, curiosa.

–Guapa, gordita, muy maternal. Seguramente a ti te parecería una chica antigua, porque sólo se dedicaba a la familia. Mi madre había muerto por entonces, así que fue estupendo tenerla en casa.

–¿Por eso se casó Rinaldo, para tener a alguien en la cocina?

–No, no, estaba loco por ella –contestó Gino–. Yo entonces tenía diez años y Maria era una gran cocinera... bueno, a esa edad era lo único que me importaba. Y Rinaldo era feliz. Era un hombre feliz –añadió, pensativo.

–¿Qué pasó?

–Maria murió en el parto dieciocho meses después de la boda.

–Qué pena –murmuró Alex–. ¿Cuándo fue eso?

–Hace quince años.

–Debió de ser terrible para él.

–Sí, horrible. Rinaldo no estaba allí cuando ocurrió. Nadie esperaba que Maria se pusiera de parto a los siete meses y él estaba en Milán, comprando maquinaria para la granja... Yo estaba en el hospital cuando llegó y nunca olvidaré su expresión. Era como si se hubiera vuelto loco. Cuando el médico le dijo que Maria había muerto, entró en la habitación y se abrazó a ella... El niño estaba vivo, pero no pudo abrazarlo siquiera porque lo habían metido en una incubadora. Murió un par de horas después.

–Qué horror.

–Sí. Mi hermano se quedó como en trance y durante el funeral parecía como si no supiera lo que estaba pasando. Desde entonces, no ha vuelto a hablar ni de Maria ni de su hijo. Si yo digo algo, me interrumpe. Es como si una parte de él hubiera muerto con ellos.

–Ya, entiendo. Y supongo que nunca habrá vuelto a casarse.

–No, claro que no. No se arriesgaría a pasar por eso otra vez.

–Pero eso es imposible. Nadie tendría tan mala suerte.

–Ya, pero... Desde que Maria murió, Rinaldo se ha dedicado a la granja en cuerpo y alma.

–¿Y tú?

–Teóricamente, tengo la misma autoridad que mi hermano, pero no es verdad. Además, él es el mayor.

Alex se mordió los labios. La tragedia de Rinaldo Farnese ponía todo en perspectiva; su actitud grosera, su hostilidad... Lo imagina de joven, el día que perdió a su mujer y a su hijo, desesperado, con el corazón roto...

–¿Quieres que volvamos al hotel? –preguntó él.

–Sí, por favor. La verdad es que estoy un poco cansada.

En la puerta del hotel, Gino tomó su mano.

–Te pediría que volviéramos a vernos, pero pensarías que lo hago por orden de Rinaldo, así que no lo haré.

–Eso es muy inteligente por tu parte –sonrió Alex.

–Puedo llamarte, ¿verdad?

–Sí, pero no mañana.

Gino asintió. Luego se inclinó un poco y le dio un beso en la mejilla.

Gino entró en la casa intentando no hacer ruido, pero no sirvió de nada.

–Buenas noches –dijo Rinaldo, sin levantar la mirada de la pantalla del ordenador.

–¿No podías dormir?

Su hermano no contestó. Volviéndose en la silla, estiró las piernas y se cruzó de brazos.

–Pareces el gato que se comió al canario. Y espero que el canario fuera sabroso.

–No seas grosero.

–Y también espero que no hayas olvidado que estabas allí con un propósito. No ibas a pasarlo bien, Gino. Se supone que ibas a neutralizar una amenaza.

–Alex no es una amenaza –replicó él.

–Ah, estupendo, te ha conquistado. Pues recuerda que es la mujer que estaba negociando con Montelli en el funeral de papá.

–No estaba negociando. Montelli ha vuelto a intentarlo hoy y ella lo ha mandado a paseo. Lo he visto con mis propios ojos.

–¿Ha ido al hotel?

–Estaban en la cafetería cuando llegué. Montelli la tenía agarrada del brazo y ella lo amenazó con darle una bofetada.

–Claro, porque te había visto.

–No me había visto, Rinaldo.

–Yo conozco a las mujeres mejor que tú, Gino. Y, evidentemente, eres una causa perdida. ¿Qué ha hecho, pestañear, mirarte con sus ojitos azules?

–No son exactamente azules –dijo Gino entonces–. Son más bien... violetas.

–Pues a mí me parecen de un azul corriente y vulgar.

–A lo mejor no has mirado bien.

–Los he mirado con recelo, que es como hay que mirarlos –replicó Rinaldo.

–No sé, a lo mejor era el vestido. Se ha puesto un vestido de seda con un escote en la espalda que... –empezó a decir Gino.

–No quiero saber nada más –lo interrumpió su hermano–. Estás haciendo el tonto...

–Si quieres decir que estoy hechizado, me declaro culpable.

–Hechizado... ¿tú estás loco? Te envío a una misión y vuelves enamorado como un crío. Seguramente ahora mismo se está riendo de ti. De hecho, no me extrañaría nada que hubiese llamado a Montelli en cuanto te fuiste.

–Estás decidido a pensar lo peor, ¿verdad?

–Tengo mis razones.

–No sabes nada sobre ella, Rinaldo. Eso son prejuicios...

–¿Y es culpa mía?

–Claro que sí. ¿Por qué no le das una oportunidad?

Su hermano dejó escapar un suspiro.

–No depende de mí. Estamos en sus manos y eso es lo que me vuelve loco.

–No te preocupes. Alex está loca por mí y yo por ella. A partir de ahora, todo va a salir bien.

ALEX había oído muchas veces eso de que Italia era mágica, pero era una persona práctica y pensaba que sólo sería una noción romántica.

Ahora estaba descubriendo que lo de la magia era real.

Quizá se debiera a la luz, que intensificaba todos los colores. O quizá fuera la ciudad de Florencia, con sus edificios medievales, donde las calles de piedra se mezclaban con las modernas calzadas.

Intentaba no dejarse seducir por la belleza de la ciudad, pero era imposible... Sin embargo, sólo había ido allí para conseguir su dinero y en cuanto lo hiciese volvería a Londres, donde la esperaban acciones de la empresa y su boda con David. En otras palabras, su vida real.

Pero le parecía menos real de repente. Y no tenía prisa por volver. David le había dicho que se tomase el tiempo que hiciera falta, y quizá fuera mejor quedarse unos días más de lo previsto...

Sí, haría eso.

Así que al día siguiente apagó el móvil, alquiló un coche y tomó la autopista que llevaba a Fiesole.

Después de caminar por sus calles de piedra durante horas, encontró un restaurante con terraza y tomó un café, observando los cipreses y las elegantes casas del valle.

—Está en buena compañía —dijo una voz tras ella.

Rinaldo había aparecido de repente. Pero aquel día no había antagonismo en su expresión.

—¿En buena compañía?

—Sus escritores ingleses, Shelley y Dickens, una vez admiraron este valle. Ahí abajo está la villa de Lorenzo de Medici.

—¿Ah, sí?

—Este pueblo es conocido como «la madre de Florencia». Mire alrededor y verá por qué.

Alex lo vio de inmediato. La ciudad de Florencia, a unos ocho kilómetros de allí, se veía desde la terraza. La cúpula del Duomo destacaba entre los demás tejados.

—¿Qué hace aquí? —preguntó Rinaldo entonces.

—¿Necesito permiso?

—En absoluto. Pero usted es una mujer de negocios. Hay cosas que resolver y, sin embargo, aquí está, perdiendo el tiempo.

Alex no era una gran aficionada a la poesía, pero aquella vez no se pudo resistir:

—¿Qué sería de esta vida, llena de cuitas, si no tuviéramos tiempo para admirar un hermoso paisaje?

—¿Quién escribió eso? —preguntó él.

–Un poeta inglés.

–¿Un inglés?

–Sí, un inglés. ¡Horror, espanto! Puede que ahora tenga que cambiar de opinión sobre los ingleses.

–No esté tan segura.

–Usted cree que estoy haciendo tiempo para recibir la mejor oferta, que voy a venderlos a la primera oportunidad. Y se equivoca.

Rinaldo llamó al camarero y le pidió dos cafés.

–¿Me equivoco? ¿Seguro?

–¿Qué creía, que había quedado con Montelli?

–Podría ser.

–¿Me ha seguido?

–No, he venido a visitar a unos parientes. Este encuentro ha sido pura casualidad –suspiró él, sentándose.

De repente, Alex recordó que la difunta esposa de Rinaldo Farnese era de Fiesole. Quizá estuviera allí visitando a sus familiares.

–En cualquier caso, se equivoca. No estoy negociando con nadie. Y menos con Montelli. Me desagrada profundamente.

–¿Tanto como yo?

–Aún no lo he decidido, pero no importa. Nunca dejo que el carácter de las personas interfiera con el trabajo.

–Una mujer de negocios, ¿eh?

–No, una persona civilizada –contestó Alex.

El camarero llegó entonces con los cafés y, por un momento, se quedaron en silencio.

–Me pregunto a quién incluye en esa noción de «persona civilizada». ¿A mi hermano?

–Su hermano es una persona encantadora, pero le dije, como le digo a usted ahora, que no me trate como si fuera tonta.

–¿Qué quiere decir?

–Que debería darle vergüenza ser tan obvio. Envía a su hermano para que me diga cosas bonitas porque piensa que soy una cría que se desmaya al primer piropo de un italiano. Pues deje que le aclare una cosa, señor Farnese: yo tomo mis decisiones cuando me parece conveniente. Espero que eso quede claro.

Rinaldo soltó una carcajada. Era una carcajada fuerte, viril. Y riendo era un hombre muy atractivo. Un hombre, no un chico como su hermano.

–Veo que Gino se estaba engañando a sí mismo –dijo Rinaldo.

–Si espera que le pregunte qué le ha dicho Gino de mí, va a tener que esperar sentado.

–¿No tiene interés?

–Ninguno –contestó ella.

–Pobre Gino. Le va a romper el corazón.

–No creo que su hermano haya involucrado el corazón en esto –sonrió Alex.

–No esté tan segura. Gino es un hombre que entrega su cariño fácilmente. En eso no se parece ni a usted ni a mí.

–Usted no me conoce de nada.

–No, es verdad. Pero sé lo que veo.

–¿Ah, sí? ¿Y qué ve?

–Una mujer que toma las decisiones con la cabeza, no con el corazón. Y por eso recelo.

–¿Quiere decir que no soy la mema que esperaba?

–No creo haberla insultado nunca, señorita Dacre. ¿Puedo invitarla a comer?

–No, gracias. Ya he tomado algo y me gustaría volver a Florencia.

–Deje que la acompañe al coche.

Rinaldo bajó con ella, pero al ver el coche hizo una mueca.

–¿Qué pasa?

–No me fío de esa agencia –contestó él, señalando el cartelito que había en el parabrisas.

Como si lo hubiera preparado, el coche se negó a arrancar.

–Ah, genial. ¿Y ahora qué hago?

–Tendrá que dejarlo aquí.

Murmurando una maldición, Alex llamó a la agencia, pero no querían hacerse responsables e insistían en que debía llevarlo de vuelta a Florencia.

Mientras la discusión subía de tono, Rinaldo la miraba de brazos cruzados, seguramente encantado. Hasta que por fin, con gesto impaciente, le quitó el móvil y habló en el dialecto de la Toscana.

El efecto fue inmediato. Cuando Alex recuperó el teléfono, el hombre de la agencia era todo amabilidad. Y no sabía si alegrarse o enfadarse por deberle un favor a Rinaldo Farnese.

—Se lo agradezco —dijo sin mirarlo.

—No me lo agradece. Le gustaría matarme.

—¿Matarlo? No puedo, yo soy una dama.

El móvil empezó a sonar entonces.

—¿Sí?

—Alex, soy David.

—Ah, hola, cariño.

—Siento no haber podido llamar antes. ¿Cómo va todo?

—Pues... con sus más y sus menos.

—¿Algún problema?

—Muchos. Pero ya te contaré.

—¿Los Farnese se están poniendo difíciles?

—Nada que no pueda solucionar —contestó Alex.

—No te eches atrás. Llevas todas las de ganar.

—Sí, lo sé. Pero no es tan sencillo como parecía.

—Si se ponen desagradables, deja el asunto en manos de tu abogado y en paz.

—Gracias por preocuparte, cielo —sonrió Alex—. Pero todo va bien, no pasa nada.

—Ya me imagino. Eres una chica muy eficiente.

Ella hizo una mueca. Como piropo, «eficiente» se quedaba más bien corto. David nunca había sido un hombre emocional y, hasta entonces, le parecía bien, pero empezaba a molestarla. Y no sabía por qué.

—Prefiero solucionarlo personalmente.

—La verdad es que me dan pena. No saben con quién se la están jugando —rió David entonces—. Tómate el tiempo que necesites.

–Gracias, pero tengo ganas de volver a Londres.

–Cuando vuelvas, tendremos muchas cosas de que hablar.

Rinaldo hizo una mueca. Debía estar hablando con su amante, al que llamaba «cariño» y «cielo». Y seguramente estaba al tanto de todo.

Cuando Alex cortó la comunicación, la tomó de la mano.

–Vamos, la llevaré en mi coche.

–No puedo ir con usted. Tengo que quedarme esperando la grúa.

–Tonterías. Deje las llaves en el contacto. Como no arranca, nadie podrá robárselo.

–¿Dónde me lleva?

–Hay cosas que debe usted ver –contestó Rinaldo.

–¿Le importaría soltarme?

–Sí, así que no vuelva a pedírmelo.

–Esto es un secuestro –protestó Alex.

–Puede llamarlo como quiera.

Habría sido fácil gritar pidiendo ayuda. Pero no lo hizo. Seguía preguntándose por qué cuando Rinaldo abrió la puerta de su coche, un todoterreno.

–¿Dónde me lleva, a Belluna?

–Sí. Quiero enseñarle parte de la granja.

–¿Parte?

–Es demasiado grande como para verla en un solo día. Pero así verá sobre qué está negociando.

Pronto dejaron atrás Fiesole. La tierra se volvió salvaje, fiera, más oscura y, sin embargo, llena de colores. Estaban pasando por la orilla de un riachuelo cuando ella pidió:

–Pare un momento.

Rinaldo detuvo el coche y Alex se bajó para respirar el aire del campo.

Era una chica de ciudad y, para ella, Londres siempre había sido su hogar. Pero, de repente, estaba respirando como si fuera la primera vez que lo hacía. Aunque el sol golpeaba con fuerza.

–Eso son viñedos –le explicó Rinaldo–. Pero también hay olivos y trigales. Aunque supongo que su abogado ya se lo habrá contado.

–Sí, pero de cerca es tan diferente...

–Esto es sólo dinero para usted, pero para nosotros la tierra es una criatura viva. A veces nos traiciona, incluso intenta matarnos. Pero nos pertenece, como nosotros le pertenecemos a ella.

Alex lo miró, intrigada. Lo decía de una forma tan apasionada, tan sincera...

Rinaldo bajó del coche y la llevó a la sombra de un árbol.

–No está acostumbrada a este calor, ¿verdad?

–No, pero soy muy dura.

–No lo parece. Un golpe de aire podría tumbarla.

–¿Un golpe de aire? –rió ella.

Rinaldo se inclinó para meter su pañuelo en el agua del riachuelo.

–Puede refrescarse con esto.

Alex se pasó el pañuelo por la cara mientras él la observaba, seguramente buscando algún signo de debilidad. Pero se iba a llevar una desilusión. La ferocidad de los elementos en aquel país encendía una llamita en ella, fortaleciéndola.

«Vete ahora», le dijo una vocecita. «Antes de que sea demasiado tarde»

Alex se inclinó para tocar la tierra.

–No, así no. Hunda los dedos en ella, siéntala. Deje que le hable.

Ella lo hizo y enseguida entendió lo que quería decir. La tierra estaba mojada y despedía un olor fuerte, muy agradable.

–Aquí podría crecer cualquier cosa.

La respuesta de Rinaldo fue tomar un puñado de tierra y mostrársela. Cuando Alex levantó la mano para tocarla, él la apretó contra la suya.

Le gustó; y la sensación de poder en las fuertes manos masculinas la mareó un poco.

–¿Lo ve?

–Sí –contestó Alex.

Se sentía como poseída por algo. No quería apartarse y tenía la impresión de que el sol se había oscurecido.

Rinaldo tenía una cicatriz en la mano... una cicatriz que ella no podía dejar de mirar.

–Es hora de irnos.

–¿Adónde?

–A mi casa –contestó Rinaldo.

Alex sentía curiosidad. Había imaginado una granja sencilla, pero el edificio que apareció al final del camino era... grandioso. Tenía tres plantas y una gran escalinata en la entrada. Pero lo que realmente la asombró fue que estaba hecho de piedra, una piedra que parecía de color rosa bajo el sol del atardecer.

—Es una casa preciosa.

—Sí —asintió Rinaldo—. Hace dos siglos fue una gran mansión, pero el propietario tuvo que venderla y cambió de manos varias veces. Mi abuelo la compró y trabajó la tierra hasta su muerte para hacer que la granja prosperase. Mi padre también trabajó aquí toda su vida.

—¿Y vive aquí con Gino?

—Y con Teresa, el ama de llaves. El resto de la casa está cerrado.

Cuando detuvo el coche, un perro salió a saludarlos. Parecía un cruce entre mastín y san bernardo. O entre gran danés y mastín. Podría tener varias mezclas, pero era enorme.

—Esta cosa se llama Brutus —dijo Rinaldo cuando el perrazo apoyó las patas en la ventanilla—. Cree que es mío. O que yo soy suyo. No lo sé exactamente... ¡*vai via*! —añadió, sonriendo—. ¡*Vai via*! Tengo que abrir la puerta, Brutus.

El animal se apartó con desgana, pero en cuanto bajaron del coche se lanzó sobre Alex. Ella lanzó un grito de alarma al ver la huella de una pata en su inmaculado pantalón blanco. Pero el perro la miraba como si hubiera hecho algo estupendo.

—Regañarte sería una pérdida de tiempo, ¿verdad?

La respuesta fue un alegre ladrido.

–Ah, ya veo. Entonces, no me molestaré. Pero si lo haces otra vez... tendré que volver a perdonarte.

Emocionado, Brutus levantó la pata y dejó una nueva huella al lado de la otra.

–Mis disculpas –dijo Rinaldo entonces–. ¡Brutus!

–No se enfade con él. Sólo está siendo amistoso.

–Nunca se acerca a los extraños. Y, naturalmente, yo pagaré la factura de la tintorería.

–No hace falta. Además, no creo que esta mancha se quite.

–Entonces, le pagaré unos pantalones nuevos.

Alex soltó una carcajada.

–No me haga decirle lo que cuestan. No quiero amargarle el día.

–Está siendo muy comprensiva –dijo Rinaldo entonces.

–Y eso le sorprende, ¿verdad? Porque si soy agradable, debo tener algún propósito diabólico. Por favor... un perro es un perro. Así es la vida.

Rinaldo la miró, perplejo. Estupendo, así no tendría ideas preconcebidas sobre ella.

Teresa apareció en ese momento. Era una mujer de pelo gris y brillantes ojos azules.

–Teresa, te presento a la *signorina* Alexandra Dacre. Es la sobrina de Enrico Mori.

–*Buon giorno, signorina.*

–*Buon giorno*, Teresa.

–Vamos dentro. La señorita Dacre ha tomado mucho el sol y debe de estar agotada.

Los muros eran gruesos y no dejaban entrar el calor, de modo que en el interior de la casa se estaba muy fresco.

–¿Podría lavarme la cara?

–Sí, claro. Teresa, por favor, acompáñala.

Cuando salió del baño, el ama de llaves la acompañó hasta una terraza, donde Rinaldo la esperaba tomando un vaso de vino.

–¿Se encuentra mejor?

–No me encontraba mal, es sólo que... hace mucho calor.

–Ya.

Él le sirvió un vaso de prosecco, un vino blanco del país, muy fresco, y Teresa apareció poco después con un *pasticcio alla fiorentina*, un pastel de carne.

–¿Cree que es buena idea tratarme como a una invitada? –sonrió Alex–. Podría querer quedarme.

–¿Y el hombre con el que habló hace un rato? ¿No la espera en Londres, angustiado?

Ella sonrió. La idea de ver a David angustiado le parecía realmente cómica.

–¿Qué? –preguntó al verla sonreír.

–David no es así. Él no espera «angustiado».

–¿No? ¿Por qué?

–No lo sé. Sencillamente, no es así.

–¿No está enamorada de él?

–Eso no es asunto suyo –contestó Alex.

–Mientras yo esté en su poder, todo lo que la concierne es asunto mío.

–No veo la necesidad de hablar sobre David.

–¿Es un tema doloroso?

–No. Es una relación... difícil de describir.

–Quiere decir que no es una relación apasionada.

–No he querido decir eso en absoluto.

–Entonces, ¿es apasionada? –preguntó Rinaldo–. ¿Sus besos la inflaman, lo desea?

Alex apretó los labios. Afortunadamente, su sentido del humor acudió al rescate.

–Olvida que soy una inglesa de sangre fría. Nosotros no nos apasionamos por nada. Es malo para los negocios.

–Ese comentario es una provocación.

–Puede tomárselo como quiera. David es mi prometido, el hombre con el que voy a casarme, pero me niego a seguir hablando de él.

Rinaldo se quedó callado un momento. Alex sabía que anunciar su matrimonio era como lanzar un guante; un desafío, un aviso de que tenía sus propios planes. Pero él había apartado la mirada y no pudo leer en sus ojos.

Hasta que la miró.

–Teresa está a punto de servir el segundo plato. Espero que tenga hambre.

CAPÍTULO 5

TERESA sirvió faisán con frutos del bosque, cocinado con vino de Marsala. Estaba tan rico que Alex decidió dejar la discusión para más tarde.

Sentados en la terraza, veían el atardecer, el sol escondiéndose tras el horizonte con un brillo anaranjado.

Brutus se levantó entonces y empezó a rozar la pierna de Rinaldo, impaciente. Y, para sorpresa de Alex, él no se enfadó. Le dio un trocito de faisán, acariciándole las orejas, y cuando se acercó a ella le avisó:

–No deje que se ponga pesado.

–No me importa. Es precioso –sonrió Alex, acariciando al animal.

–Es un perro –replicó Rinaldo, levantándose bruscamente–. Venga, chico.

Brutus lo siguió dócilmente al interior de la casa mientras Alex se preguntaba a qué se debería aquel repentino cambio de humor.

Pero cuando volvió unos minutos después parecía haber olvidado el asunto.

–Me alegro de tener la oportunidad de charlar.

–Y yo –contestó ella.

–Creo que ahora entiendo mejor su situación. De modo que su plan es casarse con ese tal David... Por eso necesita el dinero.

–No, lo necesito para convertirme en socia de mi empresa. Es una de las más prestigiosas de Londres, así que una sociedad cuesta cara.

Él asintió, pensativo.

–¿Conocía usted bien a Enrico?

–No, aunque quería mucho a mi madre y ella hablaba de él constantemente. De hecho, hablaba de Italia constantemente. Por eso cuando llegué aquí, casi fue como llegar a un sitio conocido. Incluso me obligó a estudiar italiano.

Rinaldo arrugó el ceño.

–¿Cómo se llamaba su madre?

–Berta.

–¿Era bajita, pelirroja?

–Sí. ¿La conoció?

–La vi una vez, hace mucho tiempo. Enrico la trajo a una fiesta cuando yo tenía siete años. Pero recuerdo que era una mujer divertida, con una risa muy contagiosa. Estuvo horas jugando conmigo a los dados y me desplumó...

–Sí, era una experta en juegos de mesa –sonrió Alex.

–Así que tú eres la hija de Berta –dijo Rinaldo entonces, tuteándola por primera vez.

–¿No lo sabías?

–No, la verdad es que no lo había pensado hasta ahora. Supongo que estaba demasiado enfadado como para pensar con claridad.

–Entonces, ¿ya no somos enemigos?

–¿Sabes jugar a los dados?

Los dos soltaron una carcajada.

–Cuéntame algo más sobre ella.

–Mi madre era una mujer temperamental, muy dramática. No nos entendíamos, pero nos quisimos mucho. Y creo que ahora empiezo a entenderla mejor.

–Sólo llevas unos días en Italia.

–Sí, pero es algo... no sé, es algo que está en el aire. ¿Cómo va a ser fría y calmada la gente de la Toscana?

Rinaldo asintió.

–No lo somos, desde luego.

–Pero supongo que habrá italianos moderados y razonables –bromeó Alex.

–Puede que haya uno o dos, en el norte.

–Probablemente demasiado avergonzados para dar la cara.

–Sin duda. Italia es un país apasionado. La moderación no creó esos edificios, esas obras de arte. Los creó la pasión. Y todo lo que merece la pena: la buena comida, el buen vino... esas cosas no se encuentran en un despacho.

–¿Y no hay cierta belleza en el orden?

Había esperado que él hiciera un comentario despreciativo, pero asintió con la cabeza.

–Sí. Pero si es lo único que hay en tu vida...

Alex se imaginó a sí misma en el despacho, frente a su ordenador, corriendo de una reunión a otra en un edificio gris con aire acondicionado de donde había sido expulsado todo lo natural.

Y sus programadas citas con David. El orden, el cálculo, todo parte de su vida. ¿Y la belleza?

Los últimos rayos del sol se colaban entre las ramas de los árboles y Alex sintió un calorcito por dentro que la llenó de felicidad.

Quizá debiera ponerle freno a esa sensación, pero por el momento era incapaz.

En la distancia oyó algo y poco después vio el coche de Gino acercándose por el camino.

Le gustaba Gino, pero en aquel momento no le apetecía su presencia. Sólo sería una intrusión en aquella atmósfera mágica.

Qué raro, pensó, que Rinaldo fuera parte de esa magia. El hombre que el día anterior se había portado como un grosero se mostraba ahora relajado, agradable incluso.

Para su alivio, Gino no se reunió con ellos enseguida. Teresa sirvió un postre de fruta en almíbar y café solo, muy dulce.

–Esto sí que es bueno.

–Se lo diré a Teresa. Te lo agradecerá.

–Se lo diré yo misma antes de irme.

–Sí, claro –dijo Rinaldo sin mirarla.

–Tendré que irme tarde o temprano –sonrió Alex–. Además, quiero acostarme pronto porque mañana es el funeral de Enrico. Su familia ha organizado una recepción.

–Tú también eres de la familia.

–Sí, pero ya sabes a qué me refiero. La gente de aquí, los que lo conocían bien. Y ellos no me consideran parte de la familia. Están tan enfadados conmigo como tú.

–Yo no estoy enfadado contigo. Belluna ha prosperado con el dinero que mi padre pidió prestado a Enrico y tú tienes derecho a recuperarlo.

Alex arrugó la nariz.

–No sé si me gusta esa palabra, «derecho» –dijo entonces, preguntándose por qué lo hacía.

En el mundo que había dejado atrás, el mundo de los despachos y el orden, los derechos eran los parámetros sobre los que se organizaba todo. Uno tenía derecho a esto o a lo otro, de modo que siempre sabía qué lugar tenía que ocupar en el universo.

Pero allí el universo era una nube dorada que se extendía por la tierra y los derechos parecían poco importantes.

–Supongo que en el funeral de Enrico pasará lo mismo que en el de tu padre. Los buitres se lanzarán sobre mí.

–Creo que conozco una manera de evitar eso –sonrió Rinaldo.

Antes de que Alex pudiera preguntar, Gino apareció en la terraza y la saludó con un beso en la mejilla.

–Cuánto me alegro. Cuando Rinaldo me lo dijo, no lo podía creer.

–¿Qué te dijo?

–Que habías venido para quedarte, claro.

–Pero yo no he venido para quedarme. Estoy a punto de volver a Florencia...

Gino miró a Rinaldo, que se encogió de hombros.

–Pero si he traído tus cosas.

–¿Qué? ¿Quién te ha pedido que lo hagas?

–Rinaldo me dijo... oye, ¿no me habrás engañado?

–¿Quieres apostar algo? –dijo Alex entonces, levantándose.

–Mira, es bueno que te quedes aquí algún tiempo y aprendas a entender este sitio –dijo Rinaldo.

–Muy bien. ¿Y no podías haberme preguntado?

–Podrías haber dicho que no –contestó él, como si la respuesta fuera obvia.

–Y te digo que no. Me niego a quedarme aquí.

–Pero Teresa está en tu habitación ahora mismo, sacando tus cosas de la maleta –protestó Gino.

–Y ésa es otra. ¿Quién ha hecho mi equipaje?

–Los del hotel. Ellos hicieron la maleta.

–¿Y quién les dijo que la hicieran?

Gino levantó las manos en señal de derrota.

–Lo hice yo –contestó Rinaldo–. Llamé para decir que te marchabas y que alguien iría a recoger tu equipaje.

–¿Y también has pagado la factura o no les preocupó ese pequeño detalle?

–Diste el número de tu tarjeta de crédito al llegar, así que sencillamente han cargado la cuenta. Puedes comprobarlo cuando quieras. Además, no habría habido ningún problema porque el director del hotel es amigo mío.

–Ah, ¿y cuando tú le ordenas algo él obedece sin preguntar? –exclamó Alex, irritada.

Rinaldo se encogió de hombros.

–No había necesidad de darle órdenes. Él sabe que puede confiar en mí.

–¿Y si no estoy de acuerdo con la factura?

–Puedes solucionarlo mañana.

–Lo haré ahora mismo. Me niego a quedarme aquí –replicó Alex–. Y tú, Gino...

–Yo no sabía nada, de verdad. Pensé que habías aceptado quedarte.

–¿Te importa llevarme a Florencia o tengo que pedir un taxi?

–Claro que te llevaré.

–Olvídalo –dijo Rinaldo.

–Si no quiere quedarse, no podemos hacer nada –argumentó Gino.

–¿Qué pensabas que haría cuando me enterase? –le espetó Alex–. ¿Someterme a tus designios y dejar que me hicieras prisionera? Pues si es así, te equivocas.

–¿Hacerte prisionera? No seas melodramática.

–¿Cómo lo llamas entonces?

–Yo también lo llamaría hacerte prisionera –dijo Gino, enfadado–. No te preocupes, yo te llevaré a Florencia.

Rinaldo lo miró de una forma que Alex nunca olvidaría. En su mirada había odio, incredulidad, rabia y una pena que no le pasó desapercibida.

–Gino, no te alíes con ella.

–Entonces, no me obligues a hacerlo. Has ido demasiado lejos, Rinaldo. Siempre pasa igual. Te pones furioso y olvidas quién eres. Hay demasiada gente que salta cuando tú lo ordenas, pero Alex no es así. Por eso te has enfadado.

–Haz lo que te dé la gana –dijo él entonces.

–Alex, no quiero que te vayas, pero si es lo que deseas te llevaré de vuelta a Florencia ahora mismo –afirmó Gino.

–¿De verdad quieres que me quede?

–Por supuesto que sí, pero sólo si tú también lo deseas.

–Me quedaré aquí si se me pide con educación.

Sonriendo, Gino tomó su mano y se puso de rodillas.

–Alex, ¿me harías el honor de ser mi invitada?

–Acepto –dijo ella, temiendo que Rinaldo explotara al ver la escena. Estaba mirándolos a los dos con una expresión que no presagiaba nada bueno.

–Si querías quedarte, ¿por qué has montado ese número?

–No, aquí el que monta números eres tú –replicó Alex, tan tranquila–. Y ahora, me voy a mi habitación.

Teresa había terminado de colgar su ropa en el armario y se disponía a salir de la habitación con un par de vestidos para planchar.

–No hace falta, lo haré yo –dijo Alex, en italiano.

–Oh, no. Ahora es usted la señora de la casa.

–Por favor, que Rinaldo no la oiga decir eso o me matará mientras duermo. Eso, si antes no lo mato yo.

Estaba furiosa con él. ¿Cómo se atrevía a portarse amablemente si luego iba a clavarle un cuchillo por la espalda?

Y ella había caído en la trampa, claro. Como una boba. Se había dejado seducir por la tierra, por la puesta de sol...

Seguro que ahora mismo se estaba riendo de ella.

Intentando olvidarse del irritante Rinaldo Farnese, Alex miró alrededor. La habitación era grande, con muebles antiguos y brillante suelo de madera. No se parecía nada a su moderna habitación en Londres, pero le gustaba.

Movida por un impulso repentino, salió de la habitación y bajó a la puerta, donde se detuvo un momento para respirar el aire fresco de la noche.

–¿Me sigues dirigiendo la palabra?

Alex se volvió, riendo, al oír la voz de Gino.

–No estoy enfadada contigo. Al contrario.

–Ah, entonces no tengo nada que temer.

–Pero si no te hubieras puesto de rodillas, me habría marchado.

–En mi corazón, siempre estoy de rodillas ante ti.

Ella soltó una carcajada.

–No digas tonterías o me las tomaré en serio. ¿Y entonces qué?

–¡Que estaría en el cielo! Ven, voy a enseñarte los establos. Hay un caballo que te gustará.

Mientras caminaban, Alex oyó ruido de pisadas y cuando se volvió vio que Brutus iba tras ellos.

–Hola, perrazo –sonrió, acariciándole las orejas–. Vale, pero no me comas. Bueno, ya... ya está bien.

–Era el perro de Maria –le contó Gino–. Lo trajo con ella el día de la boda... Entonces era un cachorrillo. Ahora es muy viejo, pero Rinaldo se gasta un dineral en mantenerlo sano.

–Pobrecito... pero tiene cara de cachorro.

–¿Con quince años? –sonrió Gino–. Tiene artritis, pero le ponen inyecciones todos los meses para que no le duela. Mi hermano se gasta más dinero en Brutus que en sí mismo.

Alex recordó entonces que Rinaldo se había llevado al perro cuando intentó acariciarlo. Seguramente era muy posesivo con él; al fin y al cabo, era la única criatura viva que le recordaba a su difunta esposa.

Pero habían pasado quince años. ¿Cómo podía un hombre estar de luto quince años?

Gino la llevó a los establos y cuando encendió la luz, Alex vio tres caballos que la miraban con curiosidad.

–Ese grande es de Rinaldo. Este otro es el mío y éste, de los dos, pero puedes montarlo cuando quieras.

Era un caballo castaño de ojos simpáticos.

–Tiene cara de buena persona.

Gino soltó una carcajada.

–Saldremos a pasear mañana, si te parece. Al atardecer, cuando haga un poco de fresco.

Cuando salieron del establo, Gino le pasó un brazo por la cintura.

–Oye, compórtate –rió Alex, corriendo hacia la casa.

Pero él la siguió y la atrapó en la escalera de la entrada.

–Eres una mujer muy mala. ¿Quieres que vuelva a ponerme de rodillas?

–No seas tonto. Y suéltame, es hora de irse a la cama.

La respuesta de Gino fue estrecharla entre sus brazos. Pero Alex no podía enfadarse, porque Gino Farnese era como un cachorro juguetón que sólo necesitaba un poco de afecto.

–¿No podríamos...?

–No podríamos nada –lo interrumpió ella–. Venga, suéltame. Estoy prometida.

–Pero si no lo estuvieras, podríamos...

–He dicho que ya está bien –insistió Alex, intentando no reírse.

–Sólo un besito.

Gino consiguió darle un beso antes de que ella pudiera salir corriendo. Y enseguida oyó una especie de gruñido sobre su cabeza. Era Rinaldo, que había observado la escena desde su ventana.

–¿Lo has visto? –preguntó Gino.

–¡He visto más que suficiente!

–Me quiere. Me quiere...

–Vete a la cama –dijo su hermano, cerrando la ventana.

El funeral de Enrico tuvo lugar al día siguiente en el Duomo. Sus parientes de Florencia habían decidido que la catedral era el único sitio apropiado para un hombre tan importante como él.

–Supongo que querrás que lleven tu equipaje al hotel –le había dicho Rinaldo, antes de salir de casa.

–¿Por qué iba a querer eso? –preguntó Alex, sorprendida.

–¿No tenías tantas ganas de irte?

–Eso fue antes de que Gino me pidiese amablemente que me quedara.

El tono irónico no dejaba lugar a dudas: estaba riéndose de él.

–No juegues conmigo, Alex.

–No estoy jugando. He aceptado una invitación que tú mismo me hiciste. ¿Ya se te ha olvidado?

–No, no se me ha olvidado –contestó él. Aunque, en aquel momento, parecía lamentarlo.

–¿Sientes haberme invitado?

–Sí.

–¿Pasa algo? –preguntó Gino.

–Nada. Rinaldo me estaba preguntando si he dormido bien –sonrió Alex.

–Prométeme que te quedarás –dijo Gino, tomándola por la cintura.

–El tiempo que tú quieras –contestó ella.

Rinaldo se alejó sin decir una palabra.

Fueron los tres juntos a Florencia y cuando entraron en el Duomo empezaron los murmullos. Alex se fijó en Montelli y en su expresión de rabia al verla con los Farnese.

Eso la hizo sonreír. Una vez olvidado el fastidio que le produjo la «gentil invitación», casi le estaba agradecida a Rinaldo por quitarle a aquellos buitres de encima. Casi, pero no del todo.

En la recepción posterior al funeral, Isidoro se acercó.

–Le he prometido a una docena de personas que hablarías con ellas.

–Sí, claro... más adelante.

–Pero...

–Puedes decirles que los Farnese son los primeros en mi lista.

–Los vi llegar contigo al Duomo, como si fueran tus guardaespaldas –dijo Isidoro en voz baja–. ¿Te están reteniendo contra tu voluntad?

Alex negó con la cabeza.

–En realidad, es al revés. No te preocupes, yo tengo mis propios planes.

–¿Los Farnese saben cuáles son?

–Ellos creen que sí. Isidoro, líbrame de los buitres. Diles que hablaré con ellos cuando pueda.

Se habría marchado en ese instante, pero sus primos se acercaron para saludarla. Cuando se reunió con los Farnese de nuevo, estaba sonriendo.

–¿De qué te ríes? –preguntó Gino.

–Me han invitado a cenar. Y he dicho que sí, mientras pudiera ir con vosotros. Entonces se les ha cambiado la cara.

Rinaldo soltó una carcajada.

–Podríamos dar una vuelta de tuerca: invitarlos nosotros mismos.

–Pero yo no podría aconsejarles que aceptaran porque no sé qué pondrías en la sopa –sonrió Alex–. Aunque, pensándolo bien, sí, les aconsejaría que aceptaran.

Rinaldo sonrió, con gesto conspirador.

CAPÍTULO 6

CUANDO Rinaldo bajó a desayunar a la mañana siguiente, encontró a Gino apoyado en una ventana del vestíbulo con expresión sonriente.

–Cualquier excusa es buena para no trabajar, ¿eh?

–Pero es que ésta es una gran excusa –contestó Gino, sin apartar la mirada de la figura que corría entre los árboles.

A lo lejos, Rinaldo vio algo de color morado que pronto se convirtió en una esbelta silueta femenina. Alex llevaba un pantalón corto de ese color. Un pantalón muy corto que dejaba el ombligo al aire. Y, a modo de camiseta, una especie de sujetador deportivo que no dejaba lugar a dudas sobre la belleza de sus curvas.

Corría concentrada, respirando agitadamente, con los ojos fijos en el camino.

Los hermanos Farnese la observaron entrar en el establo y, sorprendidos, bajaron a su encuentro.

Enseguida descubrieron qué hacía allí. El establo sólo tenía una planta y Alex había enganchado una cuerda a las vigas del techo... por la que estaba trepando como una experta. Pero cuando intentó bajar, se encontró a Gino esperándola con los brazos abiertos.

–Ven a mí.

Sonriendo, Alex se dejó caer confiadamente en sus brazos.

Pero no eran los de Gino, sino los de Rinaldo, que había empujado a su hermano.

–No tenías por qué darme un empujón –protestó él.

–No hay tiempo para jugar. Esto es una granja y hay mucho trabajo que hacer.

–Pero no tenías derecho...

–¿Podríais discutir en otro momento? –preguntó Alex, intentando disimular la turbación que le producía estar tan cerca de aquel hombre–. Me gustaría pisar el suelo.

Rinaldo obedeció. Después del ejercicio, estaba cubierta de sudor y su corazón latía acelerado.

–Gracias.

–¿Piensas hacer estas cosas a menudo?

–Todas las mañanas. El ejercicio me mantiene en forma.

–Trabajar en la granja también te mantendría en forma. Y seguramente lo encontrarías más interesante –dijo él, burlón–. Además, ¿podría sugerir que te vistieras... con un poco más de modestia? No quiero que distraigas a los peones.

Después de decir eso, salió del establo.

–¡Lo mato! –exclamó Alex–. ¿Cómo que me vista con modestia?

–Bueno, es que estás muy sexy con ese pantaloncito –sonrió Gino, tomándola por la cintura.

–Pues será mejor que me sueltes. No quiero distraerte.

–Me distraes todo el tiempo...

–¡Gino! –les llegó un grito desde fuera.

–Vamos a matarlo juntos –suspiró él, soltándola.

Antes de desayunar, Alex se dio una ducha fría. Sentía calor por todas partes, un calor intenso que ni el agua fría podía calmar. La sensación estaba ahí desde que Rinaldo la había tomado en brazos.

Aunque a él no parecía haberlo afectado en absoluto.

Tardó un rato en bajar a la cocina y, cuando lo hizo, los dos hermanos ya habían desaparecido.

A pesar de las peleas, Belluna le resultaba fascinante. Rinaldo le había mostrado la finca de lejos, pero ahora iba con Gino, observando de cerca los campos de maíz, los olivos y los viñedos que se extendían hasta perderse de vista.

–Nosotros tenemos uvas *sangiovese*, con las que se hace el Chianti. El auténtico Chianti. Nos salen imitadores por todo el mundo, pero no pueden compararse con nosotros.

Había un toque de arrogancia toscana en su voz que hizo a Alex sonreír. Aunque para arrogante, Rinaldo.

Él no hizo comentario alguno sobre sus largos paseos con Gino y tampoco mostró mucho interés cuando por la tarde le contaron sus aventuras.

Los escuchaba acariciando a Brutus y luego desaparecía en su estudio a la menor oportunidad.

—A veces me entran ganas de darme cabezazos contra la pared —dijo Alex una noche.

—Dáselos a él —sugirió Gino—. Sería más divertido.

—¿Cómo lo aguantas?

—Hace falta un poco de práctica.

—En fin, me voy a la cama. Estoy cansada.

Cada vez le gustaba más su habitación, tan antigua, tan ajena al tiempo... Y le gustaba la vieja costumbre toscana de colgar las sábanas en la terraza por las mañanas. Particularmente, le entusiasmó una mañana cuando, sin querer, se le cayó la sábana... sobre la cabeza de Rinaldo, que estaba debajo.

De hecho, lo que más le gustaba de estar en la finca era precisamente sacarlo de quicio.

—Teresa está enfadada contigo —le dijo él una mañana, durante el desayuno.

—Sí, lo sé. No entiende que haga mi cama y la ayude en la cocina.

—Entonces, ¿por qué lo haces?

–Porque no soporto verla trabajar tanto. Es muy mayor, Rinaldo. ¿Alguno de los dos sabe qué edad tiene? ¿Creéis que puede llevar esta casa sin ayuda?

–Le he ofrecido muchas veces contratar a alguien, pero no quiere –la informó Rinaldo.

–Y lo habéis dejado así porque os conviene, ¿no? –dijo Alex entonces, mirando a los dos hombres.

–¿Debo recordarte que mi padre estaba vivo hasta hace poco?

–¿Y qué quieres decir con eso, que tu padre ayudaba en la casa?

–No...

–Teresa no dice nada porque es muy testaruda. Y porque tiene miedo de que la echéis.

–¿Qué? ¿Cómo íbamos a echarla?

–No me lo digas a mí, díselo a ella. Y decidle también que va a venir otra persona para encargarse de los trabajos más pesados, quiera ella o no. A ver, ¿qué sois, hombres o ratones?

–Ahora mismo, no lo tengo muy claro –bromeó Rinaldo.

–Porque sabes que tengo razón.

–¡Ah, que Dios me libre de las mujeres que siempre tienen razón!

–Pero la tengo.

–¿No podéis hablar sin discutir? –suspiró Gino.

Alex se encogió de hombros.

–Es una forma de comunicarse. Y, al menos, somos sinceros.

–No te entiendo.

Pero Rinaldo lo entendía perfectamente, porque la miraba con la misma irónica complicidad que en el funeral de Enrico. Y esa mirada le decía que veían el mundo con los mismos ojos... y al infierno con los demás.

–No comprendo tus extravagancias. Cuanto más dinero tenga que pagar yo, más tiempo tardarás en recibir lo que te corresponde –dijo Rinaldo entonces.

Alex levantó los ojos al cielo.

–¡Dame paciencia! Esta casa está llena de habitaciones vacías... la nueva criada puede vivir en una de ellas y así sus honorarios serán más baratos. ¿Lo ves? Problema resuelto.

–No sé por qué se me ocurrió la idea de invitarte a venir.

–Por favor, deja de protestar –lo interrumpió Alex–. Hazlo y ya ésta. Pregúntale a Teresa si conoce a alguna chica que quiera trabajar aquí.

–Ten cuidado. A mi hermano no le gusta que le den órdenes –rió Gino–. Pero no te preocupes. Yo te protegeré.

–Puedo protegerme solita, muchas gracias. Además, ¿qué podría hacerme?

–Echarte de aquí –contestó Rinaldo.

–¿Echarme? No podrías dormir preguntándote a quién veo, con quién hablo. No, estoy a salvo.

–Dijiste que nos darías la oportunidad de pagar la deuda –observó Rinaldo.

–Sí, sí, pero podría cambiar de opinión... podría cenar con Montelli a la luz de las velas...

–¡Oye, si alguien cena contigo a la luz de las velas seré yo! –exclamó Gino.

–¿Con champán?

–Con lo que tú quieras, *amore mio*.

Rinaldo se levantó bruscamente para entrar en la cocina y, enseguida, oyeron a Teresa llorar.

–Me lo temía –suspiró Gino.

Pero después lo oyeron hablando con ternura, en voz baja... y al día siguiente Rinaldo llevó al ama de llaves a su pueblo, a unos treinta kilómetros de allí. Cuando volvieron por la tarde, iban acompañados por dos jovencitas a las que Teresa presentó como sus sobrinas nietas, Celia y Franca.

Después de acompañarlas a su habitación, Rinaldo se acercó a Alex.

–Gracias. Tenías razón.

–Espero que Teresa esté contenta.

–Mi padre y ella solían cantar por las noches. Desde que murió, se sienta sola en la cocina... ¿por qué no lo había pensado antes?

–Soy una extraña. A veces, los ojos de un extraño ven las cosas con más claridad.

–Tú no eres una extraña –dijo Rinaldo entonces, con un tono que la extrañó.

En un par de días, las dos jóvenes se habían hecho cargo de las tareas pesadas, dejando para Teresa sólo la cocina, territorio que ella guardaba celosamente.

No sabía si porque Rinaldo se lo dijo o porque lo había averiguado por sí misma, pero Teresa empezaba a verla como a una amiga. Cuando le servía la comida, la miraba como preguntando: «¿Te gusta así? ¿Sí? ¡Bien!».

En esas ocasiones, recordaba el tono de Rinaldo Farnese cuando le dijo: «no eres una extraña».

Apenas salía de la granja, aunque había alquilado otro coche, un deportivo rojo. Las noches que antes se pasaba de fiesta o frente al ordenador, ahora las pasaba contenta cepillando a Brutus.

–Antes lo hacía yo –dijo Rinaldo una noche–. Pero ya no corre tanto por el campo...

–Viene conmigo a correr por las mañanas. Bueno, empieza a correr conmigo y luego se queda tumbado, esperándome. Somos amigos, ¿verdad, gigantón? –sonrió Alex, acariciando al animal–. Y si no te cepillo, te va a crecer un macetero en la cabeza.

Cuando levantó la mirada, vio que Rinaldo estaba sonriendo.

Una mañana él le preguntó:

–¿Te importaría quedarte con él hasta que llegue el veterinario? Tiene que ponerle la inyección.

–¿Por qué no lo llevas tú a la clínica?

–Imposible. Brutus odia los coches y se pone como loco. Me cuesta más caro que venga el veterinario aquí, así que...

–Tendré que esperar un poco más para recibir mi dinero, ya lo sé.

–Sólo quería asegurarte que no es un gasto extravagante.

–No, es verdad. Sólo me lo restriegas por la cara –le cortó Alex–. Me parece muy bien que te gastes dinero para que Brutus no sufra y tú lo sabes.

Rinaldo se alejó sin decir nada.

Alex pasó la mañana en el sofá, observando al perro, que jadeaba más de lo normal, hasta que, por fin, llegó el veterinario. Era un chico joven llamado Silvio.

–¿Desde cuándo respira así?

–Desde esta mañana. ¿Por qué?

Silvio palpó la garganta del animal, con expresión seria.

–Tiene un bulto aquí y, a su edad, probablemente será un tumor maligno. Pobre... lo mejor sería ahorrarle sufrimientos.

A ella se le encogió el corazón.

–¿Quiere decir que...?

–Hay que sacrificarlo. Dígale a Rinaldo que me llame en cuanto vuelva. ¿Quiere que le ponga la inyección de todas formas?

–Sí, por favor.

Cuando Silvio se marchó, Alex acarició la cabezota del animal.

–¿Cómo va a dejarte ir? Tú eras el perro de Maria. Eres todo lo que le queda.

Gino llegó primero y, cuando Alex le contó lo que había dicho el veterinario, se arrodilló frente al animal para acariciarlo.

Rinaldo llegó unos minutos después.

–Sigue jadeando un poquito, pero se nota que la inyección ha hecho su efecto.

Ella se aclaró la garganta.

–El veterinario me ha dicho que lo llames. Por lo visto, Brutus tiene un bulto que podría ser maligno y quiere... quiere sacrificarlo –dijo en voz baja, como para que Brutus no la oyera.

–Tonterías. Lo que necesita es una buena comida –replicó Rinaldo, impaciente.

–Le he dado de comer... pero ha vomitado.

–Yo le daré de comer. Ya verás.

Brutus se quedó mirando la comida en el plato, sin tocarla.

–Venga, come. Es tu pienso favorito.

El animal levantó la cabeza para mirar a su amo y Alex tuvo que darse la vuelta. Sus ojos estaban llenos de comprensión, de confianza; parecía decirle a Rinaldo que entendía lo que debía hacer y que sabía que era lo mejor para él. Que no lo culpaba.

–Todos los perros tienen problemas parecidos de vez en cuando... a veces pierden el apetito por el calor –insistió Rinaldo, como negándose a creer la evidencia. Pero en su expresión había algo... algo que no quería admitir en voz alta.

Entonces se fue al estudio sin decir nada más. Volvió poco después, muy serio.

–Silvio llegará en unos minutos. Voy a dar un paseo.

Brutus fue detrás de su amo, tan dócil como siempre.

–No lo entiende –dijo Gino.

–Sí, Gino, sí lo entiende. .

Cuando Silvio llegó media hora después, Rinaldo y Brutus estaban sentados bajo un árbol.

–Lo único que puedo hacer es darle unas pastillas, pero no duraría más que un par de semanas. Y no lo pasaría bien.

Rinaldo se encogió de hombros, con expresión desencajada.

–No tiene sentido hacer eso. Vamos al granero, es el mejor sitio.

–¿Quieres que vayamos contigo? –preguntó Gino.

–No hace falta.

Silvio salió del granero diez minutos más tarde, con gesto serio. Se despidió de Gino y Alex con la mano y arrancó a toda velocidad.

Rinaldo salió poco después. Su expresión era inescrutable. Cerró la puerta del granero y se alejó entre los árboles.

Alex pasó el resto de la tarde sola con Gino. Cuando Rinaldo volvió, se encerró en su estudio sin decir nada.

–Ve a hablar con él.

–No creo que sirva de nada –suspiró el más joven de los Farnese, aunque accedió a hacerlo.

Volvió a la terraza poco después, con los hombros caídos.

–Dice que tiene mucho trabajo. Que no puede perder el tiempo pensando en algo que se ha terminado.

–No va a decirte lo que siente, claro –suspiró Alex.

–No lo haría nunca.

Aquella noche, Alex dio vueltas y vueltas en la cama, incapaz de conciliar el sueño. Nerviosa, se acercó a la ventana y admiró el paisaje, plateado a la luz de la luna.

De repente, se quedó inmóvil. Había una figura entre los árboles, una figura que parecía esconderse.

Asustada, se puso un albornoz y llamó a la habitación de Rinaldo, pero no hubo respuesta. Quizá sólo hubiera sido su imaginación, pensó. Y si despertaba a Rinaldo por una tontería, tendría que dar muchas explicaciones.

De modo que bajó al jardín y, sin hacer ruido, se acercó a los árboles donde había visto la figura... y allí estaba. Alex se quedó inmóvil. Era el propio Rinaldo, desnudo de cintura para arriba, con una pala en la mano, cavando una tumba.

Brutus estaba tumbado en el suelo y, cuando el agujero fue suficientemente profundo, Rinaldo lo tomó en brazos, apoyó la cara en la cabezota del animal inerte y se quedó así largo rato.

–¡*Perdona mi*! ¡*Ti prego, perdona mi*!

Por fin, se puso de rodillas y desapareció de su vista. Conteniendo las lágrimas, Alex se alejó sin hacer ruido. Sabía que él no querría que lo viera en ese momento.

Aquella noche había presenciado el dolor de aquel hombre; un dolor que Rinaldo escondía del mundo, que se guardaba para sí mismo.

Afortunadamente, no se encontró con nadie cuando entró en la casa. No habría sabido qué decirle a Gino en ese momento.

Una vez en su habitación, se quedó en la ventana, esperando. Rinaldo apareció poco después entre los árboles, con los hombros caídos, la viva imagen del dolor.

Por la mañana, Rinaldo tenía mala cara, como si no hubiera dormido. A Alex le habría gustado decir algo, pero sabía que no debía hacerlo.

Él ni siquiera se sentó para desayunar. Tomó un café de pie, sin mirarla.

Gino llegó en ese momento.

–Acabo de ir al granero y Brutus ha desaparecido.

–¿Y qué? –Rinaldo se encogió de hombros.

–Pensé que querrías enterrarlo...

–¿Para qué?

–¿Para qué? Rinaldo, tú adorabas a ese perro.

–Era un perro, Gino. Sólo un perro.

–Pero...

–Ya me he encargado de él.

–¿Qué quieres decir con eso?

–Estaba muerto –contestó su hermano–. No se podía hacer nada más.

–¿Y qué has hecho, tirarlo en algún estercolero? –preguntó Gino, furioso.

–Te aconsejo que no seas tan sentimental –dijo Rinaldo entonces, terminó su taza de café y salió de la cocina.

–Pero bueno... Brutus era su perro. ¿Cómo es posible?

–Cada uno demuestra su amor como puede –murmuró Alex.

–¿Ah, sí? ¿Y tú crees que Rinaldo está demostrando amor por Brutus? –exclamó Gino, indignado–. Ni siquiera ha llorado por él.

–No lo sabes. No estábamos allí –afirmó Alex con determinación.

–Pero tú misma viste su cara cuando salió del granero.

–Eso no significa nada. Rinaldo no quiere que nadie lo vea sufrir. Para él es una muestra de debilidad –afirmó Alex.

–¡Rinaldo cree que tener sentimientos es una debilidad!

–Me parece que no conoces mucho a tu hermano –suspiró ella.

–Ya, claro. ¡Y tú lo conoces bien por tu intuición femenina!

–A que te tiro el café por la cabeza... –intentó bromear Alex.

–Perdona, es que Rinaldo me saca de quicio –sonrió Gino entonces–. Pero te aseguro que conozco a mi hermano mejor que tú.

«No, yo estoy empezando a conocerlo mejor que nadie», pensó ella.

Le habría gustado contarle la verdad, pero era el secreto de Rinaldo y no tenía derecho a traicionarlo.

F RUSTRADA, Alex salió al jardín. Un movimiento en el granero llamó su atención y se acercó para ver qué era.

–¿Tú también has venido a decirme que soy un monstruo sin corazón? –preguntó Rinaldo al verla.

–No, yo no voy a decirte eso. Después de lo que pasó anoche, sé que no eres así.

–¿A qué te refieres?

–Te vi, Rinaldo. Te vi con Brutus.

Él se quedó callado un momento.

–Tonterías.

–Estaba allí mientras cavabas la tumba de tu perro y lo vi todo.

–Tienes una poderosa imaginación –murmuró Rinaldo, sin mirarla–. Gino y tú hacéis buena pareja.

–¿Crees que Gino estaría interesado en saber lo que vi? Voy a hacer la prueba...

–No, espera. No le digas nada. Además, no es asunto tuyo lo que yo haga.

–Pero es verdad, ¿no? Perder a Brutus te ha roto el corazón. ¿Por qué lo niegas?

–¡Porque no es asunto de nadie!

–Pero Gino es tu hermano. ¿Por qué no compartes tus sentimientos con él?

–No me gusta compartir mis sentimientos.

–Eso ya lo sé. Pero Brutus era todo lo que tenías... y ha muerto, Rinaldo. ¿Con quién vas a compartir tus sentimientos ahora?

–Un perro es otra cosa. Ellos no dicen nada, no juzgan nada, no se meten en nada que no les concierna... ¿por qué has tenido que venir a Belluna a interferir en mi vida?

–Creo recordar que tú casi me obligaste.

–Y fue la peor idea que he tenido nunca.

–Dijiste que debía entender este sitio y eso es lo que estoy haciendo. Estoy aprendiendo que nada es lo que parece.

–¿Qué significa eso?

–Tú, por ejemplo. Intentas parecer algo que no eres –contestó Alex–. Te escondes de todos, incluso de tu hermano. Excepto de Brutus.

–Déjalo ya –murmuró Rinaldo, apretando los labios.

–Lo siento, sé que no es asunto mío, pero no puedo evitar involucrarme. ¿Por qué no dejas que te ayude?

–¡Yo no necesito ayuda de nadie!

–Es demasiado tarde, Rinaldo. Sé lo que vi anoche.

Él se volvió entonces para mirarla, pero no estaba furioso. Cansado, más bien.

–¿Cómo podrías ayudarme tú?

–Ya, entiendo... Piensas que soy la culpable de todos tus problemas, ¿no?

–Eso no es verdad. Sé que no es culpa tuya lo de la herencia. La culpa es de mi padre. Un hombre en el que yo confiaba y que, al final...

–Eso es lo que te duele, ¿verdad?

Los ojos de Rinaldo estaban llenos de resignación, pero una resignación desesperada.

–Sí. Solíamos quedarnos despiertos hasta las tantas, hablando de la granja, de los problemas... y durante todo ese tiempo me escondió la verdad. No confiaba en mí lo suficiente como para contarme que había hipotecado la granja y que podríamos perderla.

–No fue así, Rinaldo.

–¿Y tú cómo lo sabes?

–Porque... no sé, tengo la extraña impresión de haber conocido a tu padre. Todo el mundo habla tan bien de él, todos dicen que era tan simpático, tan alegre, siempre viendo el lado bueno de la vida... Supongo que por eso era una persona encantadora y un padre cariñoso, pero no un buen granjero.

–Es cierto.

–Pero tú eres un hombre práctico. Supongo que le hablarías de los problemas de la granja.

–Lo intentaba, pero... mi padre tenía su propia forma de ver la vida.

–Sí, hay gente que no aprende nunca. Hay gente que siempre espera un milagro. Yo creo que tu padre confiaba en ti absolutamente, que estaba seguro de que arreglarías cualquier cosa que él hubiera estropeado.

–¿Cómo iba a pensar...? –Rinaldo no terminó la frase. Se quedó mirando al vacío, pensativo.

–¿Qué?

–Nada.

–Tú mismo has dicho que con el dinero de la hipoteca habéis levantado esta granja.

–Sí. La inversión nos hizo prosperar como nunca.

–Entonces, entenderás que para tu padre fuese importante guardar el secreto. Seguramente, jamás se le ocurrió pensar que pudiera morir antes de pagar el préstamo. Y seguramente también pensaba deciros algún día, como un niño: «¿Lo veis, veis lo listo que soy? Pedí un préstamo y ahora nuestra granja es la mejor de la zona».

Rinaldo la miró, sorprendido.

–Así era mi padre exactamente. Casi puedo oírlo diciendo eso.

–No es culpa suya que todo saliera mal. No es culpa suya que muriese en un accidente.

–Si yo pudiera recordar...

–¿Qué?

–Tengo la absurda sensación... no sé, de que hubo una señal, algo para darme a entender lo que pasaba.

–Supongo que tu padre lo escondió... como tú escondes tus sentimientos. Pero quizá algún día lo entiendas. Algún día, cuando estés en paz contigo mismo.

–No creo que ese día llegue nunca –murmuró Rinaldo entonces.

–Estás acostumbrado a llevar el peso de todo sobre tus hombros, ¿verdad?

Él no contestó y desde fuera les llegó la voz de Gino.

–¿Hay alguien ahí?

Rinaldo se puso un dedo sobre los labios, pidiéndole silencio, antes de salir.

–Hoy tenemos mucho trabajo, así que venga, espabílate.

Sus voces se perdieron a lo lejos y Alex salió del granero, pensativa. Llamó a David, pero de nuevo tenía puesto el contestador. Habían hablado varias veces desde que llegó a Belluna y cuando colgaba se sentía culpable. No sabía bien por qué, quizá porque estaba aprovechándose de su paciencia, de su naturaleza comprensiva.

Pero una cosa estaba clara: no podía marcharse de allí antes de la fiesta de San Romualdo, el diecinueve de junio.

–Hay un desfile de carrozas en la plaza y todo el mundo baila, come y bebe hasta las tantas –le explicó Gino–. Pero yo bailaré sólo para ti, *amore mio*. Y tú también debes bailar sólo conmigo.

–No podrá hacer eso –intervino Rinaldo–. Montelli y los demás también querrán llamar su atención y Alex tiene que quedar bien con todos, ¿no, Alex?

Lo había dicho con tono jocoso, como si fuera una broma entre ellos.

–Claro que sí.

–¿Por qué necesitas a los demás si nos tienes a nosotros?

–Porque me gusta la variedad –rió ella.

Cuando llegó el día de San Romualdo, todos los peones de la granja fueron a la fiesta y Alex pasó mucho más tiempo del habitual eligiendo vestuario. Al principio, pensó ponerse un vestido blanco, pero le pareció inapropiado. Después de probarse uno detrás de otro, eligió un vestido de color rojo que le parecía más adecuado para una fiesta italiana. Tenía el cuello en forma de uve y, como estaba bronceada, le quedaba de maravilla.

Eso sí que era nuevo. En Londres siempre intentaba ir elegante, refinada. En Italia, le gustaba más aparecer... espléndida.

Uno de los peones llevó a Teresa, Franca y Celia en el todoterreno, mientras Rinaldo, Gino y ella iban en el deportivo de Alex.

–¿Quieres conducir tú, Rinaldo? –preguntó ella.

–Oye, ten cuidado. Alguien podría pensar que eres una típica chica italiana, de las que siempre dejan conducir al hombre.

–Nadie que me conozca pensaría eso. Es que no me acostumbro a conducir por la derecha.

–Ah, ya.

–Venga, entra en el coche y no protestes tanto –bromeó Alex.

Los dos hombres se habían puesto traje de chaqueta. Normalmente, Gino se arreglaba mucho, pero excepto en el funeral, no había visto a Rinaldo más que con vaqueros y camisetas.

Aunque parecidos, los dos hermanos eran muy diferentes. Gino era convencionalmente atractivo, mientras que Rinaldo era más viril, más maduro.

Afortunadamente, estaba prometida. De no ser así, los hermanos Farnese podrían haberse convertido en un problema para su tranquilidad mental.

Cuando llegaron al pueblo de Belluna la fiesta estaba en todo su apogeo. Había carrozas, gigantes y cabezudos, gente disfrazada de personajes mitológicos o santos mezclados con demonios y brujas.

En más de una ocasión alguien secuestró a Alex para bailar, aunque Gino se acercó enseguida para rescatarla.

Rinaldo los dejó enseguida, pero más tarde lo encontraron charlando con un hombre.

–El director del banco.

–¿Están hablando de negocios en medio de la fiesta? –preguntó Alex, sorprendida.

–¡Qué hombre! Podría tomarse cinco minutos libres, digo yo –suspiró Gino.

–A lo mejor está negociando una hipoteca para toda la granja. Así podría pagarme enseguida.

–¿Qué?

–Así se resolverían todos los problemas.

–De eso nada. Entonces te marcharías y yo no quiero que te vayas –replicó él–. Tú no quieres irte, ¿verdad?

Alex no contestó. No podía hacerlo.

Media hora después encontraron de nuevo a Rinaldo en la Piazza della Signorina, tomando un vaso de vino.

–Hola, hermano. ¿Lo estás pasando bien? Porque no lo parece.

–No todos tenemos que dar saltos para pasarlo bien. Además, el desfile está a punto de empezar.

Nada más decirlo sonaron las trompetas y las carrozas empezaron a desfilar por la plaza. Algunas eran de contenido religioso, otras de contenido social, algunas incluso obscenas.

Alex observó la figura de un enorme macho cabrío. Y había leído suficiente sobre el simbolismo religioso como para entender que representaba no sólo al diablo sino a la sexualidad humana en su forma más descontrolada.

Sin embargo, en el desfile de una fiesta religiosa no parecía fuera de lugar

–Algunas de esas carrozas son increíbles.

–Cuanto más obscenas, mejor –rió Gino–. La fiesta de San Romualdo es una excusa para soltarse el pelo.

–¿Por qué?

–San Romualdo era un santo muy peculiar –sonrió Rinaldo–. Precisamente porque antes de convertirse en santo había vivido una vida licenciosa. Luego se reformó y fundó un monasterio cerca de aquí.

–Pero toda su vida estuvo plagada de tentaciones –siguió Gino–. Él intentaba resistirse, claro, pero es por eso por lo que las fiestas de Belluna tienen este carácter licencioso. Por cada carroza con su imagen de santo hay diez con las tentaciones.

Alex comprobó que era verdad. El mundo y el demonio eran recreados con gran imaginación.

–¿No se supone que es una fiesta religiosa?

–Sí, claro. La gente lo pasa en grande por la noche y por la mañana van a misa para arrepentirse. Y para arrepentirse, uno tiene que haber pecado antes –rió Gino.

–Ah, qué filosofía tan conveniente.

–Me la enseñó mi padre. Según él, era la tradición, pero yo creo que se lo inventó.

–No me sorprendería nada –sonrió Rinaldo.

De repente, Alex soltó una carcajada.

–¿Qué es eso? –preguntó, señalando una carroza sobre la que iba una joven de pelo largo, protegida por un caballero con armadura medieval. A su alrededor había varios hombres, uno de ellos con un cerdito en la mano.

–La chica representa a Circe, la bruja, que atraía a los hombres a su cueva y los convertía en cerdos –explicó Rinaldo.

–Pero no era una bruja normal y corriente –tomó la palabra Gino–. También era curandera. La leyenda dice que era una experta en hierbas curativas, una mujer muy sabia. El hombre de la armadura representa a Telémaco, que se volvió loco de amor por ella.

–Creía estar enamorado de ella –replicó su hermano–. Pero en realidad, Circe lo había hechizado.

–No te cae bien, ¿eh? –rió Alex–. Una mujer hechizando a un hombre... ¡Horror! Venga, Rinaldo, estamos de fiesta, anímate un poco.

–¡Gino, Gino! –oyeron un grito entonces.

Tres mujeres bastante ligeras de ropa se acercaron, lo cubrieron de besos y se lo llevaron de allí casi a la fuerza.

–Mi hermano es muy querido por aquí –sonrió Rinaldo.

Ya veo. Y, la verdad, me alegro de poder sentarme un raro.

–¿Quieres una copa de vino?

–No, gracias.

–¿Agua mineral?

–Lo que realmente me apetece en este momento es una taza de té.

Rinaldo llamó al camarero y le dijo unas palabras en toscano.

–¿Me has conseguido un té en medio de esta fiesta italiana?

–Ya veremos.

Un minuto después, volvió el camarero con el té y Alex soltó una carcajada.

–Cualquiera que me vea... ¡Ay, qué horror! Mira, es Montelli. Lleva una hora siguiéndome por todas partes.

–¿Quieres hablar con él?

–¡No, por favor! Líbrame de ese pesado como sea.

–¿Confirmando así que te retengo prisionera? Porque eso es lo que cree todo el mundo.

–Bueno, esa fue tu idea original, ¿no?

–No lo recuerdo –sonrió Rinaldo.

Montelli llegó a su lado entonces y para que no se sentara, Alex puso el bolso en la silla de Gino.

–*Signorina* Dacre, qué alegría verla. Es difícil hablar con usted.

–Sí, me temo que se me ha estropeado el móvil –sonrió Alex–. Además, la culpa es de este país, que me tiene hechizada –añadió, mirando a Rinaldo de reojo.

–Italia es un país maravilloso para venir de vacaciones, pero quizá una señorita inglesa como usted no debería vivir aquí para siempre.

–¿Le molestaría mucho que me quedase en Italia?

Montelli se puso pálido.

–No, claro que no... ¡Pero qué veo! ¿Está tomando un té? ¿El señor Farnese es tan perverso que no la ha invitado a una copa de vino?

—Sí, es muy perverso —asintió Alex.

—*Signorina*, deje que la invite a una copa de champán —dijo Montelli entonces, agarrándola del brazo. Un segundo después, lanzaba un grito al sentir el chorro de té caliente sobre sus pantalones.

—No sabe cómo lo siento —se disculpó Alex—. Se me ha caído sin querer.

Su interpretación no había sido muy convincente y Montelli se alejó sin decir una palabra.

—¿Por qué no me has rescatado, Rinaldo?

—Nunca había visto una mujer con menos necesidad de ser rescatada —sonrió él.

—Lo del té ha sido un accidente.

—Sí, claro.

El desfile había terminado y la plaza estaba llena de gente. A lo lejos podían ver a Gino, con flores en el pelo, bailando con las tres chicas.

—¿Qué hace ese hombre? —suspiró Rinaldo.

—Pasarlo bien. Además, tiene que pecar para ir a la iglesia mañana, ¿no? —rió Alex.

—¿Quieres que vaya a buscarlo?

—¿Para qué? Es libre y puede hacer lo que le dé la gana.

—¿Y tú, eres libre? ¿Con un prometido esperándote en Inglaterra?

—No, yo... —Alex intentó recordar la cara de David, pero le resultaba imposible.

—Gino y tú pasáis mucho tiempo juntos —apuntó él.

–Tu hermano es un chico muy agradable.

En ese momento, una pareja que iba bailando sin mirar chocó contra la mesa y tiró lo que quedaba del té.

–Vámonos de aquí –dijo Rinaldo–. Hay demasiada gente.

Alex lo siguió por las antiguas calles de Belluna hasta el río, donde la brisa era más fresca. Se quedaron allí un momento, mirando las luces reflejadas en el Arno.

Y pensó entonces en los cambios que se estaban operando en ella. Estaba morena y sus ojos, por contraste, parecían más claros. Parecía otra persona... o quizá el eco de sí misma.

–¿En qué piensas? –preguntó Rinaldo.

–En mí misma. Me pregunto quién soy.

–Yo también me he preguntado eso. No eres la persona que yo creía.

–No podría serlo –sonrió Alex–. Esa Alexandra Dacre parecía sacada de una historia de terror.

Rinaldo asintió.

–No te he dado las gracias.

–¿Por qué?

–Por cuidar de Brutus. Por ver cosas que yo debería haber visto. Le dejé vivir demasiado tiempo porque no quería... no quería separarme de él.

–¿Por eso le pediste que te perdonara? –preguntó Alex en voz baja.

–Sí –contestó él.

–Gino me dijo que era el perro de tu mujer.

Rinaldo la miró, pensativo.

–Sí, es verdad. Maria apareció el día de la boda con un ridículo cachorro en brazos y tuvo que sujetarlo durante toda la ceremonia porque si lo dejaba en el suelo se ponía a llorar... Decía que era el principio de nuestra familia, que tendríamos muchos hijos y muchos perros. Pero no fue así.

No añadió que ya no le quedaba nada de su mujer, pero Alex intuyó que no tenía que decirlo. Una por una, todas las personas importantes de su vida habían ido desapareciendo. Sólo le quedaba Gino pero, a pesar del afecto que sentían el uno por el otro, había una gran distancia entre ellos. Eran muy distintos.

–Debes de sentirte muy solo –murmuró Alex, tocando su brazo.

Él se quedó parado un momento y, entonces, de repente, sonrió como si no pasara nada. Aquello fue como una bofetada.

–En absoluto –dijo, apartándose–. No me siento solo.

Alex se regañó a sí misma por ser tan ingenua. Rinaldo Farnese era incapaz de aceptar compasión y debería haberlo sabido.

Intentó encontrar algo que decir, algo que lo acercase a él, pero era demasiado tarde.

–Vamos a buscar a Gino –dijo Rinaldo entonces, sin mirarla.

DEJA EN paz a Gino –replicó ella–. Gino es libre y puede hacer lo que le parezca.

–¿Por eso os veo juntos todo el tiempo? –le espetó Rinaldo, irónico–. ¿Qué vas a contarle a tu prometido?

–No voy a contarle nada. No es necesario.

–Qué raza tan fría la de los ingleses. Si fueras mi mujer, no me gustaría saber que has estado tonteando con otro hombre.

«Si fuera tu mujer, no estaría tonteando con nadie»

El pensamiento apareció en su cabeza antes de que Alex pudiera detenerlo.

–No sé si querrías saberlo.

–Sí, porque de ese modo podría hacer algo.

–Dudo que pudieras –replicó Alex.

–Mira, no me gusta que jueguen conmigo, ¿lo entiendes? –dijo Rinaldo entonces, agarrándola del brazo–. No intentes engañarme. Yo no soy un crío.

–¿Cómo te atreves a acusarme de nada?

–No soy tonto, Circe.

–Y yo tampoco. Fuiste tú el que envió a Gino a mi hotel, ¿recuerdas? Y ahora, suéltame.

–No quiero. Tenemos cosas que hablar.

–Creo que no –replicó ella, intentando liberarse.

–Esta noche lo has hecho muy bien.

–¿Qué quieres decir?

–Tú sabes lo que quiero decir. Eres muy sutil: sé agradable con el bruto, haz que se derrita...

–¿Qué estás diciendo?

–Todos los hombres tienen que desearte, ¿no? Gino satisface tu vanidad, el tipo de Londres, tu ambición. ¿Y yo? ¿Qué satisfago yo?

Alex supo la respuesta enseguida. Rinaldo Farnese satisfaría un deseo profundo, carnal, que había estado en su interior desde que lo conoció.

¿Cuánto tiempo habría seguido engañándose a sí misma si él no se lo hubiera hecho ver?

Pero el infierno se congelaría antes de que Alex lo reconociese.

–Si no fueras tan vanidoso, te darías cuenta de que no he dicho una palabra que no pudiera haber dicho delante de Gino.

–Ya he admitido que eres inteligente. Demasiado como para ser explícita. Circe teje su hechizo y tiene una cara diferente para cada uno. La sutileza no funciona con Gino, pero podría haber funcionado conmigo, ¿no?

Alex no contestó. Y cuando Rinaldo inclinó la cabeza para besarla en el cuello tampoco intentó apartarse.

El calor de la noche, la sorpresa ante la rabia del hombre, todo eso se conjuraba para hacerle perder la cabeza. Y tuvo que hacer un esfuerzo para no pedirle más, para no buscar caricias más íntimas.

No podía dejar que eso pasara, pero estaba pasando de todas formas. Había peligro en aquella situación y, de repente, el peligro era su elemento natural. Rinaldo la besaba por todas partes... excepto en los labios. Y ella no podía ni quería resistirse.

Ya no estaban solos a la orilla del río. Una multitud alegre pasaba a su lado, pero nadie se fijaba en ellos. Sólo eran dos amantes más entre tantos.

Rinaldo se apartó un poco, tenso, muy cerca de ella. Y Alex no podía esconder su reacción; no podía esconder su agitada respiración, el pulso latiendo en su cuello.

—Aléjate de mí —dijo cuando pudo encontrar su voz.

Él la obedeció inmediatamente. Alex vio su expresión, extremadamente intensa, furiosa. Y también asustada. No había podido evitar que se diera cuenta. Era demasiado tarde y Rinaldo Farnese lo sabía.

Entonces se alejó calle arriba y Alex esperó un momento hasta que se hubo calmado.

Cuando casi había llegado a la plaza, Gino se acercó a ella corriendo, medio borracho.

–¡Por fin te encuentro, *carissima*! ¿Por qué no estabas con Rinaldo? ¿No me digas que habéis vuelto a discutir?

Alex nunca olvidaría el camino de vuelta a la granja, con Rinaldo conduciendo y Gino y ella en el asiento de atrás. Gino estaba dormido y Alex miraba por la ventanilla, pensando cosas que no debería pensar.

En cuanto llegaron a la casa, se despidió y subió a su habitación. Necesitaba estar sola para controlar sus sentimientos y para intentar entender qué le estaba pasando.

Pero aquel deseo había estado allí todo el tiempo. Un deseo básico, brutal, casi incontrolable. Poco civilizado y extraño para ella.

Qué tonta había sido... Rinaldo Farnese había hecho que lo deseara y ella había caído en la trampa.

Furiosa consigo misma, cerró los ojos. No quería sentir nada por Rinaldo y controlaría aquel sentimiento con todas sus fuerzas. Era una aberración.

Una ducha fría hizo que se sintiera un poco mejor. Luego, mientras se envolvía en una toalla, se le ocurrió algo que la dejó inmóvil. El diecinueve de junio, aquella fecha le había resultado familiar desde el principio... porque era el día en que David iba a mantener una reunión con los otros socios de la empresa. El día en que pediría formalmente que ella entrase a formar parte de la sociedad.

¿Cómo podía haberlo olvidado? Casi le daba risa pensar en cómo Italia la había hechizado hasta el punto de olvidar una fecha tan importante para ella.

Incluso se había dejado el móvil en casa mientras iba al pueblo...

Cuando comprobó los mensajes, no había ninguno de David, pero sí cuatro llamadas perdidas de su secretaria.

Jenny era una mujer encantadora y una trabajadora incansable por quien sentía gran afecto. ¿Por qué la habría llamado si David no había intentado ponerse en contacto con ella?

Alex marcó el número y Jenny contestó enseguida.

–Menos mal que has llamado. No vas a creer lo que voy a contarte... ¿Estás sentada?

–Sí, estoy sentada en la cama. ¿Por qué?

–Esta tarde, David ha anunciado su compromiso con Erica.

Alex se quedó callada durante unos segundos, intentando asimilar la información.

–¿Quién demonios es Erica?

–Su secretaria –suspiró Jenny–. Nadie se acuerda de su nombre porque eso es lo que ella quiere. Es la típica ratita que nunca llama la atención.

Alex recordó entonces a la pálida chica que solía ver en el despacho de David. ¿Aquella criatura invisible le había quitado el sitio?

–Y otra cosa más –siguió Jenny–. David ha vetado que te conviertas en socia de la empresa.

Alex soltó una palabrota.

–¿Cómo es posible?

–En la reunión de esta tarde se daba ese asunto por hecho, como si fuera una simple formalidad. Pero David no ha querido tratarlo siquiera.

–¿Qué?

–Según él, la empresa no puede confiar en alguien que decide marcharse a Italia de vacaciones...

–¡Pero si él me dijo que podía quedarme aquí el tiempo que fuera necesario!

–Lo sé. Todos lo sabemos. Era sólo una excusa, Alex. Dice que puedes seguir en la empresa como empleada...

–Sabe que no lo haré.

–Claro que lo sabe –replicó su secretaria, indignada–. No puede despedirte, pero podría convertir tu vida en un infierno. Además, tú se lo has puesto muy fácil... menudo canalla. Todos tus clientes han sido asignados a otro jefe de departamento...

–Y cuando vuelva me será imposible recuperarlos, claro. ¡Pero si esos clientes están en la empresa porque los conseguí yo!

–Lo sé, Alex. Por eso. Te habías convertido en una competidora formidable y a David no le gustaba nada.

–Gracias por contármelo, Jenny –suspiró ella.

–¿Qué vas a hacer?

–Pienso planear una venganza, naturalmente.

–¿Qué?

–No olvides que llevo sangre italiana. Hacemos planes por la noche, a la luz de la luna, y mantenemos las uñas bien afiladas. Quizá deberías decírselo.

–Alex, ya imagino que te habrá dolido mucho, pero, ¿de verdad crees que merece la pena?

–No. Oye, te llamo más tarde.

Después de colgar, se quedó inmóvil durante largo rato.

En realidad, no le dolía. Se había negado a ver la auténtica naturaleza de David, pero en el fondo siempre había sabido qué clase de hombre era: frío, egoísta, sin piedad, interesado sólo en sí mismo.

Y no le importaba, porque ella creía ser igual.

Pero no era así.

Casi le daba la risa que David la hubiera traicionado con su secretaria. Qué típico, pensó.

No tenía tiempo de llorar por eso, pero tragarse el insulto era otra cosa.

Alex vio entonces una figurita de escayola sobre la cómoda y la lanzó con todas sus fuerzas contra la pared.

Y se sintió un poco mejor.

–¡Alex! ¿Ocurre algo? –oyó la voz de Gino enseguida.

Cuando abrió la puerta, Rinaldo también estaba en el pasillo.

–No, estoy bien.

–¿Ha pasado algo? Hemos oído un ruido.

–Era esto –contestó Alex, mostrándoles un trozo de la figurita.

Rinaldo entró en la habitación y examinó el golpe en la pared.

–Impresionante. Menuda fuerza... la próxima vez, recuérdame que me aparte.

–No creo que vaya a tirarte nada a la cabeza.

–Por si acaso.

–Deja de provocarme –dijo Alex entonces, más calmada–. Siento lo de la pared. Pero pagaré el arreglo, naturalmente.

–¿Había alguna razón especial para tanta violencia?

–No, es que me apetecía –contestó ella.

Por nada del mundo le habría contado la verdad en aquel momento.

Gino estaba solo en la cocina cuando Alex bajó por la mañana. Y no se atrevía a mirarla.

–Así que «bailaré sólo para ti, *amore mio*», ¿eh?

–Lo sé, lo sé –se disculpó él–. Es que estábamos de fiesta y me dejé llevar...

–Ya vi que te dejabas llevar... por tres señoritas muy simpáticas. Naturalmente, no pudiste resistir la tentación.

–¿Estás siendo comprensiva o vas a clavarme un cuchillo por la espalda?

–Ya lo veremos.

Gino tomó su mano y la llenó de besos.

–Te adoro.

–No es verdad. Adoras a tus tres amiguitas, no a mí...

–De verdad, *carissima*, ellas no significan nada para mí. Es que en la fiesta, con tanta música...

–Y tanto vino –lo interrumpió Alex.

–Sí, bueno, el vino también es responsable, claro –sonrió Gino–. Pero lo más importante es el ambiente festivo, la sensación de que cualquier cosa puede pasar y que uno va a dejar que pase.

Alex se quedó callada. Eso le había hecho recordar lo que ocurrió con Rinaldo a la orilla del río.

–Tienes razón, te perdono.

–Eres muy buena –sonrió Gino, inclinándose para darle un beso en la mejilla–. Tú eres la chica de mis sueños...

–Excepto en las fiestas del pueblo, claro.

–¿No podemos dejar eso atrás? –preguntó él, melodramático. Alex soltó una carcajada–. ¿De qué te ríes?

–Lo siento, Gino, es que eres muy mal actor.

–Yo te abro mi corazón y tú te ríes –suspiró él entonces, golpeándose el pecho–. ¡*Ridi, pagliacco, ridi*! Ríe, payaso, ríe, aunque tu corazón se esté rompiendo.

–Un payaso, desde luego –sonrió Alex.

–No vuelvas a Inglaterra –dijo Gino entonces, poniéndose serio.

–Gino...

–Has cambiado desde que llegaste aquí. Seguro que ya no te reconoces a ti misma.

Era cierto. Pero no quería contarle la verdad.

–No puedes volver a tu otra vida. Ya no hay sitio para ti en Londres –siguió diciendo él.

Si él supiera...

–Deja de decir bobadas.

–Por favor, *cara*...

–Eres peor que Rinaldo. No me extrañaría nada que me hubierais echado a suerte con una moneda.

Sólo era un comentario jocoso, pero la expresión de Gino le dijo que no se había equivocado.

–¿Qué?

–Sí... no... no fue así.

–Seguro que fue exactamente así. ¡Que sinvergüenzas!

–¿Estás enfadada?

–Debería estarlo, desde luego. Pero en fin, me alegro de que ganaras tú.

–En realidad, no gané yo.

–¿Qué?

–Ganó Rinaldo, pero no se lo tomó en serio. Dijo que no estaba interesado.

–¿Ah, sí?

–¿No te alegras de haberme conseguido a mí? –sonrió Gino–. Venga, admítelo. Te gusto más que Rinaldo.

–Cualquiera me gusta más que Rinaldo.

–Y anoche te dejé sola con él –suspiró Gino, pensativo–. Si te ofendió en algo...

–No sé quién ofendió a quién.

–Quizá por eso ha desaparecido esta mañana.

–¿Qué?

–Se ha marchado temprano... Ha dicho que tenía que ir a Milán para echar un vistazo a unos tractores de segunda mano... aunque yo no sabía que necesitáramos ninguno.

Alex debería haberse alegrado, pero no era así.

Tenían cosas que hablar. Rinaldo lo sabía tan bien como ella. Pero debía permanecer en secreto hasta que entendiera mejor aquel sentimiento.

Cuando Gino se fue a trabajar, decidió ir a dar un paseo a caballo. Cabalgó durante horas, percatándose de que el maíz había crecido desde la primera vez que lo vio, de cómo los olivos y las cepas crecían bajo el sol de la Toscana.

Cómo le gustaba aquel sol. Era como si lo hubiese descubierto en Italia. El sol de Londres era frío, gris. Pero en Belluna el sol era aire fresco, libertad, un nuevo despertar.

Sus opciones eran muy simples. Podía volver a Inglaterra y pelear o podía quedarse en Belluna y pelear. Tendría que pelear de una manera o de otra.

El premio sí era diferente. En Londres la esperaba un lugar frío en una empresa fría o buscar otra empresa. Muchas se alegrarían de tenerla a bordo.

O podía abandonar Londres y abandonar todo lo que conocía. Todo aquello por lo que había luchado durante tantos años: la mejor empresa, los mejores clientes, el mejor apartamento, la mejor ropa. Todo para nada.

A cambio, tendría una vida allí, en un país que la había hechizado, en contacto diario con la naturaleza... y con un hombre duro, hostil, grosero a veces, pero que estaba empezando a robarle el corazón.

—¡Tonterías! —dijo en voz alta—. No pienso enamorarme de él. ¿Quién demonios se cree que es?

Entonces tomó una decisión. Volvió a la casa y empezó a hacer el equipaje. Y, a la mañana siguiente, a pesar de las protestas de Gino, subió al coche y tomó la carretera que llevaba al aeropuerto.

Dos horas después estaba volando hacia Londres.

Rinaldo estuvo fuera una semana. Y cuando, por fin, llamó a casa, Teresa le contó que Alex se había ido a Londres para no volver.

Al día siguiente, Rinaldo se presentó en Belluna. Encontró a Gino sentado en su escritorio, mirando la pantalla del ordenador.

—Déjalo, nunca lo entenderías.

—¡Rinaldo! —Gino se levantó de un salto para abrazar a su hermano.

–¿Me quieres contar qué está pasando aquí?

–Alex se ha ido –contestó Gino, apenado.

–Me lo dijo Teresa.

–¿Eso es todo lo que tienes que decir?

–¿Qué quieres que diga? Alex es inglesa y sabíamos que tarde o temprano...

–Pero yo creo que éste es su sitio –lo interrumpió su hermano.

–Eso era lo que ella quería que pensaras. Circe hizo su juego y nosotros estuvimos a punto de caer en la trampa. Olvídala.

–Pero si tú me pediste que la cortejara...

–¡Yo nunca te he pedido eso! Además, deberías ser más listo, Gino. Es una suerte que no te hayas enamorado de ella.

–¿Quién ha dicho que no estoy enamorado?

–Olvidas que te conozco bien. Creo recordar que la gran pasión de tu vida duró... unos dos días.

Gino se encogió de hombros.

–Sí, bueno, pero Alex se ha ido.

–Pues olvídala.

–¿Tú crees que está enamorada de su prometido?

–¡He dicho que la olvides!

–No hace falta que te enfades conmigo, Rinaldo.

–No me enfado –sonrió él–. Es que llevo horas conduciendo, perdona.

–Parece como si no hubieras dormido en una semana. Ven, vamos a comer algo. Así podrás contarme qué ha pasado con esos tractores.

–¿Qué tractores?

–¿No habías ido a Milán a ver unos tractores?

–Ah, eso. No, no he encontrado nada interesante.

Teresa les sirvió la cena en la terraza antes de retirarse a su habitación y Gino se percató de que su hermano comía sin prestar atención a lo que estaba comiendo.

–¿Qué has hecho estos días?

–Pues... conducir de un lado a otro.

–¿Durante una semana?

–¿Tengo que darte explicaciones?

–Si yo me fuera durante una semana, tendría muchas explicaciones que dar.

–Sí, bueno, déjalo. ¿Cuándo se fue Alex? –preguntó Rinaldo, evidentemente para cambiar de tema.

–Un día después que tú. Estoy esperando que llame su abogado, pero no he tenido noticias.

–Sabremos de ella cuando le interese. Está jugando con nosotros, Gino.

Ése era el mantra que se había repetido a sí mismo insistentemente durante una semana. Alex estaba jugando con ellos, por eso había hecho bien en marcharse.

Desde el día de funeral supo que no podía ser débil con aquella mujer. Y cuando la conoció un poco mejor, supo que aquel era trabajo para un hombre, no para un crío como Gino.

El antagonismo que había entre ellos fue un alivio, un respiro, pero Alex había sido inteligente, ofreciéndole simpatía y comprensión... que eran como agua en el desierto para un hombre sediento. La sensación había sido tan agradable que casi perdió la cabeza, pero escapó a tiempo.

De modo que había ganado.

Ahora, sin embargo, se encontraba solo, y su victoria estaba escapándosele entre los dedos.

–Yo no creo que estuviera jugando –dijo Gino.

–Entonces, ¿por qué está de vuelta en Inglaterra ahora, planeando su boda?

Su hermano no contestó. Pero la casa estaba tan vacía sin ella... Era como si le faltase el alma.

Rinaldo y él se quedaron un rato en la terraza, tomando un vaso de whisky.

–Hace tiempo que quería preguntarte una cosa –dijo Gino entonces.

–Dime.

–El día que papá murió, tú llegaste antes que yo al hospital... y cuando llegué ya era demasiado tarde. ¿Qué te dijo?

–Nada. Estaba inconsciente.

–Lo sé, pero... ¿no recuperó la conciencia ni durante un minuto?

–Si fuera así, te lo habría dicho.

–Resulta tan difícil de creer que se fuera sin decir nada... –suspiró Gino–. Ya sabes lo hablador que era.

Rinaldo cerró los ojos y en su recuerdo apareció la imagen de su padre, cubierto de vendas, con aquel terrible aparato de ventilación artificial.

Como a Gino, le resultaba imposible creer que un hombre tan lleno de vida como su padre estuviera allí, inerte. Había pensado que en cualquier momento abriría los ojos, que lo reconocería y empezaría a hablar.

Como le había pasado tantas veces, intentó recordar algo, no sabía qué. Pero, como siempre, algo se le escapaba, algo que parecía estar en el fondo de su mente y que no podía recordar.

Le había pasado lo mismo un día con Alex, en el granero. El fugaz momento de simpatía hizo que una puerta empezara a abrirse, pero no lo suficiente. Y ya no se abriría, porque ella se había ido.

–Ojalá pudiera decirte algo. A mí también me resulta difícil creer que se fue sin despedirse, pero no nos queda más remedio que aceptarlo. Venga, vámonos a dormir, es tarde.

La casa estuvo en completo silencio durante una hora más o menos. Y entonces Gino se despertó, sobresaltado, con la sensación de que ocurría algo.

Nervioso, salió al pasillo, donde encontró a Rinaldo en calzoncillos.

–Hay un ladrón abajo –dijo su hermano en voz baja.

Descalzos, bajaron la escalera en silencio. Podían ver parte del salón iluminado por la luz de la luna. El resto estaba a oscuras, pero dentro oyeron pasos y luego un golpe, como si alguien hubiera tirado una silla.

–¡Ahora!

Rinaldo se movió con rapidez, sin encender la luz. No podía ver al intruso, pero intuyó su posición y se lanzó sobre él.

Un segundo antes de que Gino encendiera la luz, oyó un golpe, seguido del grito de su hermano:

–¡Tú!

Desde su posición en el suelo, Alex lo fulminó con la mirada.

–¡Apártate de mí!

–¿Qué demonios estás haciendo aquí?

–He vuelto.

–Sabía que no te olvidarías de nosotros –sonrió Gino, entusiasmado.

–Cuando me fui no sabía qué iba a pasar. Ahora lo sé... y he venido para quedarme.

–¿Y qué ha dicho tu prometido inglés? –preguntó Rinaldo, llevándose una mano a la cabeza–. ¿Le digo a Teresa que prepare una habitación para él? A lo mejor te gustaría casarte en Belluna.

–¡Deja de decir tonterías! –le espetó Alex.

–¿Perdona?

–David y yo hemos roto.

–¿Lo has dejado? –exclamó Gino.

–No, él me ha dejado a mí. La noche de la fiesta descubrí que David había vetado que entrase en la empresa como socia y que se había prometido con su secretaria.

–¡Será cerdo!

–Así que volví a Inglaterra para decirle un par de cosas.

–Espero que lo hicieras con estilo –sonrió Rinaldo.

–Naturalmente, lo hice delante de todo el mundo. Y no te puedo contar cómo disfruté. Además, mi abogado exigirá una compensación económica por «daños morales». Luego puse mi apartamento en venta y después de eso, sólo me quedaba volver aquí.

–Podrías habernos avisado que venías... como una persona civilizada, ¿no?

–Ser civilizada no es tan divertido como yo creía. Bueno, en realidad no quería llegar tan tarde, pero tuve que esperar hasta que me dieron el coche que he comprado... Intenté no hacer ruido al entrar, pero veo que no ha servido de nada.

–Nos has dado un susto de muerte –dijo Gino.

–Sí, pero ya estoy aquí. Ahora, ésta también es mi casa. Vayan acostumbrándose, señores, porque he venido para quedarme.

ALGUNAS mujeres se habrían gastado un dineral en ropa después de un disgusto como aquél. Alex se lo gastó en un coche nuevo que dejó a los hermanos Farnese boquiabiertos. Era elegante, caro, deportivo y manejable al mismo tiempo.

–¿Cuánto te ha costado? –preguntó Rinaldo.

–Más de lo que puedo pagar –contestó ella.

–Me quito el sombrero ante ti.

–Pienso usarlo mucho, porque estoy dispuesta a conocer Belluna palmo a palmo. No os importa, ¿verdad?

–¿Por qué iba a importarnos?

Desde que llegó, los dos hombres la trataban con guantes de seda. Gino, tan simpático como siempre, pero un poco cortado; Rinaldo, amable, pero con cierta suspicacia.

Se acercaba la época de la cosecha y fuera donde fuera, todo el mundo parecía haber oído hablar de ella. La trataban con respeto hasta que descubrían que hablaba italiano... Entonces eran todo sonrisas.

Uno de los mejores momentos llegó una tarde que volvía a la granja y encontró a Rinaldo al borde de la carretera, con el todoterreno averiado. Además, llevaba un traje de chaqueta.

—Si te atreves a reírte...

—No pensaba hacerlo —lo interrumpió Alex—. ¿Has llamado a la grúa?

—No, he salido de casa sin el móvil. Pero te advierto...

—No seas pelma o te dejaré tirado aquí.

—De eso nada. Tú nunca caerías tan bajo —dijo Rinaldo.

—¿Que no? —sonrió Alex, saliendo del coche—. Llevo un cable de arrastre en el maletero... pero será mejor que me dejes hacerlo a mí. No quiero que te manches ese traje tan bonito.

La respuesta de Rinaldo fue, naturalmente, quitarse la chaqueta y la camisa.

No debería haberlo hecho, pensó Alex. ¿Cómo iba a concentrarse en lo que estaba haciendo con él al lado, medio desnudo?

Debía de trabajar sin camisa a menudo, porque estaba muy moreno. Con su alta figura y aquellos hombros tan anchos parecía lo que era: un hombre viril, poderoso.

Y ella tenía que pensar en el cable... No había justicia en el mundo.

—Veo que sabes lo que haces —dijo Rinaldo.

—Si hubieras tenido que aguantar a tantos conductores machistas como yo, entenderías que una mujer tiene que aprender a defenderse por sí misma. Y los mecánicos son los peores. Una vez uno me dijo que llamase a mi marido para que le explicara qué le pasaba a mi coche... ¡Increíble, vamos!

Poco después, había enganchado el cable al guardabarros del todoterreno y Rinaldo volvía a ponerse la camisa.

–¿Dónde te llevo?

–Hay un garaje a unos dos kilómetros. Luego podrías llevarme a Florencia, si no te importa.

–¿Para?

–Tengo una reunión, pero volveré a casa en taxi.

–No me importa esperarte. Podría ir de compras.

–No hace falta –dijo Rinaldo.

–Ah, ya.

–¿Qué quieres decir con eso?

–No quieres que sepa dónde vas. Supongo que será un encuentro secreto con alguna mujer misteriosa...

–¿Por qué iba a ser un secreto? Soy un hombre libre.

–Pero a lo mejor ella no es la única mujer. Podrías tener un harén en Florencia.

–Voy a visitar a nuestro administrador –dijo él entonces.

Alex sonrió. No había quedado con ninguna mujer. Bien.

–Ah. Y temes que quiera ir contigo.

–Exactamente.

Después de dejar el todoterreno en el garaje, Alex tomó la carretera de Florencia.

–¿Dónde vamos?

–Via Bonifacio Lupi.

–¿Puedo ir contigo a ver al administrador?

–¿Me lo estás preguntando?

–Ya ves que sí.

–¿Y si te digo que no?

–Entonces, esperaré fuera. Pero te pondré arsénico en la sopa.

Él no contestó. Alex no podía apartar los ojos de la carretera, pero supo con certeza que estaba sonriendo.

Después de aparcar cerca de la Via Bonifacio Lupi, fue mirando las placas de los portales, algunas con más de dos siglos de antigüedad.

–Si no te das prisa, subiré sin ti –dijo él.

–Ah, de modo que puedo subir contigo...

–Sí, bueno, reconozco que tienes ciertos derechos y quiero portarme debidamente.

–O sea, que puedo subir –insistió Alex.

–Entra antes de que te estrangule.

Las oficinas del administrador eran muy lujosas y Enrico Varsi hablaba con toda claridad sobre complejos temas financieros. Alex no habló mucho, pero estuvo atenta porque el tema la concernía directamente.

Después, Rinaldo y ella fueron a tomar un café.

–Estás muy pensativa.

–Estoy fascinada. El mercado financiero italiano funciona desde el día uno de enero hasta el treinta y uno de diciembre.

–Claro. ¿Cómo iba a ser si no?

–En mi país funciona de abril a abril.

–¿Y los británicos tienen la cara de decir que los italianos somos irracionales?

–Sí, es verdad –sonrió Alex, removiendo su café.

–¿Te encuentras bien?

Ella levantó la mirada, sorprendida.

–¿Por qué lo dices?

–Has perdido a tu novio, pero actúas como si no te importara. La mayoría de las mujeres lloraría a lágrima viva.

–Yo no.

–Eres muy fuerte –dijo Rinaldo.

–¿No querrás decir dura y sin corazón?

–No quiero decir eso, y tú lo sabes. Aún recuerdo la figurita que tiraste contra la pared... eres italiana después de todo, ¿eh? Tu madre estaría orgullosa de ti.

–Sí, es verdad –asintió Alex–. Ella habría hecho lo mismo que yo. Oh, mamá, si me vieras ahora...

–¿Qué le parecía tu novio?

–Nunca le gustó. Según ella, era demasiado organizado.

–Supongo que eso es una virtud en vuestra profesión.

–Sí, pero no sólo era organizado en el trabajo –suspiró Alex–. En su vida todo es organizado, todo está medido al milímetro. Lo teníamos todo planeado, la boda, el matrimonio, nuestra vida profesional... Juntos habríamos sido los socios dominantes en la empresa. Pero no era eso lo que David quería. Él quería dominarlo todo solo. Supongo que le dio gracias al cielo cuando me vine a Italia. Qué fácil se lo puse...

–Porque confiabas en él.

–Claro –contestó ella.

–¿Desde cuando estabais juntos?

–Llevábamos dos años saliendo.

–¿Y ahora qué piensas hacer?

–No lo sé. Por primera vez en mi vida, no tengo planes.

–Pero sigues pareciendo tan segura de ti misma como siempre, Circe.

–Eso no es justo. ¿Se te ha ocurrido pensar que Circe podría ser una persona muy insegura?

–No era una persona, era una diosa, una encantadora de serpientes.

–Una bruja –le recordó ella.

–Una bruja, sí –sonrió Rinaldo.

–Es increíble...

–¿Qué?

–Las ideas preconcebidas que tenemos el uno del otro –dijo Alex entonces.

–No más ideas preconcebidas, te lo juro. No volveré a pensar que eres una mujer fría y calculadora.

–¿Te importaría darme eso por escrito?

–No, es mejor demostrártelo.

–Sólo por eso, dejaré que conduzcas mi coche hasta la granja –sonrió Alex entonces, ofreciéndole las llaves.

–¿Ésa es tu forma de ser dulcemente femenina?

–No, es que estoy agotada.

–Ya me parecía a mí...

Riendo, se dirigieron al coche.

–No me he vuelto loca del todo, pero empiezo a entender que el orden y la razón pueden ser muy aburridos a veces.

–¿Sólo a veces?

–Tienen su sitio, claro. Con el administrador, por ejemplo. Has sido muy razonable con Varsi.

En ese momento, pasó a su lado una ruidosa moto y Alex no pudo oír bien su respuesta. Pero habría podido jurar que Rinaldo dijo:

«Pero yo no quiero besar a Varsi»

–¿Que has dicho?

–He dicho que el coche está por aquí.

No, no había dicho eso. Y, de repente, Alex quería que aquella tarde durase para siempre.

Volvieron a casa en silencio. Estaba pasando algo que las palabras sólo podrían estropear.

Más tarde, en su habitación, Alex llamó a Jenny, su ex secretaria.

–¿Cómo va todo?

–Fenomenal. Me voy, he encontrado trabajo en otra empresa.

Jenny le dio el nombre y Alex soltó una carcajada, porque era precisamente la empresa que competía con David.

–¿Y tú qué vas a hacer?

–¿El apellido Andansio te dice algo? –preguntó Alex.

–Claro que sí... mi antiguo jefe tenía tratos con ellos.

–¿Puedes contarme algo más?

–Mucho. Y algunas noticias son sensacionales.

Alex la escuchó durante media hora, tomando notas. Y cuando colgó, estaba pensativa.

Unos días después, la secretaria de Varsi llamó para decir que querían devolver los libros de contabilidad. Alex se ofreció para ir a buscarlos.

–Ya, claro, y me los vas a traer sin mirarlos –sonrió Rinaldo.

–¿He dicho yo eso?

–Bueno, al menos eres sincera.

Una vez en posesión de los libros, Alex se encerró en el estudio.

–He comprobado que la mayoría de las páginas son una impresión de ordenador.

–Mi padre dominaba la informática –le explicó Rinaldo–. Y estaba muy orgulloso de ello.

–¿Puedo ver los archivos originales?

–Sí, claro.

La primera impresión de Alex fue que el orgullo de Vincente Farnese estaba justificado. Los archivos eran absolutamente detallados y precisos.

Pasó toda la noche comprobando los libros de contabilidad de años anteriores y, al amanecer, apagó el ordenador y salió a correr un rato. Más tarde se dio una ducha y decidió ir a Florencia.

Últimamente iba mucho. Los Farnese creían que iba de compras, al cine o al teatro. Rinaldo a veces la miraba con gesto especulativo, pero no preguntaba nada.

Además, había llegado la época de la cosecha, de modo que no había tiempo para preguntas.

Alex se sorprendió al ver que los dos hermanos trabajaban codo a codo con los peones y decidió echar una mano. Al fin y al cabo, aquella también era su granja.

Una noche, después de trabajar de sol a sol, estaban sentados en la terraza, cenando.

–Mañana empezamos a recolectar las uvas –dijo Rinaldo.

–¿Mañana? –repitió Gino.

–Ya están listas, no podemos esperar.

–Pero nadie en la zona empieza a recolectar tan pronto. Todos están esperando a la semana que viene.

–Genial. Así llevaremos una semana de adelanto –sonrió Rinaldo–. Y conseguiremos el mejor precio.

–Pero...

–Confía en mí. Bueno, me voy a la cama. Mañana nos espera otro duro día de trabajo.

–Se ha vuelto loco –dijo Gino cuando su hermano desapareció.

–¿Por qué? –preguntó Alex.

–Porque equivocarse con las uvas, aunque sólo sean unos días, podría significar la pérdida de toda la cosecha. No entiendo por qué quiere arriesgarlo todo.

Arriesgarlo todo, sí, pensó Alex. Rinaldo parecía querer lanzarse al vacío, arriesgarlo todo a una tirada de dados.

Al día siguiente, como él había dicho, empezó la cosecha de uvas. El trabajo era duro y laborioso y Alex contribuyó hasta que le dolieron las manos.

Los Farnese no hacían vino, le vendían las uvas a una bodega. Y el señor Valli recibió alborozado la noticia de que tenían la cosecha anual preparada.

–¡Fantástico! Ya sabía yo que podíamos confiar en Rinaldo. Voy ahora mismo para allá.

A Alex le habría gustado conocerlo, pero tenía que ir a Florencia para hablar con Andansio, con quien tenía tratos desde hacía días.

Cuando volvió a casa era de noche y encontró a los dos hermanos sentados en la escalera de la entrada, muy serios.

–¿Qué ocurre?

–Me he equivocado con las uvas. Había que esperar una semana más. Me he equivocado –contestó Rinaldo.

Se le encogió el corazón al verlo tan desesperado. Porque la desesperación de Rinaldo Farnese era la suya.

–¿Cómo ha podido pasar?

–Creí lo que quise creer –suspiró él–. Y nos ha costado la cosecha de uvas.

–¿Quieres decir que no van a comprárosla?

–Valli la comprará, claro. Pero no al mejor precio, para hacer Chianti. No, la comprará para hacer otro vino de calidad inferior.

–Nunca nos había pasado –murmuró Gino.

–Y no habría ocurrido si yo no hubiera estado tan ciego. ¿Por qué no lo dices? –le espetó su hermano, dolido.

–Has cometido un error, pero no es el fin del mundo.

Rinaldo miró el horizonte, pensativo.

–Estás siendo muy generoso, Gino, como siempre. Pero sí es el fin del mundo. No puedo explicártelo, pero así es –suspiró, levantándose.

–¿Dónde vas?

–Tengo que pensar. Y necesito estar solo.

Entonces, con los hombros caídos, se alejó hacia los árboles.

CAPÍTULO **10**

HACÍA calor para ser el mes de octubre y Alex no podía dormir. Suspirando, se acercó a la ventana desnuda como estaba porque sabía que nadie iba a verla.

Así fue como había descubierto a Rinaldo enterrando a Brutus. Así fue como había visto que tenía corazón. Quizá fue entonces cuando empezó a amarlo.

Ahora lo sabía con certeza. Decir que estaba enamorada de él no explicaba claramente lo que sentía por Rinaldo Farnese, el hombre que había tomado posesión de su alma, de su corazón, de sus esperanzas y sus sueños.

Lo único que no había poseído era su cuerpo, y en ese momento más que nunca, Alex sintió la necesidad de entregárselo. Entonces quizá podría darle consuelo para el terrible fracaso que él mismo había provocado, por razones que no podía entender.

Cuando vio una figura moviéndose entre los árboles pensó que su imaginación la estaba traicionando. Pero no. Era Rinaldo. Y no pudo soportar más su soledad, su dolor.

A toda prisa, se puso un camisón de lino y unas zapatillas y bajó corriendo.

Lo encontró sentado contra un árbol, vencido, con la cabeza caída sobre el pecho.

–Rinaldo –murmuró. Tenía tantas cosas que decirle, pero sólo pudo pronunciar su nombre.

–¿Qué haces aquí?

Alex tomó su cara entre las manos.

–No te apartes de mí.

Él no intentó hacerlo, pero la miraba con una expresión de tristeza que le partía el alma. Alex se olvidó de las palabras de consuelo y buscó sus labios. Rinaldo enseguida la envolvió en sus brazos, buscando su boca como un desesperado.

–Alex...

La besaba con una urgencia, con una pasión que ella no habría podido soñar nunca, como temiendo que alguien se la arrebatara.

–Espera, tengo que decirte algo –murmuró él.

–Eso puede esperar.

–No, tienes que oírme.

–Cuéntame qué te pasa. No puedes estar así sólo por la cosecha de uvas –susurró Alex, apoyando la cabeza en su pecho.

–No lo entiendes –suspiró Rinaldo–. Si no me hubiera equivocado, habría conseguido el mejor precio, sería el primero en el mercado. Y eso era lo que yo quería. Más que nada en el mundo. Lo deseaba tanto que me volví ciego. ¡Idiota, estúpido! Pensé que podía ordenar las cosas a mi gusto... aunque ya debería saber que eso es imposible –dijo entonces, con una risa amarga.

–Por favor, no seas tan duro contigo mismo. Todo el mundo comete errores –murmuró Alex–. Has dejado que el orgullo te cegase...

–El orgullo no, la arrogancia. Y por eso me he cargado una cosecha entera.

–Pero el maíz, las aceitunas...

–Sí, sobreviviremos. Pero no como yo esperaba. Y todo porque he sido un imbécil arrogante... porque me importaba tanto que no podía ver nada más.

–¿Qué te importaba tanto, Rinaldo?

–¿Cómo me preguntas eso? ¿Es que no es obvio?

–Para mí no –contestó Alex.

–Quería pagar tu deuda. No he pensado en nada más que en eso durante meses. Era una obsesión.

–Ah, ya entiendo –murmuró ella, desilusionada.

–No lo entiendes, Alessandra –suspiró Rinaldo entonces, pronunciando su nombre en italiano–. Quería pagarte porque... porque así podría decirte cosas que no tengo derecho a decirte mientras esté en deuda contigo.

–¿Qué cosas?

–¿Cómo puede un hombre decirle palabras de amor a una mujer a la que le debe dinero?

Alex intentó ver su cara en la oscuridad; tenía el corazón en la garganta.

–Supongo que eso depende de lo que ella signifique para él.

Rinaldo acarició su cara.

–Significa más de lo que puedes imaginar. He soñado mil veces con pagar esa maldita deuda... para poder pedirte que te cases conmigo. Porque sólo entonces creerás que te quiero.

–¡Al demonio con el dinero! –exclamó Alex–. No lo quiero, te quiero a ti. Y si no estuvieras tan ciego de orgullo, te habrías dado cuenta.

–¿Tú crees? Entonces, es que no soy un hombre muy perceptivo.

–¿Por qué es tan importante la hipoteca?

–Es importante para mí pedirte que te cases conmigo con la cabeza bien alta –contestó Rinaldo.

–¿Crees que sospecharía de ti, que pensaría que eres un mercenario? Nadie podría acusarte de haberme engatusado –rió Alex, acariciando su pelo–. Sé que eres muy terco, pero ¿de verdad piensas darme la espalda por esto?

–No puedo darte la espalda –suspiró él–. Me dije a mí mismo que podría, pero no soy capaz. Tengo que amarte, Alex. No puedo evitarlo...

–¿Me quieres tanto como yo a ti? –preguntó ella entonces–. Porque si es así, no me debes nada.

–Te quiero mil veces más, pero... nunca había luchado tanto contra algo en mi vida.

–Por eso supe que me querías.

–Ah, entonces me entiendes...

Rinaldo la apretó contra su corazón. Se besaron, hambrientos, como si intentaran recuperar el tiempo perdido. Él tiró del camisón y, al verla desnuda, empezó a quitarse la ropa.

No era momento para falsas modestias. Alex lo deseaba con todas sus fuerzas y no se avergonzaba de ello.

–He deseado esto desde el primer día –murmuró Rinaldo con voz ronca, acariciando su espalda.

¿Cómo una caricia podía ser tan dulce y tan posesiva al mismo tiempo? Había fuego en sus manos, en sus ojos, en su boca.

La tierra, bajo sus cuerpos, olía a rocío, a vida. Rinaldo la besaba por todas partes, intentando inflamar su pasión, pero Alex ya estaba lista, incluso impaciente. Y cuando Rinaldo estuvo dentro de ella, aprisionándola contra la tierra, lo abrazó como si en aquel abrazo pudiera darle todo su amor.

La poseía completamente, alejando de su cabeza todo lo que no fuera su amor por aquel hombre, su deseo de quererlo, incluso de protegerlo. Tendría que protegerlo en secreto, porque eso era algo que él no podría entender. Pero su pasión ya no tenía que ser un secreto y lo amó completamente.

Después, se quedaron tumbados uno al lado del otro, temblando.

Rinaldo la besó tiernamente.

–Vamos a casa. Esto acaba de empezar.

Alex se despertó en los brazos de su amante. Después de tanto protegerse, Rinaldo había dejado a un lado todas sus defensas, haciéndola parte de sí mismo, entregándose del todo, sin reservas.

Se habían poseído por completo la noche anterior, una y otra vez. Y se despertaron sin querer soltarse.

–Supongo que habrá que levantarse tarde o temprano –suspiró él.

–Sí, es un nuevo día.

–Un nuevo día para nosotros. Nunca te dejaré ir, Alex –murmuró, apretándola contra su pecho–. Y si quieres que yo me vaya, me temo que es demasiado tarde.

Alex sonrió.

–No quiero que te vayas. Nunca querré que te vayas de mi lado.

–Ha pasado tanto tiempo desde que amé a alguien... –murmuró él entonces, besando suavemente su pelo.

Lentamente, con desgana, se separaron para empezar el día.

–Antes de irme, será mejor que eches un vistazo al pasillo. No me gustaría que Gino se enterase de esta forma –dijo él.

–Ah, no, claro. Sobre todo, porque fuiste tú el que le pidió que me enamorase.

–¿Yo?

–Tú... y una moneda.

Rinaldo enterró la cara entre las manos.

–Lo mato.

–Cariño, a mí me hizo mucha gracia –rió Alex–. Sobre todo porque, a pesar de que me rechazaste...

–Yo no...

–Me rechazaste porque no me conocías. No sabías que era la mujer más maravillosa del mundo.

Rinaldo la tomó de nuevo entre sus brazos.

–Lo eres. Y yo, como un tonto, intentando apartarme de ti. Me daba tanto miedo lo que sentía...

Se besaron tiernamente, pero Alex se dio cuenta de que parecía preocupado.

–¿Qué pasa?

–¿Crees que debemos contárselo a Gino? Sé que siente algo por ti.

–Le caigo bien –sonrió Alex–. Pero no está enamorado de mí. Aunque, desde que volví de Londres, parece un poco cortado. Supongo que le da vergüenza dar marcha atrás después de tanta pasión teatral... Ah, ahora lo entiendo. Por eso está así desde que supo que David había cortado conmigo... El pobre estaba intentando hacerme saber que no le intereso. Pobre Gino, debe de estar pasándolo fatal.

Rinaldo soltó una carcajada.

–De todas formas, creo que estuvo un poco enamorado de ti... durante unos días.

Ella levantó una ceja.

–¿Sólo valgo eso?

–No, pero para mi hermano es un récord.

Riendo, Alex asomó la cabeza en el pasillo.

–No hay moros en la costa.

–Hasta luego, amor mío.

Se despidieron con un beso en los labios y la promesa de encontrarse en... una eternidad: diez minutos.

Cuando ella bajó a la cocina, Gino estaba entrando en la casa.

–¿Se lo decimos ahora? –preguntó Rinaldo.

–No, antes tengo que deciros algo –sonrió Alex.

–¿Qué ocurre? –preguntó él, alarmado.

–Enrico Varsi os debe dinero. Y si no me equivoco, una cantidad bastante sustanciosa.

–¿Cómo es posible?

Alex respiró profundamente.

–Porque lleva años engañándoos.

–¿Qué? Eso no puede ser. Varsi es un profesional...

–Claro, por eso le ha resultado tan fácil.

–Y era amigo de nuestro padre –dijo Gino.

–Y tu padre confiaba en él. Supongo que a Vincente nunca se le ocurrió que su amigo estaba engañándolo. Pero a mí sí, en cuanto eché un vistazo a los libros.

–Sé que eres una experta en contabilidad, pero esto es Italia. Puede que las cosas sean distintas aquí, Alex.

–Lo sé, por eso he tomado un curso de contabilidad italiana.

–¿Cuándo? –preguntó Rinaldo, atónito.

–Todas estas semanas, cuando iba a Florencia. ¿Creías que iba de compras?

–¿Dónde has estudiado?

–Con un hombre que se llama Andansio. Su despacho está cerca del de Varsi. Y no tengo dudas: Varsi se ha quedado con dinero. De no ser así, vuestro padre no habría tenido que hipotecar la granja.

Gino abrazó a Alex entonces.

–¡Eres un genio! Un genio, un ángel...

–Sí, todo eso está muy bien –lo interrumpió Rinaldo–. Y admito que abre posibilidades interesantes.

–¡Posibilidades interesantes! –repitió Gino–. ¿Eso es todo lo que tienes que decir?

–Hay que ser realistas.

–Lo que Rinaldo quiere decir es que no se fía del todo –sonrió Alex–. Por eso, hoy vamos a ir los tres a ver al señor Andansio. Como es un hombre, seguramente a él sí lo creerá.

–Porque es italiano –sonrió Rinaldo–. Y yo creo que es buena idea.

Cuando iba a buscar su móvil, Gino se acercó.

–Estás civilizando a mi hermano. Buen trabajo.

Fueron a Florencia por la tarde y Andansio les confirmó que Alex tenía razón.

–Todo está inteligentemente disfrazado, por supuesto. Pero esta señorita ha sido mucho más lista que Varsi. Ya le he dicho que, si quiere, tengo un puesto para ella en mi despacho.

–Puede que acepte –sonrió Alex.

–Ya te dije que era un genio –murmuró Gino.

–Muy bien. ¿Y ahora qué hacemos, llamar a la policía? –preguntó Rinaldo.

–Podría haber una forma más rápida de solucionar el asunto –sonrió Andansio–. Le mostramos las pruebas y exigiremos la inmediata restitución del dinero. Créanme, Varsi puede permitírselo. A cambio, tendremos que prometerle guardar el secreto.

–Pero entonces podría hacérselo a otros –observó Rinaldo.

–No lo creo. Le dejaremos muy claro que está bajo vigilancia.

–¿Cuánto dinero tiene que devolvernos? –preguntó Gino.

Andansio dijo una cantidad y los Farnese se miraron, perplejos.

–Pero eso es prácticamente la totalidad del préstamo.

Alex no dijo nada. Se limitó a sonreír.

–Supongo que querrán ustedes terminar su relación con el señor Varsi.

–Naturalmente. A partir de ahora, usted será nuestro administrador –dijo Rinaldo.

–En ese caso, sugiero que lo dejen todo en mis manos. Creo que tendré buenas noticias para ustedes antes de lo que creen.

Cuando salieron del despacho, Gino insistió en celebrarlo.

–Yo creo que hay razones para estar más que contentos.

–Es verdad –sonrió Rinaldo.

–Vamos, os invito a champán.

TODA LA provincia de Florencia era una fiesta. Cada noche había feria en un sitio u otro para celebrar la cosecha y aquella noche estaban celebrando una fiesta en la granja.

Teresa, Celia y Franca habían trabajado todo el día en la cocina y Alex se encargó de colgar lamparitas chinas en las ramas de los árboles.

–Estás preciosa –dijo Rinaldo al verla con un vestido blanco–. Y quiero decirles a todos que eres mía. Ojalá pudiéramos hacerlo esta misma noche.

–Pero antes tenemos que decírselo a Gino.

–Primero habrá que encontrarlo –sonrió Rinaldo–. Desde que Andansio nos contó que Varsi nos debía dinero está en las nubes... ¿Qué te pasa?

–Nada. Es que... ¿qué voy a hacer con todo ese dinero? Yo no quiero dinero, quiero ser parte de esta granja –afirmó ella.

–Al ser mi esposa, serás parte de todo.

–Ya, pero...

–Si eso no es suficiente, puedes pagar los fertilizantes del año que viene, las reparaciones en la maquinaria y la reforma del establo. ¿Qué te parece?

–Me parece mucho mejor –sonrió Alex.

–No te rías tanto. ¿Sabes lo que cuesta el ferti-
lizante en una granja como ésta?

–Claro que sí. No olvides que me sé vuestros
libros de memoria.

Poco después llegó Gino y se dedicó a besar a
todas las mujeres que encontraba a su paso.

–Perdona, *cara mia* –dijo, con cara de pena.

–Debería darte vergüenza –sonrió Rinaldo–.
Es la primera fiesta de Alex y has llegado tarde.

–Alex me perdonará cuando le diga lo que tengo que decirle –replicó Gino–. *Carissima*, he esperado hasta ahora, pero ya no puedo esperar más.
Te quiero. Quiero casarme contigo...

–Gino...

–No digas nada –sonrió él, sacando una cajita
del bolsillo–. Mira, esto es para ti.

Dentro de la cajita había un anillo de compromiso. Era antiguo, con diamantes y zafiros.

–Lo vi en una joyería hace tiempo y deseaba
tanto comprarlo para ti...

–Gino... –empezó a decir Alex, angustiada.

–No pongas esa cara de sorpresa, *carissima*.
Siempre has sabido lo que sentía por ti –dijo él entonces, poniéndose de rodillas delante de ella... y
delante de todo el mundo–. Alex, mi amor, ¿quieres casarte conmigo? ¿Quieres ser mi esposa?

Ella quería decir algo, pero no se le ocurría
qué podía decir allí, delante de todo el mundo. Y,
sobre todo, delante de Rinaldo.

Gino, tomando su silencio por aceptación, le puso el anillo en el dedo.

–Por favor, levántate. Tengo que hablar contigo –murmuró Alex.

–¿Qué quieres decirme, mi amor?

–No puedo aceptar esto –dijo ella entonces, quitándose el anillo.

–¿Por qué no? –preguntó Gino, con expresión de cachorro herido.

–Ven conmigo. Perdona un momento, Rinaldo.

–Claro –murmuró él, confuso.

La gente, que no podía oír la conversación, rompió en aplausos, convencidos de que Gino y Alex estaban prometidos.

Él parecía pensarlo también, porque cuando Alex lo llevó entre los árboles intentó abrazarla.

–No, por favor...

–Perdona que lo haya hecho en público, pero tenía tantas ganas de decirte que te quiero...

–Mira, eres un chico encantador...

–No soy un chico, soy un hombre. Puede que al lado de Rinaldo parezca un crío, pero no lo soy. Y estoy dispuesto a esperar lo que tú me digas.

–No, no... pensé que estabas de broma –dijo Alex entonces–. Pensé que estabas sencillamente tonteando conmigo. Nunca pensé que hablabas en serio.

–Al principio sólo tonteaba, pero me di cuenta de lo que sentía cuando te fuiste a Londres. Entonces supe que no podía vivir sin ti, que no quería vivir sin ti.

–Gino, no digas eso, por favor.

–¿Por qué no?

–Porque yo no estoy enamorada de ti.

Él la miró sin entender.

–Sigues enamorada de ese hombre de Londres.

–No, no es él.

Alex no dijo nada más. No era el momento de decirle que estaba enamorada de su hermano.

–Esperaré y...

–Por favor, no sigas. Hablaremos más tarde.

–Sí, tienes razón, voy demasiado rápido. Pero estoy dispuesto a esperar lo que haga falta.

Gino fue el alma de la fiesta, en absoluto descorazonado por sus palabras. Y la gente parecía convencida de que ella había aceptado su proposición.

Por fin, los invitados empezaron a marcharse.

–¿Dónde está Gino? –preguntó Rinaldo.

–Lo vi hace media hora, pero no sé dónde está... ¿Qué voy a hacer?

–Lo sé, es terrible. Tarde o temprano lo entenderá, pero creo que se va a llevar un disgusto enorme. Después de haberte pedido que te casaras con él delante de todos...

–Supongo que le habrá costado trabajo mostrarse tan alegre después de lo que le he dicho.

–¿Qué le dijiste?

–Que no estoy enamorada de él. No era el momento adecuado para contarle nada más.

Poco después, viendo que Gino no aparecía, subieron a su habitación. Estaban tan impacientes que Rinaldo abrió la primera puerta que encontró a mano: su dormitorio. Hicieron el amor durante horas, apasionadamente, aprendiendo a conocerse, a darse placer el uno al otro.

Él se durmió primero y Alex se apoyó en un codo, mirándolo con expresión protectora y curiosa a la vez. Dormido, su rostro era tan duro como despierto, pero ya no la engañaba. Sabía que tras aquellos rasgos había una ternura inusitada. Rinaldo Farnese era un hombre que podía amar con el corazón, con el alma y con el cuerpo.

Desde que llegó a Italia había descubierto que el país tenía dos caras. Estaba la Italia de las sonrisas y las canciones, la romántica Italia. Ése era Gino.

Y luego estaba el país con un pasado lleno de violencia, de sangre, de pasión desatada, de sueños rotos. Ése era Rinaldo.

Sonriendo, Alex acarició su cara despacito para no despertarlo. Era suyo para siempre. Porque la necesitaba. No había nada más que decir.

Rinaldo se encontraba en un lugar misterioso. Estaba esperando algo, pero no sabía qué. Su padre lo miraba con ojos llenos de preocupación, intentaba decirle algo... pero era entonces cuando se despertaba. Le pasaba casi cada noche. Y nunca lograba recibir el mensaje.

Abriendo los ojos de golpe, Rinaldo se incorporó, sobresaltado, temblando.

–¿Qué pasa, cariño? ¿Qué es? ¿Has tenido una pesadilla? –preguntó Alex.

–No. He recordado algo... ha estado ahí todo el tiempo, esperándome. Yo intentaba recordar...

–¿Qué?

–Cuando murió mi padre. Llegué al hospital antes que Gino y estuve unos minutos a solas con él.

–¿Qué pasó?

–Cuando me vio intentó decir algo, pero no podía hablar... Sólo consiguió musitar «lo siento», «lo siento» –dijo Rinaldo entonces, enterrando la cara entre las manos–. Aún puedo ver sus ojos, desesperados. Quería decirme algo, pero no era capaz. Yo apreté su mano y le dije que se tranquilizara, que todo estaba bien. Y entonces, murió.

–¿Qué crees que quería decirte?

–Supongo que quería hablarme de la hipoteca. Querría advertirme... no sé cómo he podido olvidar eso. Es como si se me hubiera quedado la mente en blanco.

–Con todo lo que pasó ese día, es normal que lo hayas olvidado.

–Todo este tiempo lo he culpado... y el pobre quiso advertirme.

–No quería que te enterases por los abogados.

–Entonces, no nos dejó sin decir una palabra, no fue una de sus bromas pesadas... El pobre quiso advertirme –murmuró Rinaldo, abrazándola–. Y lo he recordado por ti, tú me has dado la paz que necesitaba para recordar aquello. Ya nunca volveré a dudar de él. He recuperado a mi padre gracias a ti.

De repente, se aferró a ella como si fuera un salvavidas.

—No me dejes nunca, Alex.

—Nunca, cariño. Siempre estaré aquí.

—No había luz en mi vida antes de que tú llegaras. ¿Y si no nos hubiéramos conocido?

—Pero estábamos destinados a conocernos. ¿Recuerdas el primer día? —sonrió ella.

—¿En el funeral de mi padre? Sí, claro.

—Entonces supe que ibas a ser alguien importante en mi vida.

—Creo que yo también lo supe. Y quiero pasar contigo cada día de mi vida, aprendiendo cosas sobre ti, conociéndote. Haciéndome viejo contigo. Es como si hubiera pasado estos últimos años caminando por el desierto. Pero tú me has traído a casa.

Alex le dio un beso en los labios, no un beso apasionado, sino tierno. Había habido pasión antes y la habría después, pero ese abrazo fue como una promesa de amor eterno, de confianza entre los dos. Por fin, se quedaron dormidos, sin soltarse.

Alex se despertó poco después. No sabía por qué, pero tenía la sensación de que ocurría algo. Algo terrible.

Y cuando abrió los ojos descubrió qué era: Gino.

Gino, que estaba mirándolos desde los pies de la cama con una angustiosa expresión de dolor.

ALEX se quedó inmóvil. Por dentro, estaba llorando. Ahí estaba el pobre Gino, el cachorro de Gino, tan cariñoso, el último hombre al que habría querido hacer daño.

Pero el brillo de sus ojos le decía que le había roto el corazón.

Rinaldo dormía con la cabeza sobre su hombro, con la actitud de un amante enamorado.

–¡Gino!

Él no se movió, no dijo nada, pero estaba cada vez más pálido. Y entonces, de repente, dio un paso atrás, hacia la puerta, sin dejar de mirar a su hermano y a la mujer que amaba.

Angustiada, Alex sacudió un poco a Rinaldo. Cuando éste vio a su hermano, se puso tenso.

Gino abrió la puerta, negando con la cabeza como si no creyera lo que estaba viendo. Y luego desapareció.

–¡Gino! –gritó Rinaldo.

Como no hubo respuesta, se levantó a toda prisa para ponerse los vaqueros y seguir a su hermano.

Alex se quedó un momento en la cama, con una mano sobre el corazón. Luego se vistió y bajó a la cocina. La terraza estaba abierta y podía ver la mesa y las sillas donde habían pasado tantas horas felices.

Gino paseaba de un lado a otro, como si su dolor fuera algo que pudiese dejar atrás. Se volvió al oír entrar a Alex y ella se quedó sorprendida al ver su cara de cerca.

Era como si hubiese perdido la juventud de repente.

–¿Por qué no me lo dijiste? No podía haber sido tan difícil. Pero no, me hiciste creer que Rinaldo y tú erais enemigos...

–Yo no te he engañado nunca.

–No mientas, Alex.

–Es cierto –suspiró Rinaldo–. Estábamos enamorados desde el principio, pero no lo sabíamos. O quizá lo sospechábamos, por eso intentamos engañarnos. Lo siento mucho, Gino. De verdad. Espero que lo entiendas.

–¿Entenderlo? ¿Cómo voy a entenderlo?

–Escucha –dijo Alex entonces–. Rinaldo no te ha quitado nada. Yo nunca te dije que estaba enamorada de ti. Nunca. Y mientras tu hermano y yo nos peleábamos, empezamos a enamorarnos el uno el otro. Tienes que creerme...

–¡Idos al infierno los dos! –la interrumpió Gino, antes de salir.

–¡Gino! –gritó Alex, intentando ir tras él.

–No –dijo Rinaldo, reteniéndola–. No valdría de nada. Ahora mismo no puede ni vernos, tiene que estar solo.

Alex dejó que la tomase de la mano, pero cuando llegaron al piso de arriba, como de mutuo acuerdo, cada uno se fue a su habitación. No podían estar juntos esa noche. No sería justo para Gino.

Le pareció raro bajar a la cocina por la mañana y no encontrar a Gino. Sus sonrisas y sus bromas se habían convertido en algo importante para ella.

Le tenía mucho cariño. No lo quería como a Rinaldo, con pasión, sino con el tierno afecto de una hermana. Sobre la silla de la terraza estaba la chaqueta que había llevado por la noche y Alex la acarició, pensando con qué ilusión se la habría puesto... Al tomar la chaqueta, algo salió rodando por el suelo. Era el anillo de compromiso.

Angustiada, volvió a guardarlo y se dejó caer sobre una silla. Poco después, Rinaldo se reunió con ella.

–Gino se ha ido. Su coche no está abajo.

–¿Pero volverá?

–No lo sé, se ha llevado parte de su ropa –suspiró él–. Todos estos años a su lado, viéndolo crecer, y ahora... Dios mío, ¿qué le he hecho?

–¿Qué le hemos hecho?

–Ha cambiado, ya no es un niño. Y siente como un hombre, aunque yo no había querido verlo. Me temo que sólo podremos reconciliarnos cuando encuentre a la mujer de su vida. Entonces me entenderá.

–Quizá debería marcharme –sugirió Alex.

–¡No! No, por favor. No te vayas, no puedo vivir sin ti. No puedo respirar sin ti –dijo Rinaldo, tomando su cara entre las manos–. Anoche le dije que iba a casarme contigo, aunque aún no te lo había pedido.

–No hacía falta que me lo pidieras. Sabes que iba a decir que sí.

–Eso es todo lo que quiero, amor mío. Y, si Dios quiere, viviremos muchos, muchos años juntos.

Decidieron que la boda tendría lugar tres semanas después en la pequeña iglesia del pueblo.

Llegaron muchos regalos, aunque ellos sólo esperaban el de Gino, que nunca llegó.

Pero él apareció de improviso una tarde, cuando los dos estaban fuera. Cuando volvieron a casa encontraron su coche aparcado en la puerta. Y a Gino en la escalera.

Su apariencia los dejó atónitos. Parecía mayor. Su rostro, antes siempre sonriente, estaba muy serio.

–He venido a buscar el resto de mis cosas. Pero quería deciros adiós.

–¿Te vas para siempre? –preguntó Rinaldo.

–Sí.

–No puedes hacerlo. Esta es tu casa.

Gino sonrió, irónico.

–¿Y qué sugieres, que vivamos los tres juntos? Sabes que eso no puede ser.

–¿Dónde has estado? –preguntó Rinaldo.

–Con unos amigos. Pero creo que me iré del país.

–¿Qué? La mitad de esta granja es tuya...

–Lo sé. Y eso habrá que solucionarlo.

–Tenemos tiempo. Al menos quédate aquí hasta la boda...

–No –lo interrumpió su hermano–. No contéis conmigo.

–Yo tengo algo que decirte –suspiró Rinaldo entonces–. Nunca pensé que sería de esta forma, pero debes saberlo. Es sobre papá. Me has preguntado alguna vez si dijo algo antes de morir... Pues bien, esa noche intentó decirme algo. Supongo que quiso advertirme sobre la hipoteca, pero no podía hablar. Sin embargo, lo vi mover los labios y repetía «lo siento, lo siento», una y otra vez.

Gino asintió.

–Gracias por contármelo. De alguna forma, eso me devuelve a papá.

Por un momento, fueron hermanos de nuevo. Pero el momento terminó enseguida.

–Tengo que irme, pero... ¿podría hablar con Alex a solas?

–Sí, por supuesto –suspiró Rinaldo.

Cuando se quedaron solos, Alex se apoyó en el respaldo de una silla.

–No te preocupes, no voy a avergonzarte...

–Siento muchísimo lo que ha pasado, Gino.

–Lo sé. Y sé que no querías hacerme daño. Pero no sabrás cómo te quiero porque ya no tengo derecho a decírtelo.

–Creo que ya lo has hecho.

–Para mí, fue como un milagro encontrarte.

–Volverás a sentir eso cuando conozcas a la mujer de tu vida, Gino.

–Quizá tuve delante la verdad y no quise verla. Aquella primera noche, cuando cenamos juntos y te dije que sólo hablabas de Rinaldo... Debería haberme dado cuenta entonces. No es culpa de nadie, sólo mía.

–Quédate unos días, Gino –le rogó Alex.

–No, es mejor que me marche.

–Al menos, llévate el anillo. Está ahí, en tu chaqueta.

–Dámelo tú, si no te importa. No quiero volver a entrar.

–Muy bien, como quieras. Espera un momento.

En la cocina se encontró con Rinaldo.

–Voy a devolverle su anillo y...

Entonces oyeron el motor de un coche.

–¡Oh, no!

Desde la ventana vieron que el coche de Gino se alejaba por el camino. Alex no pudo evitarlo.

Enterró la cara en el pecho de Rinaldo y se puso a llorar.

La boda fue un acontecimiento feliz y triste a la vez. Si las cosas hubieran sido diferentes, el padrino habría sido Gino. Pero tuvo que ser Isidoro, el abogado de Alex.

Sin embargo, se olvidaron de todo frente al altar, prometiéndose amor eterno. Rinaldo y Alex se miraron y supieron que los dos sentían lo mismo, que siempre sentirían aquel amor el uno por el otro.

Entonces oyeron un murmullo en la iglesia y Alex volvió la cabeza. Había un joven en la puerta. No podía ver su cara, porque el sol lo iluminaba por detrás, pero enseguida supo quién era.

Por supuesto, había ido, pensó, feliz y aliviada. Aunque le rompiese el corazón, el dulce Gino no podía dejarlos solos aquel día.

El sacerdote estaba preguntándole a Rinaldo si quería a Alex por esposa y, con voz firme, él dijo que sí.

Alex se olvidó de Gino. Toda su atención estaba con el hombre al que amaba, que la hacía suya para siempre.

Pero cuando el servicio religioso terminó, Rinaldo le dijo al oído:

–Gino está aquí.

–Lo sé.

Era todo lo que necesitaban para ser felices.

Sin embargo, cuando se volvieron, Gino ya no estaba allí. Había desaparecido.

El banquete se celebró en la granja, decorada con flores blancas de todas clases. Los novios brindaron, se besaron, bailaron y rieron, pero ambos buscaban a Gino con la mirada. Sin encontrarlo.

Cuando el último invitado se despidió y, por fin, entraron en casa, se encontraron con una visita inesperada.

–¡Bruno! –exclamó Rinaldo–. ¿Has estado aquí todo el tiempo?

–Vine con Gino, pero él desapareció hace horas y... en fin, no sabía si era apropiado presentarme en el banquete.

–Alex, te presento a Bruno, un amigo de mi hermano.

–*Signora*... Gino quiere disculparse por haberse marchado el otro día como lo hizo. Lo único que quiere...

–Lo sé, el anillo.

Lo había guardado en la caja fuerte de Rinaldo y sólo tardó un minuto en sacarlo.

–Gracias –dijo el joven–. Tengo que darles esto, es una carta de Gino. Y ahora, me voy. Buenas noches y enhorabuena.

Bruno se marchó y Alex se quedó con la carta en la mano, mirando a Rinaldo sin saber qué hacer.

–Ven, vamos a leerla arriba.

Frente a la ventana, aún con el vestido de novia, Alex sacó la carta del sobre y empezó a leer:

Para mi hermano y mi cuñada:

Pensé que no podría soportar ser testigo de vuestra boda, pero al final tuve que ir, aunque sólo fuera un minuto. Perdonad que no me haya quedado más tiempo.

Olvidad también mis crueles palabras. Me volví loco y no sabía lo que decía.

No puedo volver. No podemos vivir bajo el mismo techo, pero en mi corazón no hay odio ni rabia.

Alex, pensé que tú eras la mujer para mí, pero no puedes serlo y creo que Rinaldo te necesita más que yo.

Cuida de él. Mi hermano necesita que le cuiden, aunque tú ya lo sabes.

Quizá, como dijiste, encuentre algún día a la mujer de mi vida. Y entonces, quizá, podré compartir con ella lo que tú compartes con Rinaldo. Eso espero.

Que Dios os bendiga a los dos.

Vuestro hermano,
Gino.

P.D. Podéis ponerle mi nombre a vuestro primer hijo.

P.P.D. Sólo si es un chico, claro.

–Qué típico de él hacer una broma al final –dijo Alex entre risas y lágrimas.

–Sí –asintió Rinaldo con voz ronca.

–¿Dónde estará ahora?

En lugar de contestar, su marido apagó la luz.

–Buscando su propio destino. No temas por él. Es más fuerte de lo que yo había pensado.

Entonces la estrechó posesivamente entre sus brazos.

–Pero ahora, *amore mio*, el tiempo es nuestro. Y no quiero perder ni un segundo.

JAZMÍN™

BARBARA HANNAY

PRINCESA
A LA FUGA

 HARLEQUIN™

COMENZABA a amanecer cuando Isabella decidió marcharse del hospital. Era hora de ir a casa, darse un baño caliente, tomar un té y meterse en la cama. Se puso un abrigo grueso y una bufanda roja y se dispuso a enfrentarse al frío de la calle.

–¿Majestad? –Isabella se volvió y descubrió con sorpresa a su médico personal, el doctor Christos Tenni, que avanzaba hacia ella por el pasillo–. Parece cansada. Está trabajando demasiado.

–No es cierto, Christos, sabes que adoro este trabajo

Su amigo la miraba con expresión preocupada. Parecía incluso asustado. E Isabella pensó que era extraño ver a uno de los más reputados médicos de Amoria lanzar continuas miradas por encima del hombro como si temiera ser escuchado.

–Debe estar agotada –insistió él–. Por favor, venga a tomar algo antes de marcharse.

–Está bien –dijo ella, y bajó el tono de voz para igualarlo al de él.

Christos la acompañó hasta su despacho y cerró la puerta tras ellos. Isabella frunció el ceño al ver que cerraba con llave, y al darse cuenta de que sobre la mesa había un juego de café de porcelana sobre una bandeja de plata. El personal del hospital no se preocupaba normalmente de preservar el protocolo real a aquellas horas tan tempranas.

Hizo un esfuerzo por mantener la calma. Se quitó el abrigo y se masajeó el cuello, dolorido por una larga noche en vela atendiendo a un paciente moribundo.

El médico sirvió una taza y se la acercó sin dejar de mirar hacia la puerta.

–Christos, ¿qué ocurre? Pareces nervioso.

En lugar de responder, él se sentó al otro lado del escritorio y se esforzó por componer una expresión serena, la misma que Isabella lo había visto adoptar cuando tenía que dar malas noticias a un paciente.

–Mi querida princesa Isabella –dijo, en voz baja–. Corre un serio peligro.

Las manos de Isabella temblaron y tuvo que dejar la taza para que no se le cayera.

–¿Qué tipo de peligro?

Él respiró profundamente.

–Siento ser el portador de estas noticias, pero he sabido que su prometido, el conde Montez, pretende causarle daño.

–¡Eso es absurdo! –exclamó ella–. Radik me ama.

El doctor Tenni carraspeó.

–Isabella..., Alteza...

–Por favor, Christos, deja a un lado las formalidades. Somos amigos.

–Isabella, nos conocemos desde pequeños.

–Sí, pero me cuesta creer lo que me dices.

–Si te dijera algo relativo a tu salud, incluso si te anunciara que padeces una enfermedad de vida o muerte, ¿me creerías?

–Sí...

–Entonces has de creer que tienes una salud de hierro, pero que tu vida corre peligro si te casas con el conde Radik.

–¡No!

–Me temo que es la verdad.

–¿Qué ha sucedido?

El médico rodeó el escritorio para aproximarse a ella y posó una mano sobre su hombro.

–Cuando estaba en Ginebra escuché una conversación entre el conde Montez y una mujer.

Isabella se estremeció.

–¿Marina Prideaux?

–¿La conoces?

Aquello era espantoso. Hacía apenas una semana había entrado en el dormitorio de Radik y había descubierto una carta escrita por él a una mujer a la que se dirigía como «Mi querido cachorrito». Cuando se lo mencionó a Radik, él se puso como loco. Y ella había estado segura de que la mujer a la que escribía era Marina Prideaux.

–Sólo sé que fue novia de Radik –Isabella respiró profundamente–. ¿Se siguen viendo?

–Sí, pero eso no es todo.

Isabella sintió náuseas.

–Cuéntamelo, Christos. Me estás asustando.

Él le estrechó la mano.

–Lo siento, Isabella. El conde parece considerar vuestra boda un negocio más que un matrimonio.

–¿Un negocio?

–No sería el primer hombre para el que casarse con la realeza significa tener acceso a riqueza y poder, pero hay algo más. Le oí decir a esa Prideaux que aún la ama y que debía tener paciencia. A las seis semanas de la boda tendrás un accidente. Probablemente un accidente de coche en las sinuosas carreteras de Amoria.

–¡Dios mío!

Christos tenía que haberse vuelto loco. Radik no podía querer matarla.

–Sabe que tras tu... defunción, podrá mantener parte de tus bienes –añadió Christos.

–No puede ser verdad –susurró ella. Pero algo le decía que sí lo era.

Radik, el conde de Montez, era el pretendiente más atractivo y seductor que cualquier princesa europea pudiera desear. Había aparecido en su vida ocho meses antes y la había halagado y cortejado hasta conquistarla.

Isabella era consciente de que había vivido demasiado protegida y que ello la hacía más ingenua de lo normal respecto a los hombres, pero la sensación de estar comprometida le había resultado muy placentera.

Al menos hasta hacía poco tiempo.

Además del incidente de la carta, las últimas semanas había apreciado una frialdad amenazante tras los magníficos ojos oscuros de su prometido. Y también había observado que parecía obsesionado con el dinero. Exhaló un suspiro. Si era sincera consigo misma tenía que admitir que se había sentido desilusionada en numerosas ocasiones. A Radik no le interesaba su trabajo social y jamás hablaban de amor. Pero ella había acallado sus inquietudes. La idea de mencionar a su padre la ruptura de su compromiso la espantaba. Sería como tratar de detener el movimiento de las aguas del océano. Claro que si tenía que elegir entre luchar o morir...

—¿Qué puedo hacer? La boda es la semana que viene. Está en todos los periódicos —dijo, poniéndose de pie de un salto. La población de Amoria había seguido cada detalle: el traje de novia de un modisto parisino, la tarta nupcial encargada en San Sebastián, los regalos llegados de todas partes del mundo—. No puedo decirle a mi padre que cancele la boda a estas alturas.

—Me temo que has de hacerlo —dijo Christos con solemnidad.

—Pero a mi padre le va a dar un ataque. Desea

que me case con Radik. Todos sus consejeros lo apoyan. Piensan que es perfecto.

–Sé que no será sencillo. Los amigos de Su Majestad siempre han favorecido a la familia Montez y no estarán dispuestos a admitir que se han equivocado –Christos la miró con tristeza–. Pero piensa lo que te juegas, querida.

Isabella tuvo un ataque de pánico. Se sentía perdida en un laberinto sin salida.

–Puede que padre ni siquiera quiera hablar conmigo. Creerá que tengo los nervios típicos antes de una boda –se llevó una mano a su alterado corazón y comenzó a caminar a grandes zancadas por la habitación con la cabeza agachada, concentrada en sus propios pensamientos–. ¿Qué puedo hacer, Christos?

–Si tu madre viviera... –comenzó el médico. Hizo una pausa y carraspeó–. Siempre has sido muy intuitiva. Por eso tu trabajo en el hospital es tan bueno. Creo que debes seguir tus instintos.

Tenía razón. Cuanto más lo pensaba, más segura estaba de que Christos estaba en lo cierto.

–En cualquier caso, estoy segura de que no debo casarme con él –en cuanto lo dijo, se sintió aliviada. A pesar de saber que su vida corría peligro, de pronto acababa de quitarse un peso de encima.

Pero tomar la decisión de cancelar la boda era una cosa, y otra muy distinta tener el valor de anunciárselo a su padre.

–Christos, ¿me acompañarás a hablar con mi padre?

–Por supuesto.

–Me temo que no volverá de Nueva York hasta dentro de un par de días.

–Es una lástima –dijo él, con gesto pensativo–. No conviene que lo habléis por teléfono.

–No, pero me aseguraré de que lo veamos en cuanto vuelva.

–Así tendrá que ser –Christos le dio un abrazo–. Entre tanto, ten mucho cuidado, querida. No quiero inquietarte, pero creo que estoy siendo espiado.

CAPÍTULO 2

UN TRUENO ensordecedor despertó a Jack y le hizo incorporarse con el corazón palpitante. La adrenalina hizo que su cuerpo entrara en acción antes que su mente, y se levantó de un salto.

Gotas de agua gigantes resonaban sobre el techo de metal de la cabaña, y por encima del ruido de la lluvia algo o alguien parecía intentar arañar la puerta para abrirla.

Caminó a tientas y la abrió con un movimiento brusco. Sintió la lluvia torrencial acribillarle la cara como si fueran agujas y, antes de que pudiera reaccionar, alguien pasó a su lado y entró en la cabaña.

–¿Qué diablos...?

No veía nada, pero sentía la presencia de alguien que jadeaba a sus espaldas.

–¿Qué quieres? –gritó por encima del estruendo de la lluvia al tiempo que cerraba la puerta–. ¿Qué haces aquí?

El intruso se limitó a seguir jadeando. Temblaba.

Jack se enfureció. ¿Qué demonios estaba pasando? Sus órdenes habían sido muy precisas. No quería ser molestado durante una semana. Necesitaba disfrutar de su aislamiento en Pelican's End lejos de la oficina, perdido en el páramo australiano. Pero parecía que sus deseos no iban a verse cumplidos.

–Siéntate –ordenó, empujando al intruso sobre la cama–. Voy a encender la luz.

Tanteó en la oscuridad hasta encontrar una caja de cerillas. Encendió una y prendió la mecha de una lámpara de parafina. Una tenue luz iluminó las paredes de metal, el suelo de piedra y los toscos muebles. Jack alzó la lámpara para inspeccionar al intruso y oyó un grito agudo. ¡Era una mujer! Jack estuvo a punto de dejar caer la lámpara.

–¡No grites! No voy a hacerte daño.

La mujer dejó de gritar pero siguió acurrucada en la cama, empapada y aterida, mirando a Jack con sus hermosos ojos negros llenos de pánico.

¿Qué hacía una mujer a aquellas horas de la noche en la soledad del páramo y en medio de una tormenta como aquélla?

Debía tener unos veinticinco años y estaba calada hasta los huesos. Su cabello negro caía chorreando sobre sus hombros. La camisa se le pegaba al cuerpo, lo mismo que la falda, que dejaba ver unas piernas esbeltas y bien torneadas. Llevaba las deportivas empapadas y llenas de barro.

La mujer se puso de pie temblorosa y, mirando

la cama, masculló algo en una lengua incomprensible para Jack.

–No hablo francés –comentó–. ¿Hablas inglés?

Ella se llevó una mano a la frente y volvió a decir algo que Jack interpretó como español.

No sólo irrumpía en su ansiado aislamiento si no que ni siquiera podía comunicarse con ella.

–Inglés –repitió–. ¿Hablas inglés?

–Sí –dijo ella, finalmente–. Por supuesto que hablo inglés.

Jack arqueó las cejas. No sólo hablaba inglés sino que tenía un excelente acento.

–Me alegro. Escucha, no voy a hacerte daño.

Ella asintió.

–Gracias –miró a su alrededor–. ¿Tienes teléfono?

–Ni siquiera tengo electricidad.

–Ya veo –ella señaló la mancha mojada que había dejado en la cama–. Te he empapado la cama. Lo siento.

–Voy a por una toalla –Jack sacó una de las dos toallas que llevaba en la mochila y se la pasó–. Estás calada.

Ella se levantó la manga de la camisa con dedos temblorosos y la escurrió. Un chorro de agua formó un charco en el suelo. Se quedó mirándolo ensimismada.

–¿Qué te ha pasado? –preguntó él.

–He debido tomar mal una curva y creo que me he caído a un río.

–¿Crees que te has caído a un río?

Ella lo miró con ojos desorbitados.

–No estoy segura. El agua avanzaba a toda velocidad. De pronto me encontré en medio de lo que parecía un río –palideció y se llevó la mano a la boca para acallar un gemido.

Jack se acercó a ella y, tomándola por los hombros, la ayudó a echarse en la cama.

–Tranquila. No te desmayes, por favor –apartó el saco de dormir y dejó el colchón desnudo–. Agacha la cabeza –vio que estaba extremadamente pálida–. ¿Te has hecho daño?

–Creo que me he golpeado la cabeza.

Jack aproximó la lámpara y la dejó sobre una banqueta junto a la cama. Le secó el cabello delicadamente con la toalla al tiempo que le inspeccionaba la cabeza en busca de heridas. Ella se quejó de dolor en un par de ocasiones pero Jack no encontró ni sangre ni ninguna contusión grave.

–¿Iba alguien contigo?

–No.

La negativa alivió a Jack. No tendría que hacerse el héroe para ir a rescatar a alguien en medio de aquella tormentosa noche.

Ella permaneció tendida en la cama con los ojos cerrados mientras él le secaba el cabello con la toalla. Por más que intentó no fijarse no pudo evitar ver sus senos cubiertos por un sujetador de encaje a través de la camisa empapada.

–¿Cómo te llamas?

Ella abrió los ojos. Eran de un negro azabache y estaban perfilados por pestañas espesas y largas. Pareció que iba a decir algo, pero guardó silencio y cerró los ojos de nuevo.

Jack decidió no hacer más preguntas. Se trataba de una desconocida, atrapada en el páramo en medio de la temporada de lluvias. Su lugar de procedencia era lo de menos. Lo importante era cómo lograría salir de allí.

Por el momento, lo más urgente era que se quitara la ropa mojada.

–Tienes que secarte –Jack sacó una camisa de manga larga de la mochila–. Ponte esto.

Ella no respondió.

–¿Puedes arreglártelas sola? –preguntó Jack con el ceño fruncido. Estaba tan pálida e inmóvil que pensó que se había desmayado–. ¿Estás bien? –le sacudió el hombro.

Ella no dijo nada.

Jack no pudo evitar sentirse irritado. Aquel episodio arruinaría sus planes de soledad. Y llevarla al hospital era impensable. Por lo que le había dicho, el arroyo debía haberse desbordado.

Pero era evidente que si la dejaba con aquella ropa mojada, enfermaría. Se pasó una mano por la frente. Tenía experiencia desnudando a mujeres, pero nunca lo había hecho sin que la otra parte estuviera deseando ayudarlo. Tomó aire y le desabrochó los botones de la camisa con delicadeza.

Después, la levantó por los hombros y, tras sacarle las mangas de los brazos, se la quitó.

Era imposible no darse cuenta de lo hermosa que era. Tenía una piel fina y pálida, muy distinta a la de las mujeres australianas. Sus clavículas eran completamente simétricas y sus hombros redondeados y suaves. Las manos de Jack temblaron levemente cuando le soltó el sujetador y dejó al descubierto unos senos pequeños y redondos, coronados por dos delicados pezones rosados. Jack contuvo la respiración y, tras cubrirla rápidamente con una toalla, comenzó a masajearle los brazos con energía.

El movimiento la despertó. Abrió los ojos y dejó escapar un grito.

—¡No me toques! —exclamó.

—Tranquilízate. Te has desmayado. Sólo pretendía secarte.

Ella no pareció creerlo. Se incorporó bruscamente y la toalla se le deslizó hasta la cintura.

Jack se la dio para que se tapara.

—Tienes que secarte —gruñó—. Y deja de mirarme como si fuera a comerte.

—¿Te importaría girarte? —preguntó ella, cubriéndose el pecho con la toalla.

—Claro que no —Jack le dirigió una sonrisa tensa—. Voy a poner agua a hervir para el té —se levantó y, dándole la espalda, encendió un hornillo de gas—. Avísame cuando hayas acabado.

La lluvia no cesaba. Mientras preparaba el té,

Jack pensó que había sido un poco imprudente al no prestar atención a las predicciones del tiempo, pero estaba demasiado ansioso como para retrasar sus días de aislamiento. Se hubiera refugiado en la cabaña dijeran lo que dijeran los hombres del tiempo. Por otro lado, de haber estado solo, le habría dado lo mismo que lloviera o que las tierras se inundaran. La cabaña estaba en un terreno elevado y la inundación sólo habría contribuido a un mayor aislamiento. Precisamente lo que más deseaba.

Pero con aquella mujer en la cabaña todo era distinto. Tenía que conseguir sacarla de allí.

La oyó moverse a su espalda y se irritó consigo mismo al darse cuenta de que se preguntaba si el resto de su cuerpo sería tan perfecto como su torso.

–Tendrás que tomar el té solo. No tengo leche –dijo, sin volverse–. ¿Quieres azúcar?

–Una cucharada, gracias.

Por el rabillo del ojo, Jack vio que ya se había puesto la camisa. Le llegaba más abajo de las rodillas y las mangas le cubrían las manos. Ella se las dobló hacia arriba.

–Se nota que es tu talla –bromeó Jack. En la penumbra, vio que casi sonreía–. Te queda perfecta.

–Muchas gracias por dejármela.

–¿Seguro que no tienes frío?

–Estoy perfectamente, gracias.

Él se aproximó y, sujetándole la barbilla, le

hizo levantar la cara para mirarla a los ojos. Las pupilas estaban dilatadas.

–¿Cuántos dedos ves? –preguntó, levantando un par.

–Dos.

–Fantástico –le dio una taza y señaló un taburete–. Siéntate y bébete esto.

–Gracias –dijo ella, y tomó la taza–. Eres muy amable.

Jack no era de la misma opinión. No era amabilidad sino obligación lo que lo llevaba a actuar como lo hacía.

–No puedo abandonarte en medio de esta tormenta –dio la vuelta a un viejo bidón de gasolina y se sentó. La lluvia azotaba el techo y las paredes de la cabaña–. ¿Te encuentras mejor? Me he preocupado cuando te has desmayado.

–Me duele un poco la cabeza, pero estoy bien –se llevó la mano a la sien y se retiró el cabello de la cara. Jack pensó que tenía unos pómulos y unas manos exquisitas.

Era como una gitana de clase alta. Una Carmen sofisticada.

–¿Te das cuenta de la suerte que has tenido al encontrar la cabaña en medio de la noche?

Ella se estremeció.

–Ha sido gracias a la luz de un rayo. No conseguía ver nada en medio de la maleza, así que he seguido el curso del arroyo hasta que, de pronto, he visto la cabaña.

Jack pensó que era muy valiente.

–¿Qué te ha traído por aquí? –preguntó–. ¿A dónde ibas?

Ella pareció angustiada una vez más, como si reflexionara sobre cuál sería la respuesta más oportuna. Jack pensó por un instante que huía de la policía, pero rechazó la idea por absurda. Aun así, era evidente que ocultaba algo.

–Venía de Darwin. Voy a visitar a unos amigos –dijo ella. Y, de pronto, se irguió y alargó la mano hacia él–. Me llamo Isabella Martineau –añadió, en un tono extremadamente formal.

–Isabella –repitió él, al tiempo que le estrechaba la mano y pensaba que el nombre de Carmen le iba mejor–. Yo me llamo Jack... –de pronto decidió no decirle el apellido. Era lo suficientemente conocido como para que resultara familiar incluso en el extranjero. Ya que no podía preservar su soledad al menos conservaría el anonimato–. ¿Qué te trae por aquí? ¿Es tu primer viaje al extranjero?

–No –la respuesta fue tan cortante que puso de manifiesto lo poco que Isabella quería hablar de sí misma. Dio un sorbó al té y bajó la mirada. De pronto, lanzó un grito.

–¿Qué pasa ahora?

–¿Son sanguijuelas? –preguntó ella con voz temblorosa.

Jack le miró la pierna. Tenía dos enormes sanguijuelas en el tobillo.

–No cabe la menor duda. Se te habrán pegado en el arroyo.

Ella palideció.

–¿Puedes arrancármelas?

–Sí, pero sangrarías demasiado. Hay una manera mejor de quitarlas.

Tomó la caja de cerillas y se puso de cuclillas frente a Isabella. Ella apartó las piernas bruscamente. Era evidente que seguía sin confiar en él.

–No te asustes. No tengo intención de torturarte. Si aplicamos calor a estos monstruos, te soltarán.

Isabella suspiró profundamente.

–Está bien –dijo, y le acercó la pierna.

Jack apoyó una rodilla en el suelo y, tomando el pie de Isabella con delicadeza, lo posó sobre su otra rodilla. A continuación, prendió una cerilla. Ella se inclinó hacia delante y miró angustiada al tiempo que él le sujetaba la pantorrilla con firmeza y le acercaba la cerilla.

–Ahora estate muy quieta –musitó–. Voy a acercarle calor.

Sintió cómo Isabella se tensaba al ver que le aproximaba la llama de la cerilla. También él se tensó, pero porque hacía mucho tiempo que no estaba tan cerca de una mujer hermosa.

En cuanto las sanguijuelas sintieron el calor, se soltaron y fue sencillo retirarlas. Dejaron dos marcas rojas en el tobillo de Isabella.

–Gracias –dijo ella. Sus ojos negros estaban

muy cerca de los de Jack y éste se dio cuenta de que no le había soltado la pierna.

—Deja que mire la otra para que me asegure de que no tienes más —Isabella bajó un pie y le aproximó el otro. A Jack le llamó la atención lo bien que encajaba en su mano, lo delicada que era su piel, la perfección de la línea de su tobillo y de su empeine. Fue la confirmación de que era perfecta de pies a cabeza. Para ahuyentar aquellos pensamientos, se puso de pie bruscamente—. Ya está. ¿Quieres más té?

Isabella asintió con la cabeza y, al hacerlo, hizo un gesto de dolor.

—Tienes que descansar —dijo Jack.

Ella estudió la habitación con gesto preocupado.

—Sólo hay una cama pequeña.

Jack estuvo tentado de tomarle el pelo y decirle que tendrían que compartirla, pero pensó que ya había sufrido bastante.

—Ya sé que no es un palacio, pero en aquella esquina tengo una hamaca plegable —sonrió—. Tenemos sitio de sobra.

Isabella se despertó con el aroma de salchichas fritas y café, y su primer pensamiento fue de extrañeza por haber dormido tan bien. El golpeteo de la lluvia debía haberla acunado.

De pronto todos los recuerdos se agolparon en

su mente con una espantosa nitidez. El horror de la muerte de Christos Tenni, atropellado frente al hospital por un conductor que se dio a la fuga. El pánico que la había dominado, sola, sin su padre. El paralizante sentimiento de vulnerabilidad. Y un único pensamiento: escapar de Amoria y de Radik.

Pero al llegar al otro extremo del mundo para huir de un peligro se había dado de bruces con otro. El agua torrencial impidiéndole ver, arrastrando su coche. Y la pérdida de todas sus posesiones. No tenía ni dinero, ni pasaporte, ni ropa.

¿Dónde estaba?

Intentó acostumbrar la vista a la penumbra de la cabaña para fijarse en los detalles.

Fuera seguía lloviendo. Por una pequeña ventana se filtraba una luz tenue que dejaba ver una habitación modesta. Sobre su cabeza tenía un techo de metal que dejaba colarse el agua en una esquina. Una palangana azul la recogía para impedir que se formara un charco. En la pared había clavos que servían de colgadores para un sombrero y varios utensilios de cocina.

Recordó su dormitorio de palacio, en el que su doncella Toinette, al despertarla, caminaba sobre una alfombra gruesa y descorría unas pesadas cortinas de terciopelo que cubrían los ventanales desde el techo hasta el suelo.

Donde se encontraba en aquel momento el suelo era de piedra y necesitaba un buen barrido. ¡Y en la esquina había unas espantosas arañas!

Isabella se incorporó como un resorte y buscó a Jack con la mirada. Estaba junto al hornillo, de espaldas a ella, y cocinaba salchichas y huevos. En cuanto lo vio, Isabella recuperó la calma. Llevaba vaqueros y una camisa gastada que acentuaba sus poderosos hombros.

Era un hombre sorprendente. Vivía en aquella cabaña y sin embargo no era nada tosco. Llevaba ropa vieja pero tenía un buen corte de pelo. Y a pesar de estar realizando una labor tan doméstica como la de cocinar, tenía un aire extremadamente varonil.

Él se volvió y vio que estaba despierta. En la penumbra de la cabaña, sus ojos azules brillaban con intensidad.

—Buenas tardes.

—¿Tardes? ¿Qué hora es?

—Bromeaba. Son algo más de las ocho. ¿Has dormido bien?

—Muy bien. Tu cama es muy cómoda.

Isabella sacó las piernas y se puso de pie lentamente. Le dolían un poco la cabeza y la espalda pero podía moverse. Miró a su alrededor con aprensión.

—¿Puedo usar el baño?

Jack arqueó las cejas

—Claro.

—¿Dónde está?

—Fuera —respondió él, señalando hacia el exterior con la barbilla. Isabella iba a quejarse pero se detuvo a tiempo. No quería ser descortés–. Es primitivo, como todo lo demás.

–¿Cómo de primitivo?

–No demasiado. Como esta cabaña pero en pequeño. Y no hay cisterna –le pasó un impermeable–. Ponte esto. Te vas a calar.

–¿Habrá arañas? –preguntó Isabella con voz temblorosa.

Jack reprimió una sonrisa.

–Claro. Ten cuidado con las rojas. Son mortales.

Ella lo miró espantada.

–¿Qué hago si veo una?

–Mátala. Dale un zapatazo –al ver la cara de terror de Isabella decidió ser más caballeroso–. O llámame.

–Gracias.

–Y ten cuidado con los ciempiés. Con las lluvias salen todo tipo de bichos.

–Oh, Dios mío –exclamó Isabella, paralizada.

Jack la miró con ojos entornados.

–¿Te dan miedo las arañas?

–No estoy acostumbrada a ellas.

¿De dónde eres?

–De Amoria. ¿Lo conoces?

–Sí. Es ese pequeño país escondido en las montañas entre Francia y España, ¿no? Seguro que también allí hay arañas.

–Los bichos se quedan en su sitio –dijo ella.

«O los sirvientes se ocupan de ellos», pensó.

Al recordar a los sirvientes, cuadró los hombros. Llevaba toda la vida siendo protegida por criadas y lacayos pero los últimos episodios de su vida le acababan de demostrar que debía hacerse mayor y responsabilizarse de sí misma.

–Supongo que si soy capaz de salir de un coche arrastrado por la corriente también puedo enfrentarme a una araña.

–Así me gusta, Carmen –dijo Jack, mirándola fijamente–. Seguro que lo haces muy bien.

–Seguro que sí –dijo ella.

Tomó el impermeable con rapidez y salió corriendo. Sabía que si se lo pensaba dos veces, perdería el valor.

ISABELLA tenía hambre y Jack vio asombrado, y un poco preocupado, cómo se comía tres salchichas, dos huevos y varias tostadas. Si seguía a aquel ritmo, se quedarían sin provisiones en poco tiempo.

–¡Qué maravilla! –dijo entusiasmada mientras dejaba el plato en el fregadero. Se volvió con expresión animada, como si acabara de tener una gran idea–. ¿Quieres que friegue?

–Claro. He calentado agua y el jabón está en esa botella –Jack fijó la mirada en las sábanas desordenadas que Isabella había usado–. ¿Piensas hacer la cama?

Isabella lo miró avergonzada.

–Por supuesto. Lo había olvidado.

–Y también has olvidado la ropa mojada –Jack miró la montaña de ropa que Isabella había dejado al pie de la cama–. Ya sé que no estamos en un palacio, pero no hay razón para convertirlo en una pocilga.

–Lo siento –se disculpó Isabella–. ¿Qué hago con la ropa?

Jack la miró desconcertado.

—¿Qué haces normalmente?

Ella se ruborizó.

—La lavo. Pero no tienes ni lavadora ni secadora.

Jack rió con sarcasmo.

—Pero tengo un cubo, agua y jabón. Y puedo poner una cuerda de tender en una esquina.

Media hora más tarde, Jack contemplaba la lluvia a través del cristal.

—No parece que vaya a parar —comentó con desánimo—. Se diría que hemos entrado en la estación de lluvias. Nunca se sabe cuándo puede acabar.

Isabella terminó de colgar la ropa y fue junto a él. Tenía las manos enrojecidas por el agua. Todavía llevaba puesta la camisa de Jack y su cabello caía desordenado sobre sus hombros, pero en lugar de resultar desaliñada, Jack pensó con desmayo que estaba extremadamente atractiva. Posar sus ojos en ella estaba convirtiéndose en una peligrosa adicción.

—Algún día tendrá que parar —dijo Isabella, observando la cortina de lluvia—. Creía que el páramo australiano era seco, caluroso y polvoriento.

—Excepto cuando llega el monzón.

—Si lloviera de esta manera en Amoria, todo el país sería arrastrado por las aguas hacia España.

—Aquí basta con una noche de lluvia intensa

para que haya inundaciones –Jack sintió un nudo en la garganta–. Podríamos pasar bastante tiempo aislados.

–¡No puede ser! –dijo Isabella alarmada–. No puedo admitir que me alojes por un tiempo indeterminado.

–Si el tiempo empeora, la policía enviará un helicóptero de rescate –Jack se encogió de hombros–. No te preocupes. En cuanto escampe un poco saldré a hacer marcas en las rocas para llamar su atención y que vengan a por ti.

–¿La policía?

El brillo de pánico que iluminó los ojos de Isabella puso a Jack en guardia. ¿Por qué la asustaba tanto la policía?

–¿No estarás huyendo de la ley, verdad? –en lugar de responder, Isabella se miró las manos–. Espero no estar dando cobijo a una delincuente.

–Claro que no –exclamó ella, poniendo los brazos en jarras–. Te lo prometo, Jack. No soy una criminal.

–Entonces, ¿por qué te pones tan tensa cada vez que menciono a la policía? –dijo Jack, impaciente.

Ella exhaló un suspiro.

–Si no te importa, preferiría no contártelo.

–¿Si no me importa? –repitió Jack con incredulidad–. Por supuesto que me importa. Y mucho. Puesto que estamos atrapados juntos, quiero saber quién eres.

Pero era evidente que Isabella pensaba en otras cosas.

—Mientras esté aquí nadie podrá encontrarme ¿verdad?

—No —Jack frunció el ceño. Estaba claro que se escondía de alguien—. Estás durmiendo en mi cama y comiendo mi comida, así que tengo derecho a saber quién eres.

Isabella suspiró con resignación.

—Es cierto. Pero he de proteger mi propia seguridad.

Jack levantó los brazos con un gesto de exasperación.

—¿No te he demostrado con creces que junto a mí estás segura?

—No. Tampoco yo sé quién eres tú —dijo ella, cortante. Jack fue a protestar pero ella lo interrumpió—. Has sido muy bueno conmigo y te lo agradezco. Aun así no sé hasta qué punto puedo confiar en ti. Ni siquiera sé cómo te apellidas.

Jack no daba crédito a sus oídos, pero ante el temor de cómo reaccionaría Isabella si le desvelaba su identidad, se dio por vencido.

—Está bien —refunfuñó—. Yo tampoco confío en ti, así que estamos empatados.

Isabella asintió, pero parecía tan descontenta como él y, con gestos rápidos y nerviosos, comenzó a recoger los utensilios de cocina. Jack contempló la lluvia.

Le enfurecía que Isabella actuara con tanto secretismo. Al inconveniente de tener que compartir su soledad con ella se añadía la preocupación de temer que fuera una delincuente. Y si estaba en peligro, lo menos que podía hacer era ponerlo sobre aviso. Observó las gotas de lluvia taladrar el suelo embarrado como millones de diminutas bombas y se preguntó qué altura habría alcanzado el arroyo y hasta cuándo permanecerían aislados.

Pero en su fuero interno sabía que también estaba furioso porque le afectaba el aire de vulnerabilidad de Isabella y su misteriosa belleza. No le gustaba tenerla cerca porque le hacía sentir vivo y no quería que una mujer hermosa despertara sus instintos. Especialmente cuando aquellos días estaban dedicados a Geri.

Giró sobre sus talones y, tras rebuscar en su mochila, sacó dos libros.

–Será mejor que aprovechemos el tiempo –comentó, dejando uno de ellos sobre la cama. Isabella le dio la gracias y leyó la contraportada–. Puede que no te guste, pero es todo lo que tengo.

–Leo todo tipo de libros, muchas gracias –dijo Isabella y de pronto sorprendió a Jack observándola mientras sonreía.

–¿Qué te hace gracia?

–Nada –dijo ella, y se ruborizó.

Jack se enfureció. Estaba harto de tanto misterio.

–Vamos, te he ofrecido cobijo. Lo menos que puedes hacer es compartir tus bromas conmigo.

–No creo que te haga gracia.

–Inténtalo. Tengo un gran sentido del humor.

Isabella titubeó y volvió a sonrojarse.

–Pensaba que esta situación es de lo más cursi.

–¿Cursi?

–Como una película de Hollywood. Sólo que si fuera una película... –Jack la miró expectante–, los protagonistas no se pondrían a leer porque estarían ocupados enamorándose el uno del otro –se puso roja como un tomate–. ¡No puedo creer lo que he dicho!

–Ni yo que te animara a decirlo –masculló Jack. El aire se llenó de electricidad. Jack exhaló un suspiro de irritación.

–Lo siento. Ha sido...

–La cuestión es que no estamos en una película –interrumpió Jack entre dientes–. Estamos en *mi* cabaña y *yo* escribo el guión –con voz amenazadora, concluyó–: Ponte a leer.

A continuación, se dejó caer sobre la hamaca y se concentró en su libro con la esperanza de olvidarse de Isabella durante al menos un par de horas.

Isabella se enfrascó en la lectura como si su vida dependiera de ello. Miraba las páginas detenidamente y las pasaba a intervalos regulares. Pero la vergüenza que sentía por la escena que acababa de tener lugar le impedía concentrarse.

¿Qué le habría hecho decir algo así? Había sido

educada para ser discreta y diplomática, para actuar adecuadamente en cualquier circunstancia.

Pasó otra página. Por lo poco que comprendía del libro, Jack tenía razón. En la historia sólo había hombres y ella prefería que incluyeran un personaje femenino y, a ser posible, algún elemento romántico. Suspiró hondo y dejó el libro.

Lo que menos comprendía era por qué le importaba tanto lo que Jack pensara de ella, cuando, después de todo, no era más que un desconocido del que se separaría en cuanto pudiera volver a casa.

Pensar en su hogar la hizo estremecer. ¿Qué estaría sucediendo? ¿Cuánto tardaría en encontrarla su prometido?

Podía imaginar la alarma que habría causado su desaparición. Su padre estaría preocupado, y Radik furioso. Habrían convocado a la Brigada Criminal de Amoria y ésta a la Interpol.

¿Cuánto tardarían en dar con ella? Isabella miró a su alrededor. Nadie podría imaginar que la princesa de Amoria huiría de su boda con el conde de Montez para esconderse en una cabaña destartalada en el páramo australiano. Estaba a salvo. Pocos lugares serían tan seguros como aquella cabaña aislada del mundo exterior. Y, de no ser por las arañas y otros bichos que la habitaban, allí podría incluso ser feliz... Al menos por unos días.

Jack miraba su libro sin leer ni una palabra. Pensaba en Geri. Aquella semana se cumplía el tercer aniversario de su muerte. Por eso había ido a Pelican's End: para recordar su maravillosa personalidad y sus ansias de vivir.

Llevaba tres años trabajando a destajo para ahuyentar el dolor de su pérdida. Al final, su médico le había exigido que se tomara un descanso.

Y él lo había convertido en un periodo de reflexión, regresando al lugar que los dos tanto habían amado.

Conoció a Geri en la Universidad, cuando ella escribía una tesis doctoral en Zoología y él terminaba un máster en Ciencia Agrícola. Su cabello rojizo había llamado la atención de Jack y no tardó en descubrir que su personalidad era tan apasionada como el color de su cabello. Casi de inmediato se convirtieron en amantes.

Al acabar los estudios habían tenido algunos problemas para compaginar sus vidas profesionales y los dos habían tenido que hacer concesiones para seguir juntos.

Se casaron y fueron a vivir a Perth, aunque volvían a la cabaña siempre que sus compromisos se lo permitían. Geri pasaba en ocasiones largos periodos fuera de casa para hacer reportajes fotográficos sobre animales, pero todo cambió cuando se quedó embarazada.

Desde aquel instante decidió que, cuando naciera el niño, lo dejaría todo para cuidar de él.

Cada vez que Jack recordaba lo contenta que Geri se había puesto al ver cómo su cuerpo iba cambiando con el embarazo se le formaba un nudo en la garganta.

–Soy como una mamá gallina –solía decir cuando preparaban el cuarto del bebé.

Jack apretó la mandíbula. Las lágrimas se agolpaban en sus ojos y no podía permitirse que Isabella las viera. Se pasó la manga por la cara y trató de concentrarse en la lectura, pero Isabella lo distrajo al saltar de la cama y correr a la ventana.

–¡Ha dejado de llover! –exclamó.

Jack dejó el libro a un lado y fue junto a ella.

–Ya era hora.

–Se ve un claro entre las nubes –Isabella miró a Jack con ojos brillantes–. ¿Podemos salir?

Él asintió.

–Será lo mejor.

El suelo estaba resbaladizo y abundantes gotas de lluvia se deslizaban desde las copas de los árboles. El aire húmedo olía a musgo y a tierra mojada.

–¡Es maravilloso! –dijo Isabella.

No tenía ni idea de dónde se encontraban y le sorprendió descubrir que la cabaña estaba construida sobre un bancal elevado con vistas a un lago. El agua reflejaba las nubes y el cielo amenazador, pero la superficie estaba poblada de cientos de pájaros de todas las especies: pelícanos, patos salvajes, y gansos. Al otro lado del lago, que estaba rodeado de arbustos verde azulados, se elevaba un acantilado rosado.

–Lo llamamos Pelican's End.

–Supongo que por la variedad de pájaros que lo habitan. Es increíble.

Jack asintió

–Estoy aquí para fotografiarlos –miró al cielo–. Tenemos que aprovechar este claro para acercarnos al arroyo. Puede que podamos sacar tu coche con la ayuda del mío –comenzó a caminar sin esperar respuesta–. Ten cuidado. El terreno está muy resbaladizo.

El estrecho y sinuoso sendero estaba verdaderamente resbaladizo e Isabella perdió pie en más de una ocasión. Le sorprendió comprobar que la noche anterior había recorrido una considerable distancia. Delante de ellos se oía el rumor de agua.

Jack se detuvo bruscamente y se volvió con expresión atónita. Isabella llegó a su altura y se quedó boquiabierta. Ante ellos, el camino se transformaba en una corriente de agua fangosa. Desde allí no se veía ni rastro del coche.

Jack dejó escapar un silbido.

–¿Cómo conseguiste escapar? Nunca había visto tanta agua.

–Anoche no llegaba tan arriba. Mi ángel de la guarda debía estar conmigo.

–Fuiste muy valiente.

–Estaba aterrorizada –dijo Isabella, estremeciéndose ante la idea de haber quedado atrapada en medio de aquella corriente de fango.

–No vamos a poder recuperar tus cosas. Y aunque deje de llover pasarán varios días hasta que un vehículo pueda cruzar el arroyo.

–¿Quieres decir que no voy a poder irme? –preguntó Isabella. El gesto de contrariedad de Jack le hizo añadir–: Siento causarte tantas molestias.

–Podrás salir en cuanto llegue el helicóptero de la policía.

–Claro –dijo ella con un hilo de voz.

Contemplaron la escena en silencio durante unos minutos mientras Isabella rogaba en silencio que la policía no los localizara. Si la encontraban no tendrían más remedio que informar de su aparición a las autoridades de Amoria.

Jack suspiró.

–Vayamos a comer. Por el momento, no podemos hacer nada.

Comieron pan y queso sentados en un tronco fuera de la cabaña mientras contemplaban los pájaros del lago. Inicialmente, Isabella fingió no tener hambre. Por la mañana se había dado cuenta de que la cabaña no era la vivienda permanente de Jack y que sólo tenía una provisión limitada de comida. Pero él la obligó a comer.

–Siempre puedo pescar –dijo, para convencerla. E Isabella lo creyó.

Aunque siguió sin llover, el cielo permaneció cubierto por nubes amenazadoras.

–El lago es maravilloso –comentó Isabella.

Jack miró al cielo.

–Hay una luz muy interesante. Creo que voy a sacar unas fotografías antes de que empeore el tiempo.

Volvió del interior de la cabaña con una mochila pequeña y una cámara.

–¡Tienes una Leika!

–Sí –Jack se la colgó del cuello–. ¿Sabes de cámaras?

–Un poco. ¿Eres fotógrafo profesional?

–No. Sólo es una afición. La cámara era de... –una sombra de dolor le cruzó el rostro–. Es un regalo.

Isabella se dio cuenta de que no debía hacer más preguntas.

–Ve a sacar fotografías –dijo, consciente de que debía dejarlo un tiempo a solas–. Yo me daré un paseo o leeré un rato.

Jack contempló el lago.

–Voy a salir en canoa. Es más fácil pasar desapercibido y no asustar a los pájaros –miró a Isabella–. ¿Estarás bien aquí?

–Sí, claro –ella intentó sonar relajada pero de pronto tuvo un ataque de pánico y se dio cuenta de que sólo se sentía segura si Jack estaba cerca.

Sus esfuerzos por ocultar su preocupación fueron en balde. Jack la miró con ojos entornados.

–Puedes venir conmigo si quieres –dijo.

No fue tanto una sugerencia como un comentario pero Isabella no necesitó una segunda invitación.

–Me encantaría.

Con un sentimiento de liberación, ayudó a Jack a empujar una canoa hacia el agua. Él la sostuvo para que se subiera y ocupara la proa antes de subirse a su vez y ocupar el banco de popa. Le pasó un remo a la vez que tomaba otro y lo usaba para separar la canoa de la orilla.

–¿Sabes lo que hay que hacer?

Isabella solía remar en los lagos de Amoria.

–¿Esto? –dijo, y metió el remo con suavidad en el agua.

–¡Muy bien!

Isabella sintió el orgullo de hacer algo bien y sonrió con satisfacción. A medida que avanzaban por el lago la dominó una maravillosa sensación de libertad. Después de los espantosos acontecimientos de los días anteriores y de quedar atrapados en la cabaña, salir al aire libre era como escapar de una cárcel.

Sabía que era una estupidez sentirse feliz con todos los problemas que tenía. Pero por primera vez en su vida estaba sola en medio de la naturaleza, sin sirvientes, ni guardaespaldas ni público que la observara. Ya se preocuparía una vez que las aguas se remansaran y el arroyo fuera franqueable. O cuando llegara el helicóptero de la policía...

–Deja de remar –susurró Jack. Ella sacó el remo del agua inmediatamente y lo apoyó en la canoa.

Un rayo de sol había atravesado las nubes y

caía directamente sobre un ave de cuello largo que sobrevolaba el lago observando atentamente la superficie.

Isabella contuvo la respiración. A su espalda, presentía que Jack estaba preparando la cámara. En el preciso instante en que el pájaro sumergió la cabeza en el agua con un veloz movimiento, oyó el disparador de la cámara y a Jack soltar una exclamación de alegría.

Cuando el pájaro volvió a asomar la cabeza hubo un silencio total sólo interrumpido por el lejano graznido de los patos. Luego, se oyó de nuevo el disparo de la cámara justo cuando el ave aleteó y alzó el vuelo.

–¿Lo has sacado? –preguntó entusiasmada, volviéndose hacia Jack.

–Creo que sí –dijo él, sonriente–. Con los pájaros nunca se sabe. Siempre sacas fotografías casi perfectas pero algo las estropea.

–Pero ocasionalmente alguna sale bien.

–Sí.

Isabella sonrió. Sus miradas se cruzaron y ella se quedó atrapada por el intenso azul de los ojos de Jack. En medio de aquel paisaje su belleza resultaba de una masculinidad irresistible. Isabella sintió que el corazón se le paraba y que una vena palpitaba en su cuello. Apenas podía respirar. Jamás había sentido algo así, ni siquiera cuando Radik se había mostrado absolutamente cautivador.

Jack fue el primero en retirar la mirada y sus

labios se torcieron con un gesto tenso. Tomó el remo e indicó hacia la derecha con un gesto seco.

–Acerquémonos al acantilado.

–Muy bien –Isabella obedeció de inmediato y miró fijamente hacia delante.

Era una estupidez dejarse llevar por una fantasía romántica con un hombre huraño al que le espantaría conocer su verdadera identidad. Se concentró en remar y en sus propios problemas. Debía pensar cómo lograría continuar su camino cuando no contaba ni con dinero ni con ningún medio de transporte.

CAPÍTULO 4

LA LEÑA estaba demasiado mojada como para encender un fuego, así que aquella noche Jack sacó el hornillo de gas al porche y tostaron pan en el extremo de unos alambres que les sirvieron de tenedores.

–¡Qué divertido! –exclamó Isabella, acercando el pan a la llama.

Sus ojos brillaban de alegría y Jack se preguntó cómo podía resultarle excepcional algo tan poco emocionante.

Miró al cielo, donde una estrella se esforzaba por dejarse ver entre las nubes, e intentó recordar si Geri había demostrado alguna vez tanto entusiasmo ante algo tan simple. Pero ella siempre estaba pendiente de fotografiar los pájaros. De haber estado allí, habría dejado las tostadas y habría tomado la cámara para sacar las últimas fotografías del día.

–¡Vamos Jack, come! ¡Está buenísimo! –Isabella había puesto un *curry* de lata sobre una de las tostadas y la comía con fruición–. Siempre me he preguntado a qué sabría la comida sencilla.

Jack frunció el ceño ante aquel extraño comentario.

–¿Sólo te alimentas con comida de lujo?

Ella se ruborizó.

–Es que... como mucho fuera.

–Aquí todo lo que comas será sencillo –Jack abrió una lata de peras–. ¿Quieres postre?

–Por supuesto.

–No me equivoqué al llamarte Carmen –dijo Jack, y sacó una pera con una navaja.

Isabella lo miró desconcertada.

–¿Carmen?

–Apareciste en medio de la tormenta, con tu cabello y tus ojos negros, y te desmayaste a mis pies hablando una lengua incomprensible, así que me hiciste pensar en una gitana. Carmen fue el primer nombre que se me ocurrió. Y aquí estás, disfrutando de una comida al aire libre. ¿Estás segura de que no eres gitana?

Isabella apartó sus ojos de él y miró al cielo.

–No –dijo, con un suspiro–. Pero ojalá fuera una chica que se llamara Carmen.

Como si quisiera demostrar a lo que se refería, sacó una pera de la lata con el tenedor y, echando la cabeza hacia atrás, se la llevó a la boca. Unas gotas de jugo se deslizaron de sus labios hacia su escote y, riendo, las atrapó con los dedos. Jack no podía apartar los ojos de ella.

Isabella tomó otro trozo de pera y antes de comérsela, añadió:

–Estoy segura de que las Cármenes se lo pasan mucho mejor.

–Creía que eran las rubias.

–Eso he oído –Isabella le dirigió una cálida sonrisa–. Puede que las rubias y las Cármenes se repartan toda la diversión.

–¿Y las Isabellas?

Isabella dejó de sonreír.

–Las Isabellas tienen que tener demasiado cuidado como para pasarlo bien.

–¿Tú crees? –Jack no pudo evitar hacer una broma–. ¿Y las chicas que tienen ropa interior de Yves Saint Laurent no lo pasan bien? –la expresión pudorosa de Isabella lo sorprendió–. La has colgado por todas partes –explicó–. Ha sido inevitable que me fijara.

Isabella no salía de su turbación y Jack se censuró por haber mencionado un asunto que creaba cierta intimidad entre ellos. Cambió de tema.

–¿Por qué dices que ser Isabella no es divertido? –ella se encogió de hombros–. ¿A qué te dedicas?

–Trabajo... en un hospital.

–¿De enfermera?

–No exactamente. Hago... obras benéficas.

–¿Recaudando fondos y cosas así?

–Algo por el estilo. ¿Y tú?

Jack estuvo a punto de inventarse algo pero empezaba a estar cansado de no ser sincero.

–Soy el presidente de una compañía de ganadería.

–¡Qué importante! ¿Y dónde está la compañía?

–Tenemos instalaciones en todo el país, pero la oficina central está en Perth.

–¿Es una de esas compañías con muchísimo ganado?

–Algo así.

–¿Y no sería mejor centrarlo todo en un único sitio?

–No. Al menos si pretendes diversificar la oferta y seguir siendo competitivo.

–¿Crías distintos tipos de ganado?

–Sí, y dependiendo de la edad, de la raza y de la climatología, requieren una ubicación u otra.

–Parece un gran negocio.

–Lo es.

–¿Cómo el de los Kingsley–Lairds?

Jack la miró atónito.

–¿Los conoces?

–Sí. Conocí a John y a Elizabeth Kingsley–Laird en Inglaterra y luego ellos me visitaron en Amoria –en cuanto Isabella concluyó, fue evidente que no quería responder más preguntas sobre el tema, y Jack tampoco se las hubiera hecho. No le interesaba averiguar si tenían más conocidos comunes.

Ella ahuyentó un mosquito y Jack se puso de pie de un salto.

–Será mejor que vayamos adentro a tomar café. Cuando cae la noche salen todos los insectos –recogieron las cosas del porche–. La linterna nos bastará para leer un rato. ¿Qué tal tu libro?

–Es magnífico –dijo Isabella con una prontitud que no logró engañar a Jack.

–El mío está muy emocionante –mintió él a su vez, convencido de que, para evitar problemas, lo mejor que podía hacer era leer hasta quedarse dormido.

A la mañana siguiente, antes de desayunar, Isabella se animó a bajar al lago y buscar un lugar escondido en el que darse un baño. El agua estaba fresca y limpia y se dejó flotar contemplando el cielo. Una risa escapó de sus labios al imaginarse lo que pensaría Toinette si viera a su princesa bañándose al aire libre y cohabitando con un hombre.

A Isabella no le había sorprendido que Jack fuera presidente de una gran compañía. Era evidente que tenía dotes de mando. Pero hubiera deseado preguntarle por qué estaba en Pelican's End y si también él huía de algo.

Tras secarse y vestirse se sintió maravillosamente. A pesar de todos los problemas que tenía, en aquel instante no había nada que pudiera robarle el placer de estar allí, secando su cabello al sol y contemplando el paisaje que la rodeaba. El mundo parecía un lugar lleno de paz y quietud.

Desayunaron tomates fritos, salchichas y tostadas con mermelada. Sobre la superficie del lago descendían escuadrones de pájaros que se lanzaban a beber realizando maniobras espectaculares.

Isabella estaba tan absorta en su contemplación que ni siquiera oyó un ruido monótono que parecía aproximarse.

Jack miró al horizonte y frunció el ceño.

—Es el helicóptero de la policía —comentó.

Isabella dejó caer la tostada y abrió los ojos desorbitadamente.

—¿Estás seguro?

—Prácticamente —Jack dejó el café y se puso de pie.

Un punto negro se aproximaba a ellos. Isabella tenía que evitar que Jack llamara su atención.

—Voy a hacerle señas —gritó y corrió hacia el lago—. Ayúdame.

—Por favor, Jack, no los llames —suplicó Isabella, corriendo tras él.

—No puedes ocultarte aquí para siempre.

—Jack, no lo comprendes.

—Tienes razón —él se detuvo y se volvió con ojos de rabia—. No entiendo nada.

Isabella intentó sujetarlo del brazo, pero él se zafó.

—Si me entregas a la policía correré peligro —dijo ella, con pánico—. Tienes que creerme.

Jack se quedó paralizado unos segundos. Después miró al cielo y de nuevo a Isabella.

—Lo siento, querida, pero debías haberme contado la verdad antes.

—¡Si me devuelves a Amoria moriré! —gritó Isabella.

Jack la sacudió enérgicamente por los hombros.

–Es tu última oportunidad, Carmen. Dime quién eres y qué haces aquí.

Isabella vio que el punto negro era cada vez más grande y casi bloqueaba la visión del sol.

–¡Entremos en la cabaña y te lo explicaré!

–¡No! ¡Ahora, aquí!

–¡Por favor! –Isabella miró al cielo horrorizada. Ya no había tiempo para ponerse a cubierto–. ¿Prometes creerme?

–Por supuesto. Deja de perder tiempo.

–Soy una princesa.

Jack la miró atónito.

–¿Qué?

–Soy la princesa Isabella de Amoria –gritó ella, antes de correr a esconderse bajo los árboles. El corazón le latía con tanta fuerza que amenazaba con salírsele del pecho. Jack la miraba perplejo–. ¡Jack, por favor, ven!

Isabella se adentró entre la maleza y por fin oyó un ruido a su espalda que le indicó que Jack la seguía. Se puso en cuclillas bajo un arbusto espeso. El helicóptero pasó sobre su cabeza.

–Aquí, Jack –lo llamó, y en unos segundos él se agachó a su lado.

–¿He oído bien? –preguntó, por encima del ruido del helicóptero–. ¿Has dicho que eras una princesa?

–Sí –dijo ella despacio, como si se disculpara–. Mi padre es el rey Alberto de Amoria.

El helicóptero describió una curva y se retiró hacia el lago.

–¿Y tu vida corre peligro?

–Así es –Isabella escudriñó entre las ramas–. ¿Por qué se quedan tanto rato? ¿Saben que estás aquí?

–No, sólo están asegurándose de que no haya nadie. ¿Puede que te estén buscando?

–No creo.

–¿Pero de verdad crees que estás en peligro?

–Sí. Y si supieran que estoy aquí se verían en la obligación de notificar que me han encontrado.

Jack tenía la mirada perdida.

–No me puedo creer que estoy con una princesa a la fuga.

Isabella alargó el cuello para intentar ver el cielo.

–¿Y si ven la canoa?

–No pasaría nada, a no ser que estén buscándote y quieran rastrear la zona.

Isabella lo miró angustiada.

–¿Estás seguro? ¿Si el helicóptero se aleja podemos asumir que no volverán?

–Casi seguro –Jack carraspeó y miró a su alrededor–. Siento que estemos tan incómodos.

–Yo no –se apresuró a responder Isabella–. No hace falta que te disculpes.

Guardaron silencio hasta que el helicóptero se alejó. Entonces Jack se incorporó y alargó la mano a Isabella. A ésta le sorprendió que la ayudara a sacudirse las hojas y ramitas que tenía pegadas, y la sospecha de que Jack fuera a tratarla de manera distinta al saber que era una princesa, la irritó. Con tristeza, se dijo que los días de Isabella habían acabado. Una vez más, era la princesa Isabella.

–Ya está –dijo Jack–. Vayamos a la cabaña. Quiero que me lo cuentes todo.

¡Una princesa! Jack no podía dejar de darle vueltas. Miraba de soslayo a Isabella como si tuviera que asegurarse de que seguía siendo la misma. Aquella mujer con el cabello desordenado y la ropa arrugada era una princesa de sangre real. Y pensar que había sugerido que parecía una gitana...

Y sin embargo, era sorprendente lo poco que le costaba creerla. Después de todo, poseía un aire de sofisticada dignidad, y de pronto su ropa interior de lujo y sus referencias a la comida sencilla, adquirían sentido.

El recuerdo de la brusquedad con la que la había tratado, el tono desabrido con el que la había amonestado por no hacer la cama y cómo se había reído de ella por su temor a las arañas, le causaron vergüenza.

–Necesito una copa, pero sólo tengo té –dijo, cuando llegaron a la cabaña.

–Ya lo hago yo –dijo Isabella. Jack la detuvo.

–Deja que me ocupe. Tú siéntate.

Isabella le lanzó una mirada de enfado.

–Jack, no quiero que me trates de manera distinta a como lo has hecho hasta ahora.

Él se encogió de hombros y se volvió hacia el hornillo.

–No me cuesta nada.

–Toda la vida me han tratado como a una princesa. Me gustaba el cambio.

Jack recorrió la cabaña con la mirada.

–¿Como en la dama y el vagabundo?

–Algo así –Isabella se cruzó de brazos–. Prométeme una cosa.

–¿Qué?

–No me llames Alteza. Sólo soy Isabella.

Jack rió.

–Recuerda que soy australiano. No sé utilizar títulos de nobleza. ¿Tienes varios nombres, como la realeza británica?

Isabella sonrió.

–Soy Isabella Mary Damaris Alice Martineau, heredera al trono tras mi hermano, el príncipe Danior.

Jack sonrió a su vez.

–¡Tantos nombres y ninguno de ellos es Carmen...!

–No me importaría que me llamaras Carmen.

Isabella usó un tono tan dulce y vulnerable que Jack sintió un nudo en la garganta. Ella dejó escapar un suspiro.

–Me gustaría que me contaras tu historia –dijo Jack, solemne. No quería que Isabella pensara que pretendía coquetear.

–No quiero cargarte con mis problemas.

–No hay mal en escucharlos –Jack puso agua a hervir–. Eso no significa que pueda ayudarte.

Miró a Isabella y vio que se debatía entre hablar o callar. De pronto, sus ojos se posaron en los de él y supo que había tomado la decisión de sincerarse.

–Mi prometido planea matarme.

–¡Qué demonios...!

–Sé que parece una locura. Al principio yo tampoco pude creerlo.

–¿Estás segura?

–Sí.

–¿Por qué?

–Sólo quiere casarse conmigo para acceder a mi riqueza.

–¿Cómo lo descubriste?

–Un buen amigo mío, el doctor Christos Tenni, oyó una conversación entre Radik, conde de Montez, mi prometido, y su amante.

–¡Qué desvergüenza!

Las manos de Isabella temblaban. Jack se acercó a ella y, tomándolas entre las suyas, le acarició los dedos. Ella bajó la mirada antes de volver a mirarlo fijamente, con los ojos llenos de lágrimas.

–Radik planea que tenga un accidente de coche.

–No puede ser verdad.

–Ojalá no lo fuera.

–¿Estás segura de que el doctor Tenni está en lo cierto?

–Era mi médico –Isabella dijo con voz temblorosa– y un gran amigo.

–¿*Era*? ¿Le ha sucedido algo?

Las lágrimas se desbordaron.

–Al día siguiente de que me pusiera sobre aviso... –Isabella se cubrió la boca con la mano para contener los sollozos–. ¡Oh, Dios mío!

Jack le pasó el brazo por los hombros.

–¿Qué sucedió?

Isabella apoyó la cabeza en su pecho y respiró profundamente.

–Un coche lo atropelló y se dio a la fuga.

–¿Murió?

–Sí –Jack dejó escapar una exclamación. Isabella continuó con un hilo de voz–: Mi padre estaba de viaje y sentí pánico. Tomé el pasaporte, una peluca y unas gafas de sol y fui al aeropuerto.

Jack sintió un dolor en el pecho. Aunque no lo quisiera, se sentía involucrado.

Isabella se separó de él como si hubiera percibido que su cuerpo se tensaba.

–Siento mucho contarte todo esto.

–Lo que no comprendo es que quisieras casarte con ese tipo. ¿Te obligaban?

–En parte.

–Creía que los matrimonios de conveniencia eran cosa del pasado.

Isabella se encogió de hombros.

—Al principio pensé que estaba enamorada de Radik.

Jack se cruzó de brazos.

—Pero una vez que descubriste sus verdaderas intenciones ¿por qué no anulaste la boda?

—Es difícil de explicar. Una boda real es un gran acontecimiento. Todo Amoria estaba pendiente de que yo me casara.

Jack recordó las complicaciones de su propia boda y asintió.

Isabella sonrió con amargura.

—Sé que he actuado con cobardía al huir, pero sentí pánico. No estaba segura de poder convencer a mi padre de que cancelara la boda. No nos llevamos demasiado bien —pareció avergonzada—. Supongo que te cuesta comprenderlo.

—En absoluto— Jack entendía a la perfección. Ella suspiró.

—Tanto mi padre como sus consejeros adoran a Radik. Y él los hubiera convencido de que yo mentía.

—¿Y no podías confiar en nadie más?

Isabella sacudió la cabeza.

—No. Mi madre murió cuando yo era pequeña y mi hermano está en Inglaterra, demasiado ocupado con sus estudios y sus novias como para prestarme atención —sonrió con tristeza—. Y cuando tu padre es el rey, es difícil tener amigos de verdad.

–Así que te escapaste.

–Australia era lo más lejos que se me ocurrió ir.

Jack miró a su alrededor.

–Este alojamiento debe ser muy distinto a tu casa.

–Me gusta –Isabella miró hacia una esquina–. Excepto por las arañas.

Jack le pasó una taza de té y se sentó en el bidón de gasolina.

–¿Cuándo se supone que es la boda?

–El sábado.

–¿Este sábado? –Jack estuvo a punto de dejar caer la taza.

–Sí, por eso estoy tan asustada. Toda Europa está pendiente de la ceremonia.

Jack dejó escapar un silbido y se quedó mirando el suelo con los codos apoyados en las rodillas.

–Supongo que el conde de Montez debe estar buscándote.

–Seguramente. La verdad es que intento no pensar en ello.

Jack tomó aire y lo dejó escapar lentamente.

–Así que primero te escapas, luego sufres un accidente y casi te ahogas, después huyes entre la maleza en medio de la tormenta y casi te mueres –Jack sonrió–. Eres más Carmen de lo que te imaginas.

Isabella comprendió que se trataba de un halago y se sintió absurdamente contenta.

Tras un silencio, Jack volvió a hablar.

–¿A dónde te dirigías cuando tuviste el accidente?

–A casa de John y Elizabeth.

–¿Los Kingsley–Lairds? ¿Ibas a Killymoon?

Ella lo miró con ojos de sorpresa.

–Sí. El año pasado me invitaron a visitarlos. ¿Los conoces?

Jack esquivó su mirada.

–Está claro que Killymoon es un sitio muy apropiado para ocultarse –miró a su alrededor–. Y mucho más cómodo que esto.

Isabella suspiró decepcionada con aquella evasiva respuesta.

–De no haber tomado mal la curva, ya estaría allí.

–¿Por qué no llamaste a los Kingsley–Lairds desde el aeropuerto? Te habrían enviado un avión privado.

–No se me ocurrió. ¿Los conoces bien?

La mirada de Jack se oscureció.

–Bastante bien.

–No quería llamar la atención, así que en cuanto llegué a Darwin alquilé un coche y emprendí viaje. Ahora no sé cómo voy a llegar a Killymoon.

–Ya estás allí.

–¿De verdad? –Isabella frunció el ceño–. Pero si faltan cientos de kilómetros.

Jack sonrió con sarcasmo.

–Estás a cientos de kilómetros de la casa, pero Killymoon es una propiedad gigante, una de las mayores del mundo.

–¡Dios mío! –Isabella sacudió la cabeza con incredulidad–. Debe ser más grande que Amoria.

Jack fue hasta el fregadero a dejar la taza. Isabella lo observó. Cada uno de sus movimientos le resultaban fascinantes.

–Puedo llevarte a Killymoon –dijo él sin mirarla.

–¿Cómo? Mientras el arroyo esté desbordado no podremos ir a ninguna parte.

–Podemos evitar las carreteras y de paso evitar que nos encuentre tu conde.

–¿Y cómo iríamos? No me siento capaz de caminar cientos de kilómetros bajo este calor.

Isabella siguió la mirada de Jack y vio que se fijaba en la canoa, que descansaba a la orilla del lago.

–No estaba pensando en que camináramos.

Isabella se puso de pie de un salto y se aproximó a Jack.

–¿Crees que podríamos ir en canoa?

–Exactamente. El arroyo ha dejado de crecer y desemboca directamente en el río Pinnaroo, que lleva hasta Killymoon. Con un poco de suerte, podríamos estar allí en dos o tres días.

–¡No puedo pedirte que hagas eso por mí!

Jack se encogió de hombros.

–Puedo variar mis planes.

Isabella vio una firmeza en la expresión de su rostro que la convenció. Si Jack no quisiera ayudarla, no se ofrecería a hacerlo. Él la miró fijamente, como si se preguntara si estaba lo suficientemente en forma como para hacer el viaje.

—¿Crees que puedes hacerlo? —preguntó, finalmente.

—¿El qué?

—Remar toda esa distancia.

—¡Me encantaría! —dijo Isabella, sin titubear.

—Tendremos que acampar al raso cada noche —al ver que Isabella lo miraba con preocupación, añadió—: No te preocupes, tengo mosquiteras.

—No pensaba en mosquitos —dijo ella, ahuyentando de su mente imágenes de animales salvajes—. Sé que en Australia no hay leones ni tigres, pero...

Jack reprimió una sonrisa.

—¿Pero...?

—¿No hay serpientes y cocodrilos?

—Los cocodrilos de agua dulce sólo comen peces. Y sí hay serpientes, especialmente cuando ha llovido tanto, pero si tú no las molestas, ellas no te harán nada —Jack la miró con una dulzura que desconcertó a Isabella y al mismo tiempo, deslizó un dedo por su mejilla—. No te haría descender el río si pensara que corres peligro. El objetivo de hacer este viaje es ponerte a salvo.

Ponerte a salvo. Aquellas palabras, junto con la caricia de su mano, hicieron que Isabella estuviera a punto de llorar. Los últimos días habían sido una auténtica pesadilla y Jack se estaba convirtiendo en un héroe para ella.

–Eres mi caballero andante –dijo, sonriendo con una mezcla de timidez y coquetería–. ¿Quieres ser el caballero de esta princesa y conducirla a salvo a través del Valle de los Dragones?

Jack la miró atónito.

–No exageres. No hay nada de romántico en este viaje. Te llevaré por el río hasta Killymoon, pero eso no me convierte en Lanzarote ni a ti en Ginebra de Camelot.

Isabella no estaba tan segura.

CAPÍTULO 5

DISFRUTARON de su última comida al borde del lago mientras contemplaban a los cormoranes y pelícanos atrapar peces. Isabella se sentía culpable de arrastrar a Jack fuera de su refugio pero él no daba muestras de estar contrariado.

Al acabar, comenzaron los preparativos del viaje y llevaron las provisiones hasta el arroyo antes de volver al lago para bajar en canoa y recogerlas.

–Cúbrete bien de crema –dijo Jack, y le pasó un tubo de crema protectora solar.

Ella obedeció mientras él envolvía cada bulto en plástico y lo colocaba cuidadosamente en el fondo de la canoa.

–Y será mejor que te pongas esto –dijo Jack, dándole un gran sombrero de ala ancha.

–Pero es tuyo... –protestó Isabella.

–Tu nariz es más delicada que la mía.

–Gracias, pero es demasiado grande.

Sin mediar palabra, Jack le recogió el cabello en lo alto de la cabeza.

–Si te lo pones así, se te sujetará –dijo.

–Puede que tengas razón –dijo ella.

–Vamos a probar.

Isabella no recordaba que ningún hombre, ni siquiera su peluquero, le hubiera tocado el cabello con tanta delicadeza, y una corriente de calor la recorrió por dentro.

–Sacude la cabeza –le ordenó Jack, inclinándose para mirarla sonriente por debajo del ala. Isabella obedeció. El sombrero no se movió–. Parece que funciona –concluyó Jack.

Aunque el agua del arroyo se había remansado un poco, seguía bajando a gran velocidad e Isabella pronto notó que, para mantener la canoa en equilibrio, tenía que remar con fuerza. Concentró sus esfuerzos en relajarse y respirar rítmicamente para acompañar las paladas de Jack.

Tenía visiones fugaces de la vegetación que bordeaba el río, en la que dominaban árboles de tronco blanquecino y ramas que colgaban hasta el agua. Por el rabillo del ojo vio un canguro rojo saltando entre la maleza.

–Habrá menos corriente en cuanto alcancemos el río principal –gritó Jack.

–No te preocupes, estoy bien –dijo ella por encima del hombro.

Y no mentía. A pesar de aparentar lo contrario era fuerte y estaba en forma, y siempre le había gustado remar.

Pero el corazón se le encogió cuando, tras un

meandro del río, vio que la corriente se arremolinaba en torno a unas grandes rocas.

–¡Rápidos! –exclamó.

–Saca el remo del agua y agárrate el sombrero –le indicó Jack–. Yo guiaré la canoa.

Aunque Isabella se sintió un poco humillada, se dio cuenta de que Jack, en la popa, ocupaba la posición adecuada para dominar la embarcación, así que levantó el remo del agua y se asió a los lados de la canoa con fuerza.

Las aguas turbulentas los sacudieron como el viento del otoño a una hoja seca. Jack tuvo que usar toda su habilidad y fortaleza para evitar las rocas. Isabella se agachó para dejarle ver y contuvo la respiración al comprobar que sorteaban el peligro por milímetros.

Y, de pronto, los márgenes del río se ensancharon y entraron en aguas tranquilas.

–Acabamos de unirnos al río Pinnaroo –explicó Jack–. ¿Cómo estás?

Isabella se volvió y encontró sus increíbles ojos azules clavados en ella. Sonreía.

–Ha sido impresionante –dijo, devolviéndole la sonrisa–. Nunca me lo había pasado tan bien. Gracias.

No mentía. Era como hacer real una fantasía. Y aunque sabía que aquellos días pasarían y tendría que volver a su vida normal, estaba segura de que su recuerdo la acompañaría el resto de su tediosa existencia de princesa. Por eso mismo debía olvidar a Radik y vivir el presente.

A derecha e izquierda se abría un amplio río bordeado de grandes acantilados de piedra caliza. Sobre ellos y formando una bóveda perfecta, el cielo más azul que Isabella había visto en su vida.

–Seguiremos la corriente –dijo Jack–. Cuanto más avancemos por el Pinnaroo más clara será el agua. Todos sus afluentes proceden de manantiales.

Remaron con calma y la canoa se deslizó con suavidad. El río estaba tan poblado de pájaros como el lago, e Isabella se deleitó con la contemplación de los patos, pelícanos y cormoranes que nadaban y se zambullían en el agua.

Su única queja era no ver a Jack, pero se consoló imaginando sus brazos musculosos remar con habilidad. Le divertía imaginar que eran dos viajeros intrépidos descendiendo por el Amazonas o el Nilo.

Tras pasar una zona en la que el río se estrechaba, se encontraron en una gran poza de aguas claras y fondo arenoso, rodeada de árboles y arbustos con forma de palmera.

–¿Tienes calor? –preguntó Jack–. Yo me voy a dar un baño.

Isabella titubeó.

–No tengo traje de baño –dijo, a pesar de que estaba acalorada y sentía el cabello húmedo y pegajoso.

Jack dejó escapar una risita y dirigió la canoa hacia la orilla.

–Discúlpame, princesa –dijo, cuando se bajaron–, pero si vives al aire libre no te preocupas de esas cosas.

Y sin esperar respuesta, se quitó los zapatos y los pantalones, y se quedó en calzoncillos.

Isabella contempló su cuerpo escultural con admiración. Tenía los hombros anchos, caderas estrechas y unas piernas largas y musculosas.

–¿Me acompañas?

Isabella se llevó la mano al último botón de la blusa.

–Creo que no.

Jack asintió con la cabeza y, de un salto, entró en el agua. Isabella lo contempló nadar con destreza y se sintió tentada, pero la idea de desnudarse le causaba una vergüenza que no lograba superar. Al ver que Jack se alejaba, se preguntó si lo hacía para que se sintiera menos cohibida. Hacía tanto calor...

De pronto se dijo que si verdaderamente aquello era una aventura, debía comportarse como lo haría una verdadera mujer intrépida. Vio que Jack flotaba sobre la espalda, salpicando el agua con los pies... No la miraba...

Cuando Jack oyó la zambullida y vio la cabeza de Isabella emerger del agua no pudo evitar sonreír, y con lentas brazadas se aproximó a ella.

–¿Qué te parece? –dijo, al llegar a su lado.

–Una maravilla –dijo ella, riendo–. ¡Me siento tan libre!

–Por eso me gusta tanto venir. Me siento libre como un pájaro.

Un silbido agudo le hizo levantar la vista y vio con extrañeza que un par de halcones sobrevolaban el río. Los halcones eran aves del desierto y no solían adentrarse en el páramo. Sin perderlos de vista los siguió hasta verlos posarse sobre un eucalipto, en lo alto del acantilado.

–¡Jack, socorro!

Jack se volvió bruscamente. En unos segundos estaba junto a Isabella.

–¿Qué ocurre?

Ella le echó las manos al cuello y se colgó de él. Temblaba de pánico.

–Me ha tocado algo –gritó. Jack sintió el corazón de ella latirle contra el pecho–. ¿Habrá sido un cocodrilo?

–No creo –dijo él, sonriente.

–¡No tiene gracia! Quiero salir.

Isabella se soltó de Jack, pero el miedo le impidió nadar y se hundió en el agua.

Jack se sumergió y la sacó por la cintura.

–No te asustes –dijo con calma–. Relájate y te acercaré a la orilla.

La sujetó contra su pecho y nadó de lado hasta alcanzar tierra.

–¡Gracias, Jack! –sollozó Isabella, sin soltarse de él.

En silencio, Jack apretó la cabeza de Isabella contra su hombro al tiempo que trataba de no prestar atención a la perfección con la que sus dos cuerpos encajaban el uno en el otro.

Después de un tiempo, Isabella reaccionó.

—Siento haberme asustado. No soporto que algo me toque en el agua.

—No te disculpes —dijo él, y le quitó un mechón de cabello de la cara—. Debía haberte advertido de que hay tortugas y peces. Pero no son peligrosos.

Isabella lo miró con ojos muy abiertos.

—¿Y si era un cocodrilo?

—Imposible. Sólo atacan los de agua salada. Además, ningún cocodrilo puede pasar las cataratas de Pinnaroo. No llegan hasta aquí.

Jack se apartó de Isabella con la esperanza de que no notara que su cuerpo había reaccionado a su desnuda proximidad.

—He estropeado tu baño —dijo ella.

—No te preocupes. Me he refrescado —dijo él, aunque pensó con ironía que lo último que había conseguido era refrescarse.

Se alejó bruscamente para dar tiempo a que Isabella se vistiera.

Tenía que pensar en Geri. Pero por más que se esforzó en formarse una imagen mental de su mujer, no lo consiguió. Sintió un ataque de pánico y un grito sofocado escapó de su garganta. Temió echarse a llorar y, respirando profundamente, se obligó a mantener la calma.

Cuando volvió junto a Isabella, ésta lo esperaba con cara de preocupación.

–Jack, lo siento. Te prometo que no voy a necesitar que me rescates cada cinco minutos.

–Ya lo sé –dijo él, cortante.

Isabella se puso roja.

–Siento haberme echado en tus brazos.

–No le des importancia. Para mí no la tiene.

Y sin poder dejar de pensar que mentía, Jack se separó de ella bruscamente y empujó la canoa hacia el agua.

Avanzaron hasta el anochecer.

Cuando Isabella se bajó de la canoa en el lugar que Jack eligió para acampar tenía todo el cuerpo dolorido, mientras que él no parecía sentir la más mínima molestia.

Isabella no podía dejar de mirarlo. Había algo en su manera de moverse que la hipnotizaba. Y aunque se ocupó de recoger leña para encender el fuego, continuó lanzándole miradas de soslayo para ver cómo ataba una cuerda entre dos árboles y colgaba sobre ella la mosquitera bajo una tela impermeable.

–No creo que llueva, pero así estaremos protegidos –dijo él, mientras observaba el cielo despejado. A continuación, se arrodilló e hizo dos huecos en la arena del tamaño de los sacos de dormir.

Isabella tragó saliva al verlos tan juntos. Sólo

pensar que iban a dormir uno al lado del otro la hizo estremecer.

—¿Tenemos bastante con esta madera? —se apresuró a preguntar para ahuyentar aquellos pensamientos.

Jack miró el haz que le mostraba y sonrió.

—Para empezar sí, pero si queremos brasas para asar pescado, necesitaremos leños más grandes.

—Vale —dijo Isabella con firmeza para ocultar lo estúpida que se sentía.

—Yo te ayudaré —se ofreció Jack.

—No hace falta —replicó ella ásperamente. Suavizó el tono y añadió—: me encanta buscar leña. Tú preocúpate de la pesca.

Cuando la hoguera estuvo encendida, Isabella se sentó en la arena y se abrazó las rodillas mientras observaba a Jack colocar el cebo en el anzuelo y lanzar el sedal al río.

El escenario era maravilloso. Los últimos rayos de sol le calentaban la espalda, iluminaban los bronceados brazos de Jack y teñían la superficie del agua de un color amarillo oro. Sin embargo, en lugar de disfrutar del momento, Isabella se sentía deprimida. Y aunque intentó engañarse con la excusa de que estaba cansada, sabía perfectamente que Jack era el culpable de su abatimiento.

No podía negar la gran atracción que sentía por él. Disfrutaba de cada segundo de su compañía y cada vez le importaba más la opinión que tuviera de ella. Pero si se sentía desanimada, no era sólo por ser consciente de que pertenecían a mundos distintos y de que cada uno volvería al suyo al acabar aquel viaje, sino porque era obvio que Jack protegía su intimidad tras un muro de tristeza que no parecía interesado en derribar.

Se miró los pies medio enterrados en la arena. Por más que fuera capaz de racionalizar sus sentimientos, su romántico corazón se resistía a aceptar la verdad. Y cada vez que miraba a Jack, tan remoto e indiferente, se le formaba un nudo en el estómago.

Se oyó un golpe seco en el agua y Jack dio un grito triunfal.

–¡Te tengo! –exclamó, al tiempo que tiraba del sedal y un hermoso pez dorado caía a sus pies.

Isabella corrió hacia él.

–¿Es comestible?

–Es una perca. Está deliciosa.

–¿Cómo vamos a cocinarla?

Jack sonrió.

–Envuelta en corteza de árbol. Ya verás lo buena que está.

Isabella observó fascinada cómo recortaba unas tiras anchas y finas de corteza con las que hizo una especie de sobre en el que metió el pez junto con unas cebollas y zanahorias secas que sacó de la bolsa de provisiones. Después de atarlo con una hoja de batata, cubrió con arena las brasas de la hoguera, colocó encima el paquete y lo tapó con más corteza y una última capa de arena.

Luego miró a Isabella con ojos brillantes de satisfacción y a ésta el corazón le dio un vuelco.

–¿Qué te parece este horno? –dijo, sin dejar de sonreír–. Voy a encender otra hoguera para mantenernos calientes. En cuanto se ponga el sol bajará la temperatura.

En pocos minutos un gran fuego crepitaba junto al anterior y Jack se sentó al lado de Isabella.

Tenerlo tan cerca le aceleró el pulso. Miró al horizonte. El sol se había puesto pero las montañas que se veían en la distancia estaban iluminadas por una luz rojiza.

–Mañana va a hacer calor –dijo Jack–. Ésa es la pauta durante la estación de lluvias. Se soporta el calor mientras llueve y cuando escampa la humedad se hace insoportable,

–Hace una temperatura muy agradable –dijo Isabella–. Sólo nos falta tomar un jerez mientras esperamos la cena –añadió. Necesitaba decir algo frívolo para dejar de pensar cuánto deseaba que Jack la besara.

Jack frunció el ceño.

–No he traído nada de alcohol.

–¿Eres abstemio? –preguntó ella, sorprendida por la solemnidad de su tono.

–No, pero prefiero no beber. Sobre todo cuando estoy solo –miró al horizonte–. Hace un par de años sufrí una gran pérdida y descubrí que el dolor y el alcohol no mezclan bien.

A Isabella se le puso la carne de gallina. De pronto comprendía el porqué de la tristeza de Jack. ¿A qué muerte hacía referencia? ¿Un gran amor? ¿Su mujer?

–Lo siento mucho –dijo con dulzura.

Jack asintió con la cabeza en actitud tensa y mantuvo la mirada fija en la hoguera. Isabella pensó que tal vez necesitara hablar.

–Siempre que contemplo las estrellas me acuerdo de mi madre –dijo, sin mirarlo–. Se sabía los nombres de todas las constelaciones y me contaba cuentos maravillosos sobre cómo se formaron.

Jack suspiró profundamente, como si intentara relajarse.

–Pronto podrás ver la Cruz del Sur.

–Siempre he querido verla. ¿Dónde está? –Isabella supo que Jack se había vuelto a mirarla.

–¿Cuándo murió tu madre?

–Cuando tenía diez años –Isabella se preguntó si Jack querría hablar de su propia pérdida–. Pensé que nunca me recuperaría del golpe.

–Pero lo conseguiste.

–En parte, pero siempre la echaré de menos. Era la persona más importante de mi vida. Después de su muerte, mi padre fue incapaz de comunicarse conmigo –Isabella se abrazó las piernas–. Ahora la echó de menos más que nunca. Ella me hubiera apoyado frente a Radik.

Jack se sentó más cerca y le acarició la mejilla.

–Pobre Carmen –musitó con una voz profunda y aterciopelada que dejó a Isabella sin aliento.

–No me animes a sentir pena de mí misma –dijo, intentando disimular su turbación.

–¿Cómo quieres que te distraiga?

Isabella estuvo a punto de sugerir que la besara, pero se contuvo a tiempo.

–¿Quieres hablar de ti, Jack?

–Esta noche no.

La aspereza de su voz hizo que Isabella se volviera a mirarlo. El fuego de la hoguera proyectaba sombras sobre su rostro, enfatizando las arrugas de su frente y la fuerza de su boca.

–¿De qué quieres que hablemos?

Jack la contempló con seriedad.

–Admito sugerencias.

–Tendremos que encontrar un tema de conversación o...

–¿O...?

Isabella vio que la contemplaba con ojos anhelantes y una corriente de calor recorrió su cuerpo.

–O voy a querer ser Carmen de verdad.

–¿Qué harías si lo fueras?

Isabella sabía lo que haría pero no podía decirlo. Intentó reír, pero sólo logró carraspear.

–¿Qué crees tú que haría?

Jack la miró en silencio. El corazón de Isabella latía desbocado. El cielo estrellado los protegía como una gran cueva de diamantes y el aroma de la madera los envolvía con la sensualidad de un dulce incienso. Un leño se abrió y saltaron chispas de la hoguera.

Jack se inclinó hacia Isabella y la sorpresa de ésta se vio acallada por sus labios. Su boca se abrió sobre la de ella ansiosamente. Isabella se abrazó a él y olvidó todo lo que había aprendido sobre cómo debía de actuar una princesa. Sus labios se abrieron y Jack adentró la lengua en la cueva de su boca.

Al cabo de unos segundos, Jack se apartó y de la garganta de Isabella escapó un gemido de protesta. Sus miradas se entrelazaron. Había en ellas sorpresa y, al mismo tiempo, la certeza de que aquel beso era imparable.

–Mi dulce Carmen –susurró él con voz ronca al tiempo que le retiraba un mechón de cabello de la cara. Isabella alzó sus labios hacia los de él.

Y en aquella ocasión se besaron con más delicadeza. Jack le tomó el rostro entre las manos y besó lentamente sus labios, deleitándose en su sabor y en su calidez.

Isabella nunca había sentido algo parecido a lo que sentía en aquel momento. Como princesa de Amoria había consentido en ser besada, jamás había sentido tal necesidad de participar activamente en un beso.

Rodeó con sus brazos el cuello de Jack y se dejó llevar por los movimientos de sus labios y de su lengua. Cuando Jack comenzó a besarle el cuello y los hombros echó la cabeza hacia atrás para que pudiera alcanzar cada centímetro de su piel. Jack le acariciaba los brazos y con cada roce, Isabella sentía una sacudida de ardiente deseo. Quería que Jack le acariciara todo el cuerpo.

Se echaron sobre la arena y sus cuerpos se acoplaron. Pecho contra pecho, cadera contra cadera, muslo contra muslo. Isabella nunca había sentido un deseo tan ardiente.

–Oh, Jack –musitó. Sentía que se quemaba por dentro y que sólo él sería capaz de sofocar aquel fuego.

Pero él la soltó súbitamente y se apartó unos centímetros de ella. Isabella sintió la brisa de la noche sobre su piel en lugar del calor de su cuerpo. Ambos se quedaron paralizados, tendidos boca arriba, contemplando las estrellas en silencio.

–Supongo que debería disculparme –dijo Jack, con la respiración entrecortada.

–No lo hagas, por favor.

Isabella lo miró de soslayo. En la penumbra que los rodeaba el perfil de Jack parecía una máscara de piedra y la idea de que estuviera enfadado con ella la desesperó. Sabía que no había pretendido besarla, que había sucedido espontáneamente y, aunque tenía poca experiencia, estaba segura de que así era cómo debían ser los besos.

–Si fuera Carmen no te disculparías.

Jack sonrió pensativamente y sin decir nada se puso de pie de un salto, se agachó junto a la hoguera donde se cocinaba el pescado y retiró la arena y la corteza. El aire se llenó de un delicioso aroma a comida.

–Huele de maravilla –dijo Isabella, haciendo un esfuerzo por olvidar que sólo deseaba ser besada de nuevo–. Estoy hambrienta.

Comieron en silencio sobre platos improvisados de corteza. Jack se comportaba como si no hubiera pasado nada.

–Está buenísimo –dijo Isabella. Él no contestó.

Cuando acabaron, el fuego estaba casi apagado y la luna brillaba en lo alto. Isabella bostezó.

–Creo que estoy cansada.

–Tenemos que acostarnos pronto –dijo él con frialdad.

Se echaron en los sacos pero no pudieron relajarse. La tensión se palpaba en el ambiente.

Isabella miraba a Jack de reojo. Sabía que estaba enfadado consigo mismo por haberla besado pero ella no se arrepentía. ¿No se suponía que aquélla era la pasión que uno debía sentir al ser besado?

Quizá actuaba erróneamente, pero en lugar de tratar de olvidar, se quedó dormida reviviendo el beso que habían compartido, con la esperanza de que fuera sólo el primero de muchos.

Nadie le prohibía soñar...

Jack se quedó tumbado con las manos entrelazadas detrás de la cabeza y contempló el cielo.

Había cometido un grave error. Debía haber hablado de astronomía con Isabella en lugar de besarla con aquella pasión desbocada. Y lo peor era que ella había respondido con una irresistible mezcla de Carmen y de Isabella. ¿Cómo podía haberla besado con tanto ardor?

Al hacerlo no sólo había olvidado que pertenecían a mundos distintos, sino algo mucho más grave. Había pasado por alto que estaba con ella para protegerla y, lo que era aún más grave, que aquellos días estaban dedicados a la memoria de Geri.

Y si eso era poco, también había decidido olvidar el hecho de que Isabella era una mujer joven e impresionable que huía de un desaprensivo y que lo último que necesitaba era caer en las redes de un hombre que tendría que abandonarla.

Porque no cabía la menor duda. En cuanto llegaran a Killymoon tendrían que separarse.

Jack estaba seguro de que su presencia no sería bien recibida.

CUANDO partieron al amanecer una densa niebla flotaba sobre el río. En la quietud de la mañana sólo se escuchaban las rítmicas paladas de los remos y el susurro de las ramas de los árboles mecidos por una leve brisa.

A medida que subió la temperatura, la niebla se rasgó y dejó a la vista el cielo azul y los majestuosos acantilados que flanqueaban el río.

Súbitamente Isabella sintió que la canoa se frenaba al tiempo que Jack daba una poderosa palada hacia atrás.

–Deja de remar –ordenó, tajante.

Isabella se volvió bruscamente. Jack, alerta, observaba atentamente la cúspide del acantilado. Al seguir su mirada descubrió la silueta de tres jinetes observándolos desde lo alto, completamente inmóviles.

–¿Quiénes son? –preguntó por encima del hombro.

–Habla bajo.

Ofendida y alarmada a un tiempo por la rudeza con la que Jack le habló, Isabella se quedó quieta y guardó silencio mientras él remaba hasta la orilla y sujetaba la canoa a un árbol.

Isabella fue a bajarse, pero él la sujetó por los hombros y la obligó a sentarse.

–¡Jack!¿Qué ocurre?

Jack se alejó unos pasos. Isabella se sintió humillada. No comprendía por qué la trataba tan mal.

–Exijo una... –exclamó indignada.

–No es un buen momento para que te dé una pataleta de princesa –dijo Jack, entre dientes–. No se te ocurra moverte. Ya te lo explicaré más tarde.

Isabella se quedó muda y lo vio subir hacia los tres hombres. Desde donde estaba, podía ver que tenían la tez oscura y llevaban unos sombreros muy parecidos al que Jack le había dejado.

No podía oírlos, pero cuando Jack llegó a su altura, dos de ellos le dieron las riendas al tercero y se pusieron en cuclillas. Jack los imitó y mantuvo con ellos una conversación solemne, acompañada de gestos ceremoniales.

Isabella miró a su alrededor con inquietud y se preguntó si eran espiados por más hombres ocultos entre la maleza.

El encuentro fue breve y Jack pronto descendió la pared rocosa. Isabella lo contempló unos segundos con admiración. Cuando volvió la vista, los jinetes habían desaparecido como si se los hubiera tragado la tierra.

En cuanto Jack llegó junto a la canoa, saltó a tierra.

–Isabella, no te muevas –dijo Jack bruscamente. Te lo contaré todo, pero no te bajes de la canoa –añadió, suavizando el timbre de voz.

Ella obedeció al tiempo que él se agachaba al lado de la canoa y se salpicaba la cara con agua del río. Cuando habló, lo hizo en voz baja.

–Eran aborígenes y esta zona del río es uno de sus lugares sagrados.

–¿No habías dicho que estábamos en la propiedad de los Kingsley–Lairds?

–Y así es, pero los aborígenes conservan ciertos derechos ancestrales, incluido el de acceder a sus lugares sagrados. Hemos de respetarlos.

–Lo comprendo, pero no hacía falta que fueras tan grosero conmigo.

–Isabella, supongo que estás acostumbrada a dar órdenes, pero yo también –dijo Jack, con un suspiro–. No debería contártelo pero una de las peculiaridades de este sitio es que no admiten la presencia de mujeres. He tenido que prometerles que no causarás ningún problema.

Isabella se quedó boquiabierta pero decidió que no era el momento de hacer un discurso feminista. Debía estar agradecida a Jack por salvarla una vez más de un potencial peligro.

–¿Y ya no volverán a molestarnos?

–No, siempre que te mantengas callada y me

obedezcas durante los próximos veinte kilómetros.

–¿Veinte kilómetros? Bromeas.

–Sí, Alteza, pero valía la pena intentarlo.

Para cuando se detuvieron a darse un baño, Isabella estaba tan acalorada que no titubeó ni un segundo en acompañar a Jack. El fondo del agua estaba lleno de algas viscosas que le tocaban las piernas y se enredaban a sus tobillos, pero consiguió no dejarse llevar por la histeria.

Después de comer se tumbaron a la sombra de un árbol entre cuyas hojas se filtraban los rayos del sol.

–No dejes que me duerma o puede que no me despierte –comentó Isabella.

–¿Quieres hablar? –dijo Jack con los ojos cerrados.

–Sólo para mantenerme despierta.

–Háblame de tu prometido.

–¿Qué quieres saber?

–¿Estabas enamorada de él?

Isabella no respondió. Jack abrió los ojos y la miró. Tenía una expresión tensa.

–Digamos que Radik.... –dijo, al fin, sin mirarlo.

Jack se tumbó sobre el costado para verla mejor.

–¿Era cruel contigo?

–No me hacía daño físicamente, pero me daba miedo –Isabella tragó saliva y mantuvo la mirada fija en una rama–. Llevaba tiempo preguntándome si podríamos ser felices. Somos muy distintos. A él le gustan los coches, las fiestas y el champán.

–¿Y a ti?

–A mí me gustan las cosas sencillas –Isabella se giró hacia él y, al sonreír, se le formó un hoyuelo en la mejilla.

–¿Por ejemplo?

–Pasear por el campo al atardecer, cuidar de las flores, hacer tartas.

Jack rió.

–Deberías haber sido la mujer de un granjero.

Isabella se puso seria.

–Ser princesa es más un accidente que un privilegio.

–¿Preferirías no ser miembro de la realeza?

Isabella suspiró.

–No quiero hablar de ello. Me estropearía el día.

–¿Estás descontenta con tu vida?

–No lo sé. Desde la muerte de mi madre, mi padre se ha vuelto un ser distante y testarudo –Isabella sonrió con tristeza, como si le avergonzara hablar mal del rey–. Sólo se relaciona conmigo para decirme que acuda a actos oficiales o que reciba a determinados visitantes.

–¿O para que te cases con el conde Montez?

–Algo parecido.

–Yo lo sé todo sobre padres testarudos.

–¿De verdad? –Isabella se incorporó bruscamente–. Cuéntamelo. Me lo debes. Tú sabes muchas cosas de mí y yo nada de ti.

Jack se sintió tentado pero cambió de opinión.

–Ahora no.

–¿Por qué eres tan reservado?

–No me gusta hablar de mi vida. Ya tienes bastantes problemas.

Isabella lo miró desilusionada pero sonrió y se encogió de hombros.

–Es verdad que debía haberme casado con un granjero. Tengo alma de campesina.

–¿O de gitana?

–Sí –Isabella sonrió con ojos brillantes–. De gitana.

Jack contuvo la respiración. Era un error volver al tema que la noche anterior había desembocado en un episodio que no debía repetirse.

–De hecho, hay algo de gitana en mí –dijo ella, interrumpiendo sus pensamientos–. Mi niñera cuenta que cuando nací una gitana hizo una profecía.

–¿Sobre ti?

–Sí. Dijo lo típico. Que la princesa se convertiría en una hermosa mujer...

–En eso se equivocó –bromeó Jack.

Isabella le sacó la lengua.

–Pero dijo algo más interesante –continuó–.

Dijo que tendría el corazón de una gitana. Lo había olvidado hasta que tú lo mencionaste el otro día.

Jack intentó ignorar el nudo que se le formó en el estómago.

–¿Crees en esas cosas? –preguntó, mirándola fijamente.

–No sé –dijo Isabella en un susurro–. Pero añadió algo aún más interesante.

–¿Qué? –Jack se arrepintió de inmediato de haber hecho la pregunta.

Isabella se sonrojó y se mordió el labio con un gesto de timidez.

–Dijo que sólo encontraría la felicidad en una tierra remota, en cuyo firmamento brillaría una cruz.

Jack sintió una sacudida y se puso de pie de un salto. No quería oír más.

–¿También crees en los mensajes que dejan los posos del té?

–Supongo que te parece una estupidez –Isabella se incorporó a su vez y lo miró a los ojos con una mezcla de osadía y vergüenza.

–Sí. Pienso que es una historia muy romántica pero completamente absurda –sin volver la vista, Jack se dirigió a la canoa–. Vámonos.

Se dieron otro baño cuando fondearon al final del día. Flotaron sobre la espalda para que el agua relajara la tensión de sus músculos y contemplaron el cielo rosado del atardecer.

Mientras esperaban a que se cocinara la cena, se tumbaron en la orilla y entretuvieron el hambre con unos frutos secos.

Jack estaba decidido a no cometer el error de la noche anterior. Un beso podía ser una equivocación. Dos, serían una catástrofe. Intentó hablar de asuntos prácticos.

—¿Has mandado algún mensaje a tu casa desde que te fuiste? —preguntó.

Isabella se volteó sobre el estómago para mirarlo con una agilidad que asombró a Jack. Cada uno de sus movimientos le resultaba de una elegancia exquisita. Como su espalda y sus brazos cuando la veía remar.

—Llamé a una amiga desde el aeropuerto de Darwin. No le dije dónde me encontraba pero le pedí que anunciara a mi padre que estaba sana y salva —frunció el ceño—. Tendré que llamar en cuanto lleguemos a Killymoon. No pretendía desaparecer tantos días.

—Ten cuidado. Puede que tu prometido haya pinchado los teléfonos —dijo Jack.

Isabella suspiró.

—Sí. Supongo que el palacio estará repleto de detectives. Será mejor que llame a una de las enfermeras del hospital.

Jack se tumbó sobre el costado y apoyó la cabeza en la mano.

–Háblame de tu trabajo en el hospital.

Isabella pareció sorprenderse y se encogió de hombros.

–Comencé muy joven para sustituir a mi madre. Nuestra gente la adoraba. Estaba volcada en sus obras de beneficencia. Dedicaba gran parte de su tiempo a los indigentes y a los enfermos terminales –sonrió con tristeza–. Es una labor que me hace sentir bien. Es un privilegio poder servir de algo. Me produce una gran satisfacción.

–¿Hay algo de lo que te sientas especialmente satisfecha?

Isabella no vaciló.

–Me gusta acompañar a los enfermos terminales que no tienen familia y que de otra manera morirían solos.

Jack la miró boquiabierto.

–Tienes razón.

–Todo el mundo se merece dejar este mundo en una atmósfera de serenidad y respeto. Y de amor.

Jack pensó en Geri y un dolor le atravesó el pecho al tiempo que los ojos se le llenaban de lágrimas. Se pasó la mano por la cara.

–Lo siento, Jack –se apresuró a decir Isabella con expresión comprensiva–. Supongo que no quieres hablar de esto.

–No –se apresuró a decir Jack–. Es un tema muy interesante. ¿Cómo consigues crear esa atmósfera de serenidad?

Isabella miró a un punto en la distancia.

–Depende de las circunstancias. A veces basta con acompañarlos y sujetarles la mano. Muchos de ellos llevan años sin ningún contacto humano.

Jack no pudo contener un gemido. Su mujer no había tenido a ningún ser querido junto a ella. Su muerte había sido completamente injusta.

–¿Jack? –Jack oyó a Isabella llamarlo pero no la veía. Tenía los ojos arrasados en lágrimas–. Esta conversación te está deprimiendo –añadió ella.

Jack cerró los ojos para contener el llanto, pero los recuerdos se agolpaban en su mente.

Se vio de nuevo en la sala de partos. Geri estaba pálida y agotada. Y un médico de aspecto poco amigable les notificaba que su hija había nacido muerta.

En aquel preciso instante, cuando todavía no habían asimilado la noticia, oyó que las enfermeras se alarmaban y mencionaban una grave hemorragia. Un segundo más tarde, se llevaban a Geri hacia el quirófano.

Él la siguió por el pasillo del hospital. Jamás olvidaría el contraste entre la palidez de su rostro y su cabello cobrizo. Pobre Geri. Había alargado la mano y él consiguió acariciársela. Eso fue todo. De pronto, desapareció tras una puerta que él no podía traspasar.

Y Geri nunca salió de allí.

–Yo no pude acompañarla –dijo, con voz quejumbrosa–. No estuve con Geri.

–¿Geri? –musitó Isabella.

–Mi mujer.

–Jack, cuánto lo siento.

Él se sentó y miró fijamente la arena.

–Murió al dar a luz. También el bebé –Isabella dejó escapar una exclamación de dolor. Jack continuó–: No estaba con ella cuando murió. No me dejaron –Jack estaba temblando–. No sabía que no volvería. Ni siquiera pude decirle que la amaba.

No pudo contenerse más y sin tan siquiera darse cuenta comenzó a llorar desconsoladamente.

No vio a Isabella moverse, pero la sintió a su espalda, acariciándole los hombros y los brazos, apoyando su mejilla contra su cuello.

–Jack, pobre Jack –susurró ella, antes de abrazarlo por detrás y acunarlo con dulzura.

Jack no trató de reponerse sino que dio rienda suelta a sus sollozos.

Llevaba tres años reprimiéndose, construyendo una muralla de insensibilidad a su alrededor, evitando la compasión de sus amigos. Isabella acababa de romper el escudo protector que llevaba puesto desde la muerte de Geri.

Cuando por fin pudo recobrar la calma, respiró profundamente. Isabella lo soltó y se sentó a su lado.

–No debes culparte –dijo con dulzura–. Cuando las cosas suceden repentinamente uno no

puede hacer nada. Ni siquiera tienes la oportunidad de despedirte.

Jack se secó la cara con la mano y contempló
una roca contra la que el agua rompía formando
espuma. Isabella no dijo nada más, pero sus palabras se repitieron como un eco en sus oídos.

«Ni siquiera tienes la oportunidad de despedirte».

Eso era lo peor. Había estado sumido en tal estado de confusión que cuando lo dejaron pasar a
ver a Geri no supo qué decir.

No le había dicho adiós. Ni entonces ni a lo
largo de aquellos tres últimos años.

Todo aquel tiempo se había resistido a dejarla
ir. Primero, había buscado refugio en el alcohol y
después en el trabajo. Pero sobre todo, había cortado toda relación con sus amigos y su familia.
Estaba tan enfadado que se había encerrado en sí
mismo. Llevaba tres años medio anestesiado.

De hecho, aquella semana no era más que otra
forma de huir de la realidad de que Geri estaba
muerta. Había planeado rememorar cada instante
que habían pasado en Pelican's End, cuando lo
que realmente debía de hacer era buscar la manera
de despedirse de ella.

Jack estaba tan ensimismado que tardó en
darse cuenta de que Isabella se había levantado y
caminaba hacia la hoguera.

–Creo que la cena está lista –comentó ella.

Él olisqueó el aire y se puso de pie de un salto.

–Seguro que sí –la alcanzó y removió las brasas–. Menos mal que te has dado cuenta.

El pescado estaba delicioso, pero Jack estaba demasiado pensativo como para disfrutarlo e Isabella no dejó de bostezar.

–Creo que me voy a dormir –dijo.

–Buenas noches –Jack se atrevió a darle un beso en la mejilla. Cuando ya se alejaba, añadió–: y gracias.

Sabía que no tenía que darle explicaciones. Ella sonrió.

–Buenas noches, Jack –oyó aullar a unos dingos en la distancia y se volvió con gesto nervioso–. No tardarás ¿verdad?

–En seguida voy –dijo Jack. Sólo necesitaba estar un momento a solas.

Echó otro leño al fuego y se quedó contemplando las llamas. Quería pensar en Geri y en su pequeña, Annie.

Durante todos aquellos años las palabras de consuelo de sus conocidos le habían sonado huecas, pero lo que Isabella acababa de decirle tenía mucho sentido: no había tenido la oportunidad de despedirse. De pronto, aquella noche, la muerte de Geri parecía tan real como el río que tenía ante sus ojos. Y como el río y como la vida misma, era irreversible. Tuvo la certeza de que no podría recuperar el pasado. De que Geri no volvería.

Se puso de pie, echó más madera en el fuego y contempló las llamas. Llevaba tres años sobreviviendo, no viviendo. Y si había alguna lección que aprender de su desgracia era que la vida era un maravilloso don que no debía despreciarse.

Alzó la cabeza al cielo estrellado y dejó escapar un hondo suspiro. Debía reflexionar sobre muchas cosas.

Isabella se despertó antes del amanecer. Aunque estaba rodeada por sombras podía oír el murmullo del agua y los primeros trinos de los pájaros. Pronto se haría de día. Y en cuestión de horas llegarían a Killymoon.

De acuerdo con lo que Jack le había dicho, estarían con los Kingsley–Lairds para el mediodía, lo que significaba que le quedaban pocas horas para estar a solas con él.

Giró la cabeza para mirarlo y se incorporó sobre el codo. Contempló su cabello despeinado y sus cejas pobladas, la línea de su nariz y el pequeño valle en forma de uve que corría entre su nariz y sus labios.

Un estremecimiento la sacudió al recordar cómo aquellos labios la habían besado, cómo habían acariciado su piel y le habían transmitido sensaciones que nunca hubiera creído que existieran más que en sus sueños más osados.

Si Jack le hubiera pedido que se entregara completamente lo habría hecho. Si no hubiera dejado de besarla, estaba segura de que habría accedido a tener relaciones sexuales con él. Ella, una princesa, hubiese perdido su virginidad con un desconocido cuyo apellido ni siquiera conocía.

Sólo pensar en hacer el amor con él, incluso sabiendo que todavía echaba de menos a su mujer, le hizo temblar de deseo. Ningún hombre la había excitado como él. Quizá era verdad que se estaba convirtiendo en Carmen. Tal vez la vida al aire libre, la piel bronceada, el cabello suelto, la estaban liberando de toda una vida de represiones.

¿Estaría desapareciendo la princesa Isabella?

Se sentía tan distinta que tuvo la tentación de alargar la mano y tocar a Jack. Podía imaginar su piel tibia, la aspereza de su barbilla sin afeitar, el vello de su pecho. ¿Y cómo sería el resto de su cuerpo? ¿Qué le haría sentir?

Una corriente de calor la recorrió de la cabeza a los pies. La luz clareaba. Pronto se haría de día y Jack se pondría en marcha.

Pero ella quería que se quedara donde estaba, junto a ella. ¿Qué haría Carmen cuando deseaba a un hombre? ¿Lo despertaría con un beso?

Jack parecía un niño. Sus labios estaban entreabiertos y relajados. ¿Podría revivirlos con una caricia de su lengua?

Se inclinó sobre él. ¿Se enfadaría? Isabella sintió que se le alteraba la respiración. El corazón le latía con fuerza. Un mechón de su cabello le rozó la mejilla.

Jack abrió los ojos desorbitadamente.

–Isabella –le rodeó los hombros con los brazos y la mantuvo a unos milímetros de sí.

–Buenos días –susurró ella.

–Buenos días –una sombra oscureció la mirada de Jack, como si de pronto se diera cuenta de lo que estaba pasando.

–Quería ver si estabas despierto.

Jack miró al cielo y arqueó las cejas con incredulidad.

–¿Tan temprano?

Isabella sonrió con timidez.

–Estaba... inquieta.

–¿Inquieta, Isabella?

–Sí. Mucho.

Isabella advirtió con desánimo que Jack miraba a su alrededor. En unos segundos se pondría de pie y empezaría a preparar el desayuno. Respiró profundamente.

–Siento una inquietud propia de Carmen.

Jack la miró con sorpresa pero no la soltó. Parecía estar preguntándose si había interpretado el mensaje correctamente. De pronto sus ojos se suavizaron y la miró con dulzura.

–¿Te estás insinuando, Carmen? –preguntó con malicia. Ella asintió con la cabeza–. ¿Sabes lo que puede suceder si nos besamos?

Isabella tragó saliva.

–Creo que sí.

–¿No deberías actuar con más cautela, Alteza Real?

–¡No! –Isabella sólo quería que la tocara, que la besara.

–¿No?

Ella sacudió la cabeza.

Jack la miró con ojos brillantes de deseo y su mirada la recorrió como un fuego abrasador.

–Ven aquí –susurró finalmente, y la atrajo hacia sí.

CAPÍTULO 7

JACK la acarició con una lentitud atormentadora. Le besó el labio inferior y se lo mordisqueó. El roce delicado de sus dedos y el contacto con su boca provocaron un estremecimiento en lo más íntimo de Isabella.

–Eres una mujer impredecible –musitó Jack, rozando con sus labios el lóbulo de Isabella . Nunca sé qué esperar de ti.

–En cambio yo sí sé qué esperar de ti –dijo ella con un tono sereno tras el que ocultó su turbación.

–¿Y qué es?

–La perfección.

Jack rió sensualmente y le retiró un mechón de cabello tras la oreja antes de recorrer la línea de su mandíbula con la lengua.

–Ésa es una expectativa imposible de cumplir.

Isabella supo que lo había halagado.

Los labios de Jack buscaron su boca y la besaron con fruición al tiempo que sus manos descendían hacia sus caderas y se metían debajo de su camiseta para acariciar su piel desnuda.

Isabella creyó enloquecer pero se dijo que no

debía tener miedo de lo que, en el fondo, llevaba deseando desde el momento que vio a Jack. No podía dejarle saber su secreto y que temiera seguir adelante. Puesto que ella había iniciado aquello, debía actuar y pensar como si verdaderamente fuera Carmen.

Intentó disimular el temblor de sus manos y se levantó la camiseta.

Jack se quedó sin aliento. Era aún más hermosa de lo que había imaginado y contemplarla le hizo perder toda esperanza de detener aquel peligroso encuentro.

La luz del amanecer iluminaba su piel de marfil. Jack hubiera querido decirle con palabras lo perfecta que era la curva de sus caderas y las puntas rosadas de sus senos, pero tenía la garganta bloqueada por el deseo.

Sólo podría expresarse con las caricias de sus manos y de sus labios. Con lentitud.

Acopló sus caderas a las de ella y cubrió con sus manos sus senos, arrastrando a Isabella a un mundo de sensaciones.

Ella no podía reprimir sus gemidos de placer. Su piel se tensó bajo la presión de las manos y de la boca de Jack. Los brazos y piernas de Isabella se quedaron sin fuerza. Jack lamió cada parte de su cuerpo que necesitaba ser tocada.

Isabella no comprendía cómo había tardado veinticinco años en experimentar aquellas sensaciones. Ya no sentía miedo, sino una música interior que crecía, cada vez más alta, cada vez más intensa.

Le pareció que Jack musitaba lo hermosa y sensual que era. Pero era él quien la había transformado súbitamente en una mujer llena de fuego.

Y de pronto, sintió un estremecimiento convulso en todo el cuerpo, y creyó flotar.

–Jack, oh, Jack –exclamó.

El corazón le latía como si quisiera salírsele del pecho. Se aferró a Jack con fuerza y cabalgó sobre él al tiempo que dejaba un surco de besos en su mejilla.

Y entonces también él perdió el control. Aquella mujer a la que llevaba deseando desde hacía días lo arrastró hacia un punto sin retorno.

Isabella le sonrió con un brillo en los ojos que reflejaba el deseo que él mismo sentía. Por un instante también creyó ver en ellos algo de temor, pero cuando ella volvió a susurrar su nombre con voz quejumbrosa y entrelazó sus piernas con las de él, Jack dejó de ofrecer resistencia y se dejó ir, aceptando la invitación de su cálido interior.

Cerca del mediodía, la canoa se deslizó por un meandro pronunciado.

–Ahí está Killymoon –dijo Jack.

Isabella contempló desanimada lo que podía haber sido un espejismo. Una explanada de césped perfecto formaba un claro entre los arbustos hasta la orilla del río y en lo alto del terraplén se erguía una mansión rodeada de una arboleda. Tenía una gran columnata, ventanales franceses y contraventanas azules. Por los laterales ascendían unas magníficas buganvillas de un rojo brillante.

Tras días de vivir en el páramo, resultaba de un clasicismo fuera de lugar.

–Es preciosa –dijo, y se volvió a Jack. Pero la expresión sombría de su rostro la paralizó. Llevaba toda la mañana comportándose de una manera extraña y ella no sabía cómo interpretar su estado de ánimo.

–Vamos hacia la orilla –dijo él, remando en esa dirección.

Detuvieron la canoa en una explanada arenosa. Jack se bajó, la ató a un árbol, y ayudó a Isabella a bajar. Ella sintió un escalofrío y la premonición de que algo malo iba a pasar.

Y no podía entender cuál podía ser la causa cuando lo que había ocurrido entre ellos por la mañana era lo más maravilloso que había experimentado en su vida. Amar a Jack sólo podía ser bueno. ¿Por qué entonces estaba tan abatida?

–¿Qué ocurre, Jack?

Él miró al suelo.

–Sólo puedo acompañarte hasta aquí. Tenemos que decirnos adiós.

Isabella sintió que la tierra se abría bajo sus pies.

–¿No vas a venir a la mansión conmigo? ¿No quieres saludar a los Kingsley–Lairds?

–No.

–¿Por qué? –Isabella preguntó atónita.

–Tengo mis razones, pero preferiría no explicártelas.

A Isabella le dio vueltas la cabezas. ¿Por qué había sido tan estúpida como para asumir que Jack la acompañaría hasta el final? Debía despertar y aceptar la realidad.

–Nunca te he pedido explicaciones y ahora es demasiado tarde

–Así es –Jack exhaló un suspiro y por fin la miró. Sus ojos azules tenían la frialdad del hielo–. Créeme si te digo que es lo mejor. Esperaré durante media hora. Si no vuelves, asumiré que todo ha ido bien y me marcharé río arriba.

Isabella sintió que le dolía el pecho como si una bala se lo hubiera atravesado. Era el final. No volvería a ver a Jack.

–No puedes ir solo y contracorriente hasta Pelican's End.

–No te preocupes por mí. Estoy bien.

«Pero yo no», pensó Isabella. No podía fingir que la deserción de Jack la dejaba indiferente.

Se quitó el sombrero lentamente y lo dejó sobre la canoa. Jack la observó con expresión taciturna.

–No pensaba que tendría que decir adiós tan pronto –dijo ella.

–Tenía que pasar más tarde o más temprano.

–No sé cómo agradecerte todo lo que has hecho por mí. Tampoco sé cómo despedirme.

Jack forzó una sonrisa.

–Basta con decir una palabra.

–¿Cómo puedes bromear en un momento así?

–Porque no tiene sentido tomárnoslo en serio –Jack hizo una pausa tras la que añadió–: Tampoco podemos pensar en nosotros con seriedad.

Isabella dejó escapar un gemido y dio un traspiés hacia atrás. Jack la sujetó por el codo para que no se cayera al río y los dos se quedaron paralizados, uno frente a otro, mudos.

–Isabella, ¿por qué no me lo dijiste?

–¿De qué estás hablando?

–Lo sabes perfectamente. ¿No crees que deberías haberme dicho que eras virgen? –añadió Jack.

Isabella se llevó la mano al corazón. Así que por eso estaba enfadado. Le lanzó una mirada desesperada y sacudió el brazo para que la soltara. Pero Jack la retuvo de nuevo.

–Creo que me merezco una explicación –exigió él.

«Porque te deseaba, Jack. Porque te amo y no creo que pueda amar a ningún otro hombre como a ti», repitió mentalmente ella.

Isabella sintió que algo se resquebrajaba en su interior. Quería morirse. Pero todos los años de disciplina palaciega acudieron en su ayuda. Se cuadró de hombros y miró a Jack con dignidad.

–Temía que me rechazaras.

Jack se pasó una mano por la frente.

–Isabella, no creo que la virginidad de una princesa sea algo con lo que se pueda jugar. Y menos, entregársela a un desconocido.

¡Oh, Jack! Isabella ocultó el rostro para que no le viera los ojos llenos de lágrimas.

–No me he entregado a ti frívolamente –dijo con un hilo de voz.

Jack dejó escapar un resoplido.

–Me he expresado mal –dio un paso hacia ella–. Lo siento, Isabella.

–Yo no, Jack –se volvió hacia él sin molestarse en secarse las lágrimas–. Tengo veinticinco años y no considero que me haya comportado mal. Te deseaba. Y tengo el mismo derecho que cualquier otra mujer para elegir a quien quiera.

Súbitamente, Jack la atrajo hacia sí y la estrechó contra su pecho. Besó su cuello y sus mejillas.

–Eres una mujer muy especial –murmuró con voz ronca–. Pero debes comprender que pertenecemos a mundos distintos.

Isabella no pudo contenerse y, abrazándose con fuerza a su cuello, lo besó en la boca. Él respondió con la misma pasión que ella y la estrechó en un abrazo que la dejó sin respiración. De pronto, separó sus labios de los de ella.

–Isabella, dime que me comprendes.

–No quiero comprenderte.

–Pero debes hacerlo.

Ella suspiró profundamente y salió del círculo de sus brazos.

–Lo único que comprendo es que nunca he sentido por otro hombre lo que siento por ti.

–Pero me olvidarás –dijo Jack con voz ronca–. Volverás a tu mundo, te librarás de tu prometido y un príncipe azul aparecerá en un caballo alado para rescatarte.

Isabella se secó los ojos con el dorso de la mano.

–Eso es un cuento de hadas, Jack.

–No –exclamó él, abriendo los brazos para incluir el río, la canoa y el paisaje que los rodeaba–. *Esto* es el cuento de hadas. Lo comprenderás en cuanto llegues a tu casa, a tu mundo real –le apretó el hombro con cariño–. Lo importante es que conserves la calma y tengas cuidado. Asegúrate de que John Kingsley–Laird comprende la gravedad de tu situación y permaneces oculta hasta el sábado.

La solemnidad de su tono y los términos prácticos en los que habló hicieron que Isabella perdiera la esperanza de hacerle cambiar de idea. Jack no mentía. Ya no se verían más. Era el final. Isabella se secó la cara con la manga de la camisa y adoptó una actitud resignada.

–Ahora márchate –dijo él, dándole un suave empujón.

Isabella vio un sendero que conducía hacia la

casa y lo tomó. Tras dar algunos pasos se volvió y
la intensidad con la que Jack la observaba le rompió el corazón.

Hizo un esfuerzo por sonreír.

Él señaló la casa con un movimiento de la barbilla y sonrió con tristeza.

–Buena suerte –dijo.

E Isabella se fue alejando de él, segura de que
la herida de su corazón nunca cicatrizaría.

U N PERRO trotó hacia Isabella cuando ésta alcanzó la mansión. El joven labrador le dio la bienvenida con saltos de alegría y movimientos frenéticos de la cola.

–Hola muchacho –Isabella le palmeó el lomo y siguió avanzando hacia la entrada principal.

En lo alto de la escalinata se encontraba una mujer que se llevó la mano a los ojos para protegerse del sol y observarla.

Vestía con una elegante sencillez, llevaba el cabello plateado retirado del rostro por una cinta negra y sujetaba en el brazo una cesta pequeña y una podadora.

–Buster, ven aquí –llamó al perro sin dejar de observar a Isabella.

–Hola, Elizabeth –dijo ésta al llegar al pie de la escalinata

Elizabeth Kingsley–Laird la miró con la boca abierta.

–No puede ser...

–Me temo que sí.

–¿Princesa Isabella?

Isabella ascendió las escaleras y se retiró el cabello de la cara.

–No me extraña que te cueste reconocerme. Siento presentarme sin anunciar mi llegada.

–Querida, no necesitas disculparte –exclamó Elizabeth–. ¡No puedo creerlo! Pero si te casas el sábado. Tenemos hechas las maletas para acudir a la boda –miró hacia el río con expresión preocupada–. ¿De dónde vienes?

Isabella le contó brevemente el accidente de coche.

–¡Dios mío! Pelican's End está lejísimos. ¿Cómo has llegado hasta aquí?

–En canoa.

–¿En canoa? –Elizabeth la miró atónita.

–Es una larga historia.

–Estoy segura –dejó la cesta en el suelo y abrió los brazos para dar la bienvenida a Isabella–. Pobre muchacha. Pasa, pasa. John ha ido a examinar el ganado con el veterinario pero vendrá más tarde. ¡Qué sorpresa va a llevarse!

Entrar en el salón de Killymoon era como acceder a una de las salas privadas del palacio Valdenza. Las paredes estaban pintadas de un elegante color crema. Había sofás mullidos y floreros con ramos frescos por todas partes, y las alfombras que cubrían el suelo proporcionaban una sensación de refinada comodidad.

Pero cuando Isabella miró a su alrededor, los magníficos cuadros que colgaban de las paredes, las vitrinas con piezas exclusivas de porcelana y la colección de fotografías con marcos de plata le resultaron extrañamente ajenos, como restos de una civilización que hubiera abandonado tiempo atrás. Se miró las uñas rotas, las piernas arañadas, la ropa arrugada y las botas llenas de barro, y sonrió tímidamente. Tenía la sensación de haber vivido mucho tiempo en el río.

–¿Qué te parece si te preparo un té y luego te das un baño?

–Suena a música celestial.

–Y luego puedes contarme qué ha sucedido.

Jack remó enérgicamente con la esperanza de que el cansancio físico le ayudara a no pensar en Isabella, pero fue en vano. Cuanto más se alejaba, más recuerdos de ella lo asaltaban.

No podía olvidar las lágrimas de sus ojos ni el brillo de determinación en su mirada cuando se despidió. Él era el culpable. Ella huía de un depravado y había caído en manos de otro hombre que también le causaba dolor.

Se maldijo por no haber sido capaz de resistirse a sus encantos. Y lo peor de todo era que había desvirgado a una princesa, cometiendo con ello un acto aún más reprobable.

Ella lo había nombrado su caballero andante y él había abusado de su posición. Que Isabella se hubiera entregado por propia voluntad no lo eximía de culpa.

Había hecho justo lo que no debía. Pero recordar lo exótica y atractiva que era y cómo había sido ella quien lo había provocado, hizo que se le secara la boca. ¿Quién se hubiera podido resistir a tanta hermosura?

En lugar de sentirse liberado al verla marchar hacia Killymoon, se tuvo que morder la lengua para no llamarla y pedirle que volviera con él.

Y en cuanto la perdió de vista comenzó a preocuparse. Ella había confiado en él y él la había abandonado. Al dejarla, había perdido la paz de espíritu.

No podía seguir negando la evidencia de que Isabella le importaba mucho más de lo que quería admitir. Al verla partir se había preguntado si con ella no se iba la única oportunidad que le quedaba de recuperar una vida propia.

Pero pensar así era una locura.

¿Cómo iba a compartir la vida con una princesa europea? ¿No estaba cometiendo el error de creer en un cuento de hadas?

Se encontraba en un callejón sin salida. Por eso siguió remando con desesperación. Por eso se encontraba tan mal.

A media tarde Isabella vio la fotografía.

Ella y Elizabeth se encontraban en el salón.

Acababa de hablarle sobre Radik cuando una colección de fotografías llamó su atención.

–Me gustaría ver a tu familia –comentó, consciente de que llevaban mucho tiempo hablando de ella.

–Encantada –dijo Elizabeth.

Formaban un conjunto variado. Había fotografías de antepasados, de bodas, de bebés. Y detrás del todo se veía la de un joven extremadamente atractivo con unos ojos de un azul espectacular.

Isabella sintió que el corazón se le paraba.

–¡Dios mío, es Jack!

Elizabeth la miró con ojos muy abiertos.

–¿Conoces a mi hijo? –dijo, con voz crispada.

–¿Tu hijo?

–Sí. Es John Junior, pero siempre lo hemos llamado Jack.

Isabella miró por la ventana.

–Lo conocí en Pelican's End. Él me trajo en la canoa.

–¿Nuestro Jack está aquí? –Elizabeth corrió hasta la ventana y miró hacia el río.

–No creo. Dijo que se iría al cabo de media hora.

Elizabeth pareció a punto de llorar.

–¿Por qué no me lo has dicho? Podría haber ido a hablar con él –aunque apretó los labios un gemido escapó de su garganta.

–Lo siento muchísimo, Elizabeth. No tenía ni idea de que fuera tu hijo. No me dijo cómo se apellidaba –dijo Isabella, al tiempo que pensaba: «Me dijo que no sería bienvenido».

Su anfitriona se dejó caer en la silla más próxima y se cubrió el rostro con manos temblorosas. Isabella tomó asiento a su lado.

–Jack me salvó la vida.

Elizabeth bajó las manos. Tenía la mirada perdida y los ojos enrojecidos.

–¿Cómo está mi niño?

–Se encuentra muy bien –la tranquilizó Isabella. Y para aliviarla de su dolor, añadió–: Ha sido muy bueno conmigo. Es un gran hombre.

Hablar de Jack con la madre de éste le produjo una punzada en el corazón.

–Debes pensar que somos una familia extraña –comentó Elizabeth–. Tenemos un único hijo y lo adoramos, pero no hablamos con él desde hace cinco años.

–¿Qué ocurrió? –Isabella temió ser indiscreta, pero a Elizabeth no pareció importarle.

–Jack y su padre tuvieron una espantosa pelea. John tiene ideas muy anticuadas sobre cómo deben comportarse las mujeres e hizo un comentario desafortunado sobre Geraldine.

–¿Geri, la mujer de Jack?

–Sí. Para John era demasiado poco convencional. Él quería que Jack tuviera una mujer que lo hiciera feliz y lo apoyara en su carrera. Supongo que alguien como yo, que ocupara un segundo plano. Desgraciadamente le dijo a Jack que no se-

ría feliz en su matrimonio –Elizabeth lanzó a Isabella una mirada de curiosidad–. ¿Te habló Jack
de Geri?

–Sólo me dijo que había muerto.

–Así es. Y me temo que su muerte acabó con
cualquier esperanza de que John y Jack se reconciliaran.

–¿Jack no le perdonó que la criticara?

–No. De hecho, yo creo que se casó con Geri
como respuesta. Las objeciones de su padre lo re-
afirmaron en su postura –tras una pausa, Elizabeth añadió–. Los dos son extremadamente testarudos. Desde que se casó, Jack cortó toda relación
con nosotros. Y tras la muerte de Geri, ha sido imposible conseguir que se reconciliaran –sacó un
pañuelo del bolsillo y se secó los ojos–. Al final,
Jack creó su propia compañía y lleva dos años haciendo la competencia a su padre –sonrió–. Y le
va muy bien.

–Estoy segura de que lo echa de menos.

Elizabeth la miró con tristeza.

–No me extraña que volviera a Pelican's End.
Adora ese lugar –sus ojos brillaron–. En cuanto
bajen las aguas, intentaré ir a verlo.

Cerca del mediodía, al día siguiente, Jack oyó
un helicóptero sobrevolar el río.

Alzó la vista y vio que tenía el escudo de Killymoon en el lateral de la cabina. Volaba muy bajo,

como si fuera a aterrizar y Jack tuvo la certeza de que no era una buena señal.

El helicóptero se aproximó y vio al piloto. ¡Era su padre! Ya no cabía duda de que algo iba mal. Sólo una circunstancia de extrema gravedad podría explicar que su padre fuera a buscarlo.

En cualquier otra ocasión Jack se hubiera alejado para evitar el encuentro, pero la certeza de que Isabella estaba en peligro le hizo remar a toda velocidad y alcanzar la orilla en el preciso momento en que las hélices se detenían y su padre se bajaba de la cabina.

–¿Qué haces aquí? –gritó Jack.

Su padre lo miró fijamente.

–Buenos días, Jack –dijo, en lugar de responder.

–¿Qué haces aquí? –gritó Jack de nuevo–. ¿Está bien Isabella?

John Kingsley–Laird se encogió de hombros.

–Supongo que sí –respondió.

–¿Supones? –exclamó Jack–. ¿Qué demonios significa eso?

–Espero recibir buenas noticias en...

–Explícate. ¿Qué ha pasado?

El anciano se cruzó de brazos.

–Anoche estaba perfectamente. Pero cuando tu madre y yo nos hemos levantado esta mañana, había desaparecido.

–¿Se ha ido? ¿Quieres decir que la habéis perdido?

John carraspeó.

—Hemos oído un helicóptero al amanecer, pero no le hemos prestado atención. Al no encontrar a Isabella hemos supuesto que lo enviaban de Amoria.

Jack dejó escapar una exclamación y se golpeó la frente con la mano.

—Le advertí que tuviera cuidado. No debía haber llamado a palacio hasta después del día de la boda. Se ve que no me ha hecho caso. ¿De qué otra manera habrían averiguado dónde estaba?

John pareció incómodo.

—¿Qué me ocultas? —le espetó Jack.

—Anoche intenté hablar con el rey.

—¿Qué? —Jack tuvo que contenerse para no darle un puñetazo. Perder la cabeza no sería de ninguna ayuda.

—Jack, compréndelo, tenía que intentarlo. Tu madre y yo estábamos invitados a la boda. No podía cobijar a la hija del rey Alberto sin notificárselo.

—¿Y qué dijo él?

—Ésa es la cuestión, que no pude hablar con él. En cuanto mencioné que llamaba para hablar de Isabella me pusieron con el servicio de seguridad y un agente empezó a interrogarme. Entonces decidí colgar el teléfono.

—¿No te dijo Isabella que su prometido podía haber pinchado los teléfonos? Gracias a ti, la ha localizado.

John lo miró con arrogancia.

–Puede que tengas razón, pero lo hecho, hecho está.

–He sido un estúpido. Debía haber creído en sus temores –Jack le lanzó una mirada de odio–. Y debía haber supuesto que tú te harías el macho y pretenderías resolver las cosas a tu manera.

John esquivó su mirada y dijo con amargura:

–Si estoy aquí es porque creo que quieres ayudarla, hijo.

Hijo. Aquella palabra hizo reaccionar a Jack. Sólo entonces se dio cuenta del enorme esfuerzo que su padre debía haber hecho para ir a su encuentro.

–Gracias, papá –dijo, con la cabeza gacha y las manos en los bolsillos.

John se esforzaba tanto como él por ocultar sus sentimientos.

–Pensaba que querrías localizarla. Siempre has sido muy...

–¿Cabezota? ¿Cómo tú?

Una sonrisa se dibujó en los labios de John.

–Iba a decir muy responsable. Te conozco y sé que harás lo que debas, aun cuando signifique cruzar el mundo para buscar a esa chica...

Jack dejó escapar un suspiro.

–Tienes razón. Tengo que ir.

–Pero has de tener cuidado. No sabemos quién está detrás de todo esto –John sacó del bolsillo un gran sobre blanco–. Aquí tienes la invitación a la boda. Te vendrá bien. Después de todo, nos llamamos igual.

–Gracias –Jack tomó el sobre con la mano izquierda y alargó la derecha a su padre.

Se estrecharon las manos mirándose a los ojos. Jack tuvo la certeza de que cinco años de animadversión habían llegado a su fin.

John pestañeó.

–Cuídate, hijo. Vas a enfrentarte a gente peligrosa.

Jack frunció el ceño.

–¿Hay algo que no me hayas contado?

–Me temo que tu madre encontró una jeringuilla en el dormitorio de Isabella.

CAPÍTULO 9

BUENOS días, Alteza. Hoy tenéis un aspecto magnífico.

Isabella pestañeó al tiempo que una doncella descorría las cortinas y la luz inundaba el dormitorio.

Todo era distinto a la víspera. Se hallaba en una reproducción exacta de su propio dormitorio.

El despertador que tenía desde los dieciséis años descansaba sobre la mesilla de noche, la alfombra persa, las cortinas de terciopelo azul...

–¿Cómo han llegado todas estas cosas aquí? –preguntó. Fue a incorporarse pero se sintió mareada y tuvo que recostarse sobre las almohadas–. ¿Quién ha traído mis posesiones?

–Qué pregunta tan extraña –dijo la doncella, con una sonrisa de desconcierto–. Estáis en vuestro dormitorio.

–Pero si no estoy en Amoria –Isabella miró por la ventana y descubrió con desmayo que nevaba sobre la torre del palacio.

–Pues claro que estáis en Amoria, Alteza.

Isabella observó a la mujer de mirada fría y

facciones angulosas y tuvo la certeza de no haberla visto nunca.

–¿Quién es usted?

–Vuestra enfermera.

–Pero si no estoy enferma –exclamó Isabella–. He estado remando en Australia y me encontraba perfectamente.

–¿Australia? Lleváis días en cama. ¿No recordáis? Toda la corte está preocupada por el estado de vuestra salud.

–¿Dónde está mi doncella, Toinette?

–Le han sido asignadas otras tareas.

Isabella la miró aterrorizada. La enfermera puso una mano en su frente.

–No parece que tengáis fiebre pero debéis descansar. Necesitáis recuperaros para mañana. Es el día de vuestra boda.

–No puedo casarme –Isabella volvió a sentirse mareada–. Necesito hablar con mi padre.

–El rey está ocupado.

–¿Tan temprano? Entonces he de hablar con mi hermano. ¿Dónde está el teléfono?

Los ojos de la enfermera brillaron.

–El conde Montez sugirió que lo retiráramos para que nada os molestase.

–¿Te ha contratado el conde?

–Claro. Es un hombre maravilloso. Sólo ansía veros mejorar.

–Ya estoy bien y quiero llamar por teléfono. Exijo que me lo traigan. Y quiero que vuelva Toinette.

–Tendré que consultar con el conde.

Isabella se dejó caer sobre las almohadas al tiempo que la mujer salía de su dormitorio. En cuanto la vio salir intentó ponerse de pie, pero fue imposible. Las piernas no la sostenían.

¿Sería verdad que estaba enferma? ¿Habría soñado a Jack?

Se aferró al poste de la cama para intentar ponerse de pie y consiguió dar unos pasos hacia la ventana. Efectivamente, la rodeaba el hermoso paisaje de Amoria. Pero era imposible que el páramo, Jack, el río y todo lo que había vivido fuera un sueño.

Bajó la mirada hacia el patio y vio a lacayos y doncellas entrando y saliendo muy atareados. Debían estar preparando el banquete real.

Si la boda era al día siguiente, ¿qué había sucedido los dos días anteriores?

Sintió náuseas y las piernas le temblaron. No podía casarse con Radik. No debía.

Vio su rostro reflejado en un espejo y se sobresaltó. Nunca se había visto tan pálida y con aquellas ojeras. ¿Sería verdad que estaba enferma?

La puerta se abrió a su espalda y el conde de Montez entró con los brazos extendidos.

–¡Cariño! ¡Es maravilloso verte de pie!

Isabella se estremeció. Con su traje de seda italiana, el cabello engominado y una dulce sonrisa en los labios, era el vivo retrato del prometido ideal.

Isabella sintió que la habitación daba vueltas y él le pasó un brazo por los hombros.

–Cuidado. Te ayudaré a volver a la cama.

–No estoy enferma –dijo ella con un hilo de voz.

–Cuánto me alegro, cariño –él besó su frente–. No son más que nervios por la boda –le palmeó la mano–. Pero ahora ya estás mucho mejor.

Se agachó y, delicadamente, tomó a Isabella en brazos y la dejó sobre la cama. A continuación, se sentó a su lado y la miró con cara de preocupación. Isabella bajó la vista hacia sus manos entrelazadas y el corazón le dio un vuelco. Tenía las uñas rotas y estropeadas.

«Me rompí las uñas en el río cuando ayudé a Jack a sacar la canoa», pensó llena de alegría.

Disimuladamente, metió la otra mano bajo las sábanas y se tocó las piernas. Tenía arañazos y moratones.

Por fin tuvo la certeza de haber estado en Australia. El alivio que sintió fue breve. La siguiente pregunta que necesitaba contestación era qué había hecho Radik para llevarla hasta Amoria. No comprendía por qué no recordaba nada. ¿La habrían drogado?

El corazón se le aceleró. De pronto comprendía por qué se sentía tan mareada. Y tuvo miedo.

–Radik, por favor, llama al médico.

–Tranquilízate, Isabella.

Isabella se supo prisionera en su propio dormitorio. Quería retirar su mano de la de Radik y decirle que no pensaba casarse con él. Pero recordó a Christos Tenni y decidió ocultar su miedo.

–No comprendo cómo mi padre no ha venido a verme todavía –dijo, en un tono más dócil.

–Vino ayer.

–No lo recuerdo. ¿Le habéis dicho que ya estoy despierta?

–El rey está muy ocupado.

Isabella suspiró.

–Siempre lo está –dijo fingiéndose desilusionada, pero con la convicción de que Radik se había ocupado de que su padre no pudiera verla.

–Está en una reunión con la Unión Europea, pero yo lo mantengo bien informado. Sabe que necesitas mucho descanso y te manda su amor.

–¡Qué considerado!

–Está muy orgulloso de ti, querida. Y está deseoso de verte casada.

Isabella tuvo que hacer un esfuerzo sobrehumano para no protestar, pero estaba segura de que su vida corría peligro si no aparentaba estar tranquila y confiar en él. Si Radik sospechaba que no lo creía, volvería a sedarla. No debía despertar sus sospechas.

Radik se inclinó hacia ella y estudió su rostro.

–Tu enfermera dice que has tenido unos sueños muy extraños sobre Australia.

Isabella sintió que el corazón se le aceleraba. Respiró con dificultad.

–¿Australia? –frunció el ceño–. He debido soñar algo, pero en cuanto la enfermera me ha comentado que debía ser una alucinación producto de la fiebre me he dado cuenta de que tenía razón. Yo nunca he estado en Australia.

Radik apretó los labios.

–¿Estás completamente segura?

Isabella se sintió aterrorizada. No sabía si debía contestar afirmativamente o si Radik intuiría que estaba mintiendo. Asió las sábanas con fuerza.

–Estoy mareada, Radik. Esta última semana ha pasado en una nebulosa. No sé si he soñado o si he vivido ciertas cosas. ¿Puedes decirme qué ha sucedido? Es imposible que haya ido y vuelto a Australia.

Radik tardó en contestar.

–Te has comportado de una manera muy extraña, pero pronto todo volverá a la normalidad –dijo al fin.

Sus ojos brillaban bajo sus párpados entornados y deslizó su dedo desde el hombro de Isabella hasta su barbilla. Ella recibió la caricia como si se la hiciera la hoja de un cuchillo.

–No te asustes, mi amor –dijo él al notar que se estremecía–. No sabes cuánto deseo que llegue mañana.

Isabella estaba aterrada. ¿Por qué no habría hablado con su padre de inmediato cuando Christos Tenni compartió sus temores con ella? Arrepentirse no conducía a nada. Tenía que poner sus ideas en orden ¿Qué podía hacer? No sabía qué mentiras habría contado Radik a su padre y a su hermano, pero era evidente que no estaba dispuesto a que se pusiera en contacto con nadie con suficiente autoridad como para cancelar la boda. Y eso le dejaba una única y espantosa alternativa: consentir en casarse.

Se llevó la mano a la boca para contener un grito de angustia. Tendría que esperar a estar en la catedral. Sólo entonces, rodeada de los obispos y de los dignatarios europeos estaría a salvo del conde de Montez y podría actuar.

¿Sería capaz de cancelar la boda en el altar? ¿Le perdonarían los ciudadanos de Amoria? ¿Le perdonaría su padre?

Pensar en provocar un escándalo delante de tanta gente le daba pánico. ¿Pero acaso le quedaba otra alternativa?

CAPÍTULO 10

POR PRIMERA vez desde que aterrizó en Amoria, Jack estaba de suerte.

Había temido que el conde de Montez hubiera alertado a la policía y que no lo dejaran entrar, pero cuando le mostró la invitación al ujier, éste le franqueó la entrada sin titubear.

Jack estaba a punto de unirse a la cola de familias reales europeas que desfilaban por la alfombra roja hacia el interior de la catedral.

Muchas mujeres volvieron la cabeza al verlo y le dedicaron sonrisas presumidas, lo que le ganó miradas destempladas de sus acompañantes masculinos.

Indiferente, Jack siguió al ujier. Su asiento estaba en medio de una de las filas, al final de la nave central y desde él se veían a la perfección los escalones frente al altar donde se desarrollaría la ceremonia.

Al sentarse, fijó su mirada en el punto exacto en el que Isabella se situaría y de pronto se le hizo un nudo en el estómago y se le aceleró el corazón.

Miró a su alrededor y admiró la magnificencia del edificio, con sus esbeltas columnas, sus grandes vidrieras y su enorme órgano. Era un escenario sobrecogedor.

Rezó para que le llegara una inspiración divina. No tenía ni idea de cómo detener aquella boda.

Y lo peor era no saber cómo estaba Isabella, qué recordaba. Necesitaba verla y mirarla a los ojos. Tenía tanto miedo por ella...

La policía de Darwin había analizado la jeringuilla. Contenía restos de drogas hipnóticas como las que los ladrones usaban para robar a los turistas.

Pero la policía de Amoria no lo creyó cuando les dijo que Isabella había sido secuestrada en Australia. Le dijeron que era imposible porque la princesa había permanecido en palacio desde el viernes anterior por enfermedad.

Luego probó a ponerse en contacto con el rey o con el príncipe Danior, pero el conde de Montez parecía tener control total de la situación y el acceso a palacio le fue denegado.

Miró a su alrededor y se preguntó cuántos de los que lo rodeaban eran de seguridad. Debía de haber un gran despliegue de policías camuflado entre los invitados. Había tantos jefes de estado y gente importante que Jack estaba seguro de que si intentaba acercarse a Isabella le dispararían.

Isabella estaba lista. Llevaba un magnífico traje de seda francesa, el cabello recogido en un tocado con flores de azahar entrelazadas y un velo medieval sujeto por una tiara de diamantes que había pertenecido a su madre.

Lucía también diamantes en las orejas y en el cuello y portaba un ramo de lirios del valle, símbolo de modestia y fertilidad.

En el salón contiguo la esperaban sus seis damas de honor, vestidas también de blanco con ramos de rosas del mismo color.

En los comedores del ala oeste, el mayordomo estaría dando las últimas instrucciones al servicio para asegurarse de que el desayuno de la boda transcurriera con la precisión de una maniobra militar.

Frente a la escalinata de palacio esperaban carruajes alineados para conducir a los invitados y a la novia a la catedral.

Pero Isabella sólo pensaba en Jack.

Lo echaba tanto de menos que le dolía el pecho y los ojos se le llenaban de lágrimas.

No había podido dormir en toda la noche recordando cada minuto de su aventura... Sus besos apasionados... El roce de las manos de Jack sobre su piel...el gozoso temblor de sus cuerpos.

Estaba enamorada de él. Y amarlo la convertía en mejor persona.

Se miró al espejo y vio su reflejo vestida de novia. Miró por última vez a su amada ciudad y el ramo de flores tembló entre sus manos.

A Jack le llegó un murmullo de vítores en el exterior y supo que Isabella había llegado. El murmullo se convirtió en un rugido y el corazón se le paró. Sacó un pañuelo del bolsillo y se secó el sudor de la frente.

Al cabo de unos segundos, las trompetas anunciaron la llegada de la novia a la puerta, los asistentes se pusieron de pie y un mar de cabezas se giró hacia la entrada principal. Sonaron las primeras notas del órgano y Jack se quedó sin respiración al ver a Isabella recortada contra el umbral.

Estaba tan hermosa que se le secó la boca. Pero había algo extraño en ella. Tenía una palidez luminosa y caminaba como en una nube.

Isabella hubiera hecho cualquier cosa por estar anestesiada y no sentir ni temblor de piernas, ni náuseas, ni alteraciones bruscas en los latidos de su corazón.

Respiró profundamente y, al ver que la ayudaba a sentirse mejor, decidió concentrarse exclusivamente en su respiración e ignorar los cientos de ojos que la observaban. Respiraría lenta y prolongadamente y así avanzaría, paso a paso, por la nave.

–Alteza. Es la hora.

Ya no había marcha atrás. Su padre la esperaba en mitad de la nave. Según la tradición de Amoria, ella recorrería la primera mitad sola. Respiró profundamente y dio un paso adelante.

Lo consiguió. Cada respiración la ayudaba a

dar un paso más. La música del órgano sonaba cada vez más fuerte. Otro paso. Otra inspiración. Y estaba frente a su padre. Él alargó la mano. Parecía que había pasado un siglo desde su último encuentro

–Hola cariño –dijo él con una voz grave suavizada por la emoción.

Isabella no pudo ver si sonreía porque tenía los ojos arrasados en lágrimas. Su padre se aproximó, le tomó el brazo y lo entrelazó con el suyo.

Isabella no se movió.

–Vamos –musitó el rey.

Isabella sintió que el corazón le latía en la garganta.

–No –susurró.

Su padre le presionó el brazo.

–Vamos, Isabella.

–No –Isabella todavía no estaba segura de poder imponerse al hombre que había dictado toda su vida. Pero las palabras salieron de su boca–. No puedo casarme con Radik.

Percibió la crispación de su padre.

–Isabella, serénate –dijo, entre dientes.

–Padre, por favor, no me hagas seguir adelante.

–¿Qué te pasa? Esto es un sinsentido.

A pesar del volumen del órgano, Isabella oyó murmullos entre los invitados de las filas más próximas.

Miró hacia adelante y vio a Radik al pie del altar. Tenía gesto de enfado.

–¿No te encuentras bien? –preguntó el rey, suavizando el tono–. Apóyate en mí.

–No padre, siento hacerte esto, pero no voy a casarme.

Lanzó otra mirada hacia el altar y vio que Radik estaba rojo de rabia. ¿Sería capaz de ir a por ella? ¿Podrían obligarla a casarse con él?

Hubo una pausa en la música y a sus oídos llegó un murmullo distinto. Parecía una pelea entre hombres. Y de pronto oyó por encima de todas una voz familiar:

–¡Carmen!

Isabella se estremeció de pies a cabeza.

–¿Jack?

Era imposible. Estaba en Pelican's End.

Se soltó del brazo de su padre y, al volverse, lo vio. Avanzaba hacia ella con dos hombres de seguridad colgados del brazo como si fueran marionetas.

Jack. Sus ojos eran aún más azules de lo que recordaba. Y la miraban con una férrea determinación.

Isabella tembló con una mezcla de felicidad y temor.

–Esto es inconcebible –gritó el rey–. Detengan a ese hombre.

–¡No! –gritó Isabella.

Cada vez había más hombres de uniforme.

La música cesó bruscamente. Isabella se recogió el traje y caminó hacia Jack. Una exclamación colectiva acompañó sus pasos. El rey siguió a su hija.

Cuando Isabella llegó a la altura de Jack, reprimió el impulso de echarse en sus brazos. Sus ojos se encontraron y ella se estremeció de placer.

–¿Quién eres? –exigió saber el rey.

Jack sostuvo su mirada.

–Soy Jack Kingsley–Laird.

–¿El hijo de John y Elizabeth? –el rey lanzó una mirada suspicaz a Isabella–. ¿Y qué explicación tiene este intolerable comportamiento?

–Isabella necesita mi ayuda.

–Es verdad, padre –gimió Isabella–. Tengo que hablar contigo.

–No los escuches –Radik se había abierto paso a codazos. Estaba pálido y temblaba de furia. Señaló a Jack–. Exijo que ese criminal sea detenido y que la ceremonia continúe.

Isabella sintió que la cabeza le daba vueltas. Iba a desmayarse.

–Es demasiado tarde, Radik –dijo, con un hilo de voz–. No voy a casarme contigo.

Una oleada de exclamaciones recorrió la catedral.

–Pero Isabella ... –intervino el rey.

–Por favor, padre. No puedo.

–¿Estás segura? –susurró el rey.

–Completamente.

Durante unos segundos hubo un silencio sepulcral. Entonces, el rey asintió con la cabeza lentamente.

–Muy bien –dijo. Lanzó una mirada a Isabella, miró a Jack detenidamente y, con el ceño fruncido, sacudió la cabeza en dirección a Radik–. Será mejor que hablemos en privado –se volvió hacia el obispo–. Lo siento, pero tendréis que anunciar que la ceremonia se va a retrasar.

Para cuando Isabella y Jack terminaron de explicarlo todo al rey Alberto, éste parecía un anciano abatido.

–¿Cómo puede Radik haberme engañado? –musitó, sacudiendo la cabeza con tristeza–. No queda más alternativa que cancelar la ceremonia.

Isabella cerró los ojos con alivio. Su padre se puso de pie.

–Éste ha sido un ataque frontal a la casa real. Tengo que hablar con el jefe de policía sobre Christos Tenni. El secretario de palacio tendrá que ocuparse de la crisis –suspiró profundamente–. ¡Qué escándalo!

–Lo siento, padre. Si hubiera podido verte de inmediato, habríamos cancelado la ceremonia hace una semana –dijo Isabella.

El rey la contempló largamente, pero no le otorgó el perdón que tanto ansiaba, e Isabella se dio cuenta de que había sido una ingenua al creer que su padre admitiría que la falta de comunicación entre ellos había agravado seriamente las cosas.

Aprovechó que el rey fue a hablar con el guarda apostado a la puerta para lanzar una mirada hacia Jack. Estaba ansiosa por quedarse a solas con él y agradecerle su valiente comportamiento. Pero Jack parecía distante y ajeno a ella.

–Isabella –la voz de su padre la sacó de su ensimismamiento–. Vuelve a palacio. Yo tengo asuntos que tratar con Jack Kingsley–Laird.

¿Asuntos que tratar? ¿Y ella? ¿acaso ella no tenía que hablar con Jack? Isabella miró a éste con la esperanza de que dijera algo, pero Jack se limitó a mirar al rey con expresión grave.

–¿Vais a hablar de mí? –preguntó Isabella, alzando la barbilla.

El rey la miró desconcertado. Isabella era una hija dócil y jamás cuestionaba sus órdenes.

–Así es –asintió.

Isabella creía que lo peor ya había pasado, pero en ese instante supo que estaba equivocada.

–Si es así, quiero quedarme.

En el extremo opuesto de la habitación Jack carraspeó. Isabella se volvió a mirarlo y comprobó, indignada, que le hacía un gesto para indicarle que se fuera.

–Tengo derecho a saber de qué vais a hablar.

El rey suspiró con resignación.

–¿Cómo puedes ser tan poco intuitiva? Por lo que he visto y por lo que intuyo que pasó en Australia, es evidente que el señor Kingsley–Laird tiene que hablarme de sus intenciones.

Isabella lo miró atónita.

Jack se sobresaltó.

–¿Mis intenciones? –repitió, sorprendido.

–Exactamente. Comprendo que hayas cruzado el mundo para salvar a Isabella, pero dudo que lo hubieras hecho si no sintieras algo por ella.

Isabella se ruborizó. No podía creer que su padre fuera a tratar a Jack como a un pretendiente descubierto en una situación comprometida.

El rey continuó:

–Mi hija ha pasado varios días a solas contigo. Estoy seguro de que hay aspectos de vuestra relación de los que tienes que hablarme.

–¡Padre! –gritó Isabella, horrorizada–. Estás equivocado.

–¿Tú crees? –preguntó el rey, y los miró con el ceño fruncido–. ¿Tú crees? –repitió.

Jack carraspeó .

–La verdad es que Isabella y yo no hemos... Quiero decir, respecto a mis intenciones, no he...

Isabella se cubrió el rostro con las manos. No podía soportar la vergüenza por la que su padre le estaba haciendo pasar. Que Jack hubiera acudido a salvarla no significaba que tuviera la intención de pedir su mano.

No podía negar que en cuanto lo vio en la catedral pensó que sentía lo mismo que ella por él, que la amaba y por eso había ido en su busca.

Pero la cara inexpresiva con la que la contemplaba en aquel instante era prueba inequívoca de

que se había dejado llevar por fantasías románti-
cas. Jack no la amaba, y sus sentimientos no habían cambiado desde su separación en Killymoon.

Así que lo mejor sería marcharse y evitarse la
humillación de oírle declarar que no tenía ninguna
intención afectiva respecto a ella.

—Pensándolo bien, me voy a marchar —dijo, con
un hilo de voz.

Los dos hombres se miraron y asintieron.

El rey esperó a que la puerta se cerrara antes de
volverse hacia Jack.

—Me gustaría que te pusieras en mi lugar por un
instante y te imaginaras lo desconcertado que estoy. Primero, descubro que no he sido capaz de
comunicarme con mi hija y al mismo tiempo,
viene un desconocido desde el otro extremo del
mundo a rescatarla.

—Las circunstancias... —comenzó Jack, pero el
rey lo interrumpió con un gesto de la mano.

—Desde que mi mujer murió no he sido un buen
padre —dijo con rostro sombrío. Jack supo que no
debía interrumpirlo—. Puede que Radik me enga-
ñara, pero tú no puedes. Cuando luchabas contra
los guardas he visto en tus ojos preocupación por
Isabella. Y deseo.

—Isabella es una mujer maravillosa.

—Ya que hasta ahora he fracasado, me gustaría
cerciorarme de que es feliz en el futuro.

—Lo comprendo —dijo Jack, con la boca seca.
¿Podría él proporcionar a Isabella la felicidad que

se merecía? ¿Era más digno de ella que el conde de Montez?–. Soy australiano y no pertenezco a la realeza –le recordó al rey.

–Ya lo sé, pero es muy difícil que Isabella llegue a ascender al trono. Y tú vienes de muy buena familia –una sonrisa se dibujó en los labios del rey Alberto. Sin esperar respuesta, se acercó a Jack y le palmeó el hombro–. Pero quizá me esté precipitando. Me has dicho que Isabella y tú no habéis hablado de vuestros planes. Es hora de que lo hagáis. Tienes de plazo hasta esta tarde.

–¿Esta tarde?

–Ven a cenar a palacio. Para entonces, espero que puedas darme una respuesta –el rey fue hasta la puerta y la abrió. Una multitud esperaba para hablar con él. Por encima del hombro, añadió–: La cena es a las ocho.

ISABELLA estaba tendida sobre la cama, en combinación, rodeada de pañuelos de papel arrugados. Una doncella entró de puntillas.

–Alteza –dijo en voz baja–. ¿Recibís visitas?

Isabella gimió.

–No. Te he dicho que no quiero ver a nadie.

Quería quedarse en la penumbra de su dormitorio el resto de su vida y llorar hasta que se le secaran los ojos. Estaba furiosa con la falta de sensibilidad de su padre. ¿Cómo era capaz de acorralar a Jack y hacerle preguntas tán directas? Ser hija de un rey era una auténtica pesadilla. Acababa de volver a Amoria y ya no podía controlar su propia vida.

La doncella se acercó hasta la cama.

–¿Queréis que le dé algún mensaje, Alteza?

Isabella resopló.

–No –dijo, –Di que estoy indispuesta.

Jack esperaba en la sala de estar de la princesa. No había tenido tiempo de cambiarse de ropa y se sentía incómodo e irritable.

Cruzó la habitación y contempló el paisaje desde la ventana. Nevaba. Se metió las manos en los bolsillos e hizo círculos con los hombros. Los copos de nieve se posaban sobre el suelo adoquinado del patio del palacio y a lo lejos se veían los tejados de Amoria cubiertos por un inmaculado manto blanco.

Todo era tan blanco y puro como Isabella al entrar aquella mañana en la catedral. Jack recordó lo impotente que se había sentido al verla avanzar por la nave hacia un destino que quería ayudarla a cambiar. Pero lo que verdaderamente lo había dejado de piedra fue la certeza que tuvo en aquel instante de que amaba a Isabella.

Hasta entonces se había esforzado por no creerlo, pero ya era imposible. Su exótica princesa gitana le había devuelto la vida y la felicidad que creía perdidas para siempre.

La amaba a pesar de sí mismo, a pesar del miedo al dolor. Y estaba seguro de amarla desde el mismo instante que la vio.

Y con Isabella sana y salva y presionado por su padre, él mismo se había tenido que preguntar cuáles eran sus intenciones.

Un suspiro profundo escapó de su garganta al contemplar la belleza que lo rodeaba. ¿Cómo podía pedirle a Isabella que abandonara todo aquello? ¿Qué podía ofrecerle él aparte de complicaciones?

Pedirle que se casara con él era tanto como pedirle que dividiera su tiempo entre dos mundos opuestos.

Un ruido a su espalda le hizo volverse súbitamente. ¿Conseguiría convencerla?

Pero para su sorpresa, se trataba de la misma doncella que lo había recibido, quien lo miraba apesadumbrada al tiempo que sacudía la cabeza.

Isabella levantó la cabeza de su húmeda almohada e intentó sonreír cuando la doncella dejó el té en la mesilla.

–Gracias.

La muchacha se quedó junto a la cama, estirándose el delantal.

–Perdón, Alteza. Pero hay un caballero que se niega a marcharse sin veros.

Isabella la miró fijamente.

–¿Qué caballero?

–Dice que es vuestro médico.

–¿Mi médico? –Isabella frunció el ceño.

La doncella abrió los ojos con sorpresa.

–Me extrañaba que tuvierais un médico extranjero, señora.

–¿Un extranjero? –Isabella sintió una sacudida–. ¿De dónde?

–No sabría decirle, tiene un extraño acento inglés.

–¡Tiene que ser Jack! –Isabella se puso de pie y sujetó a la doncella por los brazos.

La muchacha parecía asustada.

—Dijo que era el doctor Kingsley–Laird.

—¡Dios mío! —el corazón de Isabella latió a toda velocidad–. ¿Dónde está? —corrió hasta el espejo. Tenía los ojos y la nariz rojos y las mejillas llenas de rimel–. ¡Estoy espantosa! —fue hacia el cuarto de baño–. Dile que estaré lista en cinco minutos.

¿Qué haría Jack allí? ¿Le habría obligado su padre a ir a verla?

Se lavó la cara con manos temblorosas y se cepilló el cabello bruscamente.

Era imposible que Jack fuera a darle buenas noticias. Estaba segura de que sus sentimientos hacia él nunca serían correspondidos.

De vuelta en el dormitorio, abrió el armario y rebuscó entre la ropa sin decidir qué ponerse.

La puerta se abrió a su espalda.

—Ya han pasado cinco minutos —dijo una voz inequívocamente masculina.

Isabella se llevó las manos al pecho al tiempo que se volvía.

Jack estaba ante ella tan atractivo y seductor como siempre. Hubiera querido echarse en sus brazos, pero no lo haría hasta saber por qué había ido a verla.

—Todavía no estoy lista —balbuceó. Se sentía ridícula, allí de pie, con los brazos cruzados sobre la combinación de seda.

Jack sonrió con malicia.

–Ese conjunto te sienta mucho mejor que mi vieja camisa.

Isabella intentó sonreír.

–Eres muy osado irrumpiendo en mi dormitorio bajo una identidad falsa, *doctor*.

–Tenía que verte.

–No sé de qué has hablado con mi padre ¿Es él quien te envía a verme?

–En cierta manera sí. Pero vengo por propia voluntad.

Isabella respiró esperanzada, pero el gesto tenso con que Jack la miraba no parecía el de un hombre que estuviera deseoso de verla. Le recordó al rostro que tenía el día de su separación en Killymoon.

Señaló un sofá con ademán majestuoso.

–Toma asiento, por favor –indicó. Y se sentó en una silla frente a él–. No he tenido la oportunidad de agradecerte lo que has hecho por mí –continuó tras humedecerse los labios–. No te puedes imaginar el alivio que ha significado oír tu voz en la catedral.

–No podía quedarme en Pelican's End sabiendo que te habían drogado y raptado.

–¿Cómo te enteraste? ¿Por tus padres?

Jack asintió.

–Puede que la única consecuencia positiva de todo esto sea que mi padre y yo hayamos vuelto a hablarnos.

–Me alegro –Isabella suspiró–. ¿Eso ha sido lo único bueno, Jack?

–Lo mejor es que te hayas librado de Radik.

–Sí.

Isabella se frotó los brazos. A pesar de que la habitación estaba caldeada, sentía frío.

–Espero que disculpes la rudeza de mi padre –dijo, incapaz de soportar el silencio–. Está tan acostumbrado a dar órdenes que no sabe actuar de otro modo.

–El pobre está consternado. No es de extrañar que después de ver mi actuación en la catedral quisiera interrogarme.

–No te habrá preguntado sobre...

Jack la miró fijamente.

–¿Sobre detalles íntimos? –preguntó. Isabella asintió con la cabeza–. No.

–¿Pero quiere que le expliques tus intenciones? –Isabella se frotó las manos con nerviosismo.

–Sí. Y espera que le dé una respuesta esta tarde.

–¿Esta tarde? –dijo Isabella, alarmada–. ¿Y hasta ahora qué le has dicho?

–No puedo hablar de ello con nadie mientras no lo haya discutido contigo.

–Pero ya lo hemos discutido, ¿no te acuerdas? –Isabella sintió los ojos inundados de lágrimas y pestañeó para contenerlas. Aunque no miraba a Jack, podía sentir la tensión que emanaba de él.

–No es cierto, yo...

–No te molestes, Jack –lo interrumpió Isabella con un gesto de la mano–. Sé que no tienes ninguna intención respecto a mí. Al menos no del tipo al que se refiere mi padre. Ya me lo explicaste en Killymoon, no es necesario que me lo repitas. Márchate. Yo te disculparé ante mi padre.

–¿Y si hubiera cambiado de opinión? –preguntó Jack. Isabella lo miró fijamente y vio un poso de tristeza en el fondo de sus ojos–. Querida, he venido a preguntarte si me harías el gran honor de casarte conmigo.

Isabella ocultó la cara entre las manos. «No Jack, no. Así no. Por eso parecías tan asustado», pensó desesperada. No podía soportar la idea de que su padre lo hubiera obligado a hacer aquello.

–Creía que te importaba –dijo Jack, acercándose a ella.

–Y así es, pero...

Jack le acarició la mejilla.

–Y sabes que te necesito.

Isabella lo sabía, pero pensaba que la necesitaba como cualquier hombre que hubiera pasado mucho tiempo sin una mujer. Eso no significaba que...

–Carmen –susurró él.

–No me llames así.

–Sé que la proposición que te hago es complicada. Pero tendremos que encontrar la manera de vivir en los dos países. Yo delegaré parte de mi trabajo y ahora que me he reconciliado con mis padres...

—Calla, Jack, por favor.

—¿Por qué? —preguntó él, al tiempo que la obligaba a ponerse de pie.

—No hables de una manera tan lógica de algo tan emocional.

Jack jugueteó con uno de sus rizos.

—Está bien —dijo en un tono que cortó la respiración a Isabella—. Olvidémonos de la lógica —musitó. Y le tiró suavemente del cabello hacia atrás hasta obligarla a inclinar la cabeza.

Isabella no sabía cómo se resistiría a ser seducida cuando sólo podía pensar en el sabor de los labios de Jack, en el inconfundible aroma de su piel, en la forma en que todo su cuerpo reaccionaba al rozarse con el de él, pero estaba decidida a conseguirlo.

Si algo había aprendido de su experiencia con Radik era que había cometido un error al acceder a casarse con él sin que la palabra *amor* fuera siquiera mencionada. Y Jack tampoco la había pronunciado.

Sintió que el corazón se le partía y que el cuerpo se le agarrotaba.

—¿Qué ocurre Isabella?

Ansiaba decírselo. Pedirle que le dijera que la amaba. Pero si él no lo decía por sí mismo...

Una mezcla de orgullo y sentido común le paralizó la lengua. Si Jack la amaba, lo diría. Y que no lo hiciera la estaba matando.

–¿Qué ocurre? –repitió él.

–Lo siento, Jack.

–¿Lo sientes? –la miró perplejo.

–No quiero que me beses, sino que te vayas.

–No es verdad.

–Sí lo es.

–¿Estás segura? –Isabella asintió–. Dímelo. Dime que no quieres casarte conmigo. Dime que me vaya.

Ella no pudo contener las lágrimas por más tiempo.

–Por favor –musitó–. Márchate.

–Pero estás llorando. No te comprendo.

Isabella respiró profundamente y se recuperó lo justo como para decir unas últimas palabras.

–Te agradezco todo lo que has hecho por mí. Pero ahora quiero que te vayas –cruzó la habitación y abrió la puerta–. Ya se lo explicaré a mi padre.

Jack palideció.

–¿Es ésta una despedida, Carmen?

–Sí. Adiós, Jack.

–¿Más café? –la azafata se inclinó hacia Jack con una cafetera.

–Gracias –masculló él mientras levantaba la taza.

Necesitaba café. Estaba exhausto. Todo había ido mal y él era el único culpable. ¿Cómo podía ser tan torpe? ¿Habría hecho alguien una proposición de matrimonio más deplorable que la suya a Isabella?

En lugar de reaccionar como un autómata a la presión del rey, debía haber reflexionado sobre sus sentimientos y sobre cómo expresárselos a la mujer que amaba.

Pero estaba claro que todos aquellos años de aislamiento social le habían hecho perder la capacidad de comunicarse emocionalmente.

Para estropear aún más las cosas, había puesto tanto empeño en convencer a Isabella de que su relación era imposible que su cambio de actitud, tan súbito y radical, no le había resultado creíble. Ella no tenía por qué valorar cuánto le había costado volver a abrir su corazón a una mujer.

Subirse en el avión sabiendo que la dejaba atrás había sido un suplicio. Los recuerdos lo asediaban. No podía quitársela de la cabeza. La veía con su cabello despeinado, en combinación, con aquellos inmensos ojos negros... La deseaba tanto... La sangre se le aceleró al recordar la suavidad de su piel, su cuerpo elevándose hacia él...

Pero el peor recuerdo era verla en la puerta, diciéndole adiós.

Y mientras todas esas imágenes se superponían en su mente, el avión que lo alejaba de ella sobrevolaba algún lugar de Rusia hacia el norte de Australia.

Isabella y Amoria iban quedando atrás. Y con la distancia disminuía la esperanza de tener una segunda oportunidad de ser feliz.

De alguna manera tendría que seguir sobreviviendo como lo había hecho los últimos tres años.

Aquel avión lo devolvía al infierno.

CAPÍTULO 12

SEÑOR Kingsley–Laird, es un placer volver a verlo –dijo la enfermera jefa del hospital Royal Perth mientras salía al encuentro de Jack.

–Siento llegar tarde.

Ella sonrió con timidez.

–No necesita disculparse. Sabemos que está muy ocupado. Además, no todos los días recibimos un donativo tan generoso. Acompáñeme, por favor, lo están esperando.

Jack avanzó por los pasillos sin prestar demasiada atención a lo que lo rodeaba. Aunque había visitado numerosos hospitales en los meses previos, aún le inquietaba encontrarse entre enfermos e instrumental médico.

Después de muchas noches de insomnio había decidido donar exorbitantes cantidades de dinero a obras de beneficencia con la esperanza de llenar el gran agujero que sentía en el pecho desde su regreso de Amoria.

–Estamos a punto de llegar –comentó la enfermera al percibir su incomodidad.

Jack sacudió la cabeza y se fijó en los murales de colores que cubrían el pasillo por el que avanzaban.

–¡Qué bonito es esto! –comentó, señalando unos dibujos de la selva.

–Sí –asintió la enfermera–. Tenemos una nueva voluntaria que está haciendo maravillas con los niños.

Señaló con la cabeza hacia la derecha y Jack siguió su mirada. Al final de un pasillo, una mujer entretenía a un niño en su cama jugando con un conejo de peluche. Jack se paró en seco.

–Isabella –el nombre salió de sus labios como una bala.

Su acompañante lo miró con sorpresa.

–¿Conoce a nuestra encantadora Isabella?

–No me lo puedo creer –musitó él, acercándose hacia la puerta del pasillo.

Era Isabella. Aquel perfil y aquella sonrisa eran inconfundibles. ¿Qué estaba haciendo allí? Las últimas noticias de Amoria decían que Radik estaba en prisión y que Isabella se dedicaba al cuidado de niños en el hospital. ¿Cómo era posible que estuviera en Australia y no se hubiera puesto en contacto con él? Necesitaba verla. Tenía tanto que contarle.

La enfermera le dio un golpecito en el hombro.

–Señor Kingsley–Laird, llegamos tarde.

–Lo siento, pero conozco a Isabella y tengo que hablar con ella.

–Me temo que nos esperan –dijo la enfermera,

sin poder contener su impaciencia–. Está el primer ministro, el presidente de la junta directiva, la prensa...

–De acuerdo –masculló Jack, y pensó para sí que cuanto antes acabaran antes podría buscar a Isabella.

En la sala de reuniones lo recibieron con sonrisas y expresiones de agradecimiento. Los discursos se hicieron eternos y Jack tuvo la sensación de que pasaban horas antes de hacer entrega de un cheque al presidente de la junta directiva. Los periodistas hicieron innumerables preguntas y los fotógrafos no dejaron de disparar sus cámaras.

Jack se volvió hacia uno de los médicos.

–Me gustaría marcharme discretamente –dijo, en cuanto lo consideró oportuno.

–Por supuesto –el médico se dirigió a los periodistas–. El señor Kingsley–Laird tiene que atender otros compromisos. Nuestro jefe de relaciones con la prensa contestará todas sus preguntas –se volvió hacia Jack–. Sígame.

Jack agradeció al médico la ayuda que le había prestado.

–Tengo que ver a una persona en el departamento de Pediatría –dijo, y se marchó.

Al volver al pasillo por el que había visto a Isabella y no encontrarla, el estómago se le encogió.

–Disculpe –dijo, al ver a una enfermera–. ¿Puede decirme dónde encontrar a la voluntaria que estaba aquí hace una hora?

–¿Se refiere a Isabella?

–Sí.

–Lo siento pero creo que se ha marchado a casa.

Jack contuvo una palabra malsonante y preparó una de sus mejores sonrisas.

–No sabrá dónde vive, ¿verdad?

La enfermera lo miró con suspicacia.

–No podemos proporcionar ese tipo de información.

–Supongo que no –dijo él, en tono comprensivo. Pero la mirada de curiosidad con que lo miró la enfermera le hizo sentirse esperanzado. Leyó su nombre en la chapa que llevaba en el pecho–. Es cuestión de vida o muerte, Nancy. Tengo que verla.

Nancy se concentró en ordenar unas botellas de medicina sobre una bandeja.

–¿Cuándo volverá por el hospital? –insistió Jack.

–No lo sé –dijo ella, leyendo con atención la etiqueta de una de la botellas.

Jack dejó escapar un resoplido. Se metió las manos en los bolsillos, cuadró los hombros y se inclinó hacia Nancy.

–¿Le gustaría saber por qué necesito ver a esa mujer?

Isabella se estaba preparando para ir a una fiesta. Su primera fiesta como una chica normal.

En los últimos tiempos había experimentado muchas cosas nuevas. La primera y más importante, la de convencer a su padre de que la dejara ir a Perth. Pero había muchas otras, como buscarse la pequeña casita en la que vivía, ir a hacer la compra, aprender a cocinar, ocuparse de la casa. Y todo le resultaba maravillosamente divertido.

Recién salida del baño y envuelta en un kimono de seda rojo, contempló con una sonrisa el conjunto que había comprado para la fiesta: un vestido de gasa, de flores color caldero sobre un fondo verde y negro, sandalias de tacón alto y un bolso de lentejuelas negro.

En unas horas estaría en un piso del centro lleno de enfermeras divertidas y jóvenes médicos.

Aun así, no conseguía estar animada y quiso pensar que la culpa la tenía el tiempo. Llevaba lloviendo toda la tarde y la humedad y la oscuridad del cielo la hacían sentirse melancólica.

Pero estaba segura de que todo cambiaría en cuanto entrara en la fiesta. Al menos si conseguía no pensar en Jack. Y para ello debía recordar que aquella noche era la primera de una larga vida sin él.

Entreabrió las cortinas para ver la calle, preguntándose por enésima vez sobre la profecía de la gitana. Era tan estúpidamente romántica que seguía creyendo que encontraría la felicidad en aquel país. Pero la parte más sensata de su perso-

nalidad le repetía constantemente que debía olvidarse de Jack.

Miró el reloj y se dijo que era hora de vestirse.
Se quitó el kimono y se puso un tanga negro que
había comprado especialmente para la ocasión.
Iba hacia el cuarto de baño para maquillarse
cuando la sobresaltó el timbre de la puerta. Miró
la hora una vez más, sorprendida de que Nancy
llegara tan temprano.

Se envolvió en el kimono y fue descalza a abrir
la puerta. Dio la luz del porche y a través de la mi-
rilla vio una figura difusa, con un paraguas.

–Lo siento, pero todavía no estoy preparada
–dijo, al tiempo que abría la puerta.

El corazón se le paró. No se trataba de Nancy
sino de Jack. Las piernas le temblaron y tuvo que
apoyarse en el marco.

–Hola, Isabella –dijo él mientras apoyaba el
paraguas cerrado en la pared y mantenía la otra
mano a la espalda.

Isabella no pudo reaccionar. El corazón le latía
con tal fuerza que apenas podía oír y cuando intentó hablar, las palabras no salieron de su boca.

Había fantaseado tantas veces con aquella escena que creyó estar soñando. Pero en sus sueños,
cada vez que Jack se acercaba lo suficiente acababa rompiéndose en mil pedazos.

Por eso se quedó mirándolo fijamente, convencida de que una de las veces que pestañeara, desa-
parecería.

–¿Qué haces aquí? –logró decir, finalmente.

–Me he enterado de que estabas en la ciudad –dijo él, tan relajado como si hablaran cada día.

–Me refiero a cómo sabes dónde vivo.

–Te he visto esta mañana en el hospital.

–¿De verdad?

–Sí. Luego desapareciste y he tenido que hacer unas cuantas averiguaciones –sonrió, pero sus ojos azules mantuvieron una expresión expectante e intensa–. ¿Cómo te encuentras, Carmen?

–Muy bien, gracias, Jack –balbuceó ella.

Una ráfaga de viento sopló la lluvia hacia el porche y los mojó.

–¿Vas a invitarme a pasar? –preguntó él.

–Estoy esperando a alguien –dijo ella, y se aferró al pomo de la puerta para mantener el equilibrio–. Me iba a arreglar para salir.

Jack suspiró profundamente y dio un paso hacia delante.

–Isabella, necesito hablar contigo.

–¿Por qué? –musitó ella, apretándose contra la puerta.

En la oscuridad , detrás de Jack, se oía el ruido de los coches amortiguado por la lluvia. Los faros iluminaban las gotas que caían como agujas. Jack volvió la cabeza hacia las luces y luego miró a Isabella.

–¿Recuerdas una noche parecida a ésta en la que llamaste a mi puerta y yo te di cobijo?

No. Isabella llevaba meses intentando olvidar

aquella noche y todos los momentos que la habían seguido.

–Isabella –Jack no iba a darse por vencido–. ¿Serviría de algo que te dijera que Nancy me ha dado su aprobación?

–Quizá ella sepa algo que yo no sé –replicó Isabella, desconcertada.

Jack sacó la mano que ocultaba a la espalda y le presentó una rosa roja de tallo largo. Isabella se llevó las manos al pecho.

–He estado a punto de traerte un ramo de flores silvestres, pero al final he optado por seguir la tradición –Jack miró una vez más hacia la lluvia y añadió–: He venido a pedirte que me des una segunda oportunidad.

Isabella creyó que el corazón se le paraba.

–No te comprendo –dijo con un hilo de voz. Pero los dos sabían que mentía.

Jack se llevó la rosa al pecho con un ademán dramático y dijo:

–A no ser que quieras que me declare delante de toda la calle, déjame pasar.

Sin esperar respuesta, entró en la casa y cerró la puerta. Isabella se apoyó contra la pared. No podía apartar sus ojos de él. Estaba más guapo que nunca.

–Toma asiento, por favor –dijo ella, en tono formal.

–Prefiero quedarme de pie –dejó la rosa sobre la mesa del café–. Estoy un poco nervioso –admitió.

–Ya somos dos –dijo Isabella. La lluvia golpeaba los cristales–. Pero si te sirve de algo, estoy dispuesta a escucharte.

La boca de Jack tembló como si intentara sonreír pero fracasó. Se metió las manos en los bolsillos del pantalón.

–Estoy avergonzado por la forma en que te pedí que te casaras conmigo en Amoria. Creo que sé por qué me rechazaste y he venido a pedirte que me dejes intentarlo de nuevo.

Los ojos de Isabella se llenaron de lágrimas.

–Todo el mundo se merece una segunda oportunidad –musitó, rogando mentalmente que Jack le dijera que la amaba.

Jack le dirigió una sonrisa nerviosa. Le brillaban los ojos.

–Te amo, Isabella.

–Oh, Jack –Isabella sintió que su corazón se henchía de felicidad–. ¿Estás seguro?

–Absolutamente. Estoy desesperadamente enamorado de ti. Tienes que creerme.

–Pero en Killymoon estabas tan seguro de que lo nuestro era imposible... Tu mujer...

Jack sacudió la cabeza.

–Pretendía engañarme a mí mismo. Creía que alejándome de ti evitaría el dolor, pero me equivocaba. Era demasiado tarde –dio un paso hacia ella–. No quise darme cuenta de que ya estaba enamorado de ti –le tomó las manos–. Estos últimos meses han sido un infierno. Sólo podré ser feliz a tu lado.

Isabella le creía. Su voz, su mirada, todo en él le decían que la amaba.

—Siento haberte rechazado —dijo—. Para mí también ha sido espantoso. Pero creí que mi padre te había obligado a proponerme matrimonio. No hablaste de amor en ningún momento.

—Lo sé. Me comporté como un estúpido.

—Y yo necesito que me ames tanto como yo te amo a ti.

—Oh, Isabella —Jack la estrechó entre sus brazos, sujetó su cabeza contra su pecho y ocultó el rostro en su pelo—. Te amo, te amo, te amo. Tienes que creerme.

—Te creo.

—He aprendido a decirlo en francés: *Je t'aime*.

—¡Cariño! —Isabella le besó la barbilla, lloraba y reía a un tiempo—. *Je t'aime. Je t'adore.*

Jack le besó la oreja.

—Voy a aprender a decirlo en todas las lenguas posibles.

—No me hagas llorar —dijo Isabella.

Y por fin sus labios se encontraron, ávidos y voraces, como si cada uno quisiera reclamar al otro de su exclusiva propiedad. Isabella se abrazó a su cuello. Jack la amaba, y aquella noticia hacía que todo su cuerpo vibrara.

Las manos de Jack descendieron por sus hombros, acariciaron sus brazos. Luego recorrieron el camino inverso lentamente, despertando en ella el deseo, devolviendo su cuerpo a la vida. No había nada como las manos de Jack. Así era como debían estar. Amándose, tocándose. Cuando sus manos se cerraron sobre sus senos, una bomba de placer estalló en su pecho. Tiró del kimono hacia atrás con impaciencia. No quería barreras entre su piel y la de Jack.

—Isabella —musitó él, estremeciéndose.

—Te amo, *Je t'adore*.

Jack le acarició la cintura y recorrió la línea desnuda de su hombro a besos. Isabella dejó escapar un gemido. Los labios de Jack sobre su piel eran más importantes para mantenerla viva que el latir de su propio corazón.

De pronto sonó el timbre de la puerta. Isabella se quedó paralizada y confusa hasta que logró recordar.

—Debe ser Nancy —susurró.

Jack la sostuvo contra sí.

—Querrá asegurarse de que no he desperdiciado mi segunda oportunidad.

—Quizá se desilusione —dijo Isabella con picardía.

—¿Por qué dices eso?

—Porque no has llegado a pedirme que me case contigo.

—Pero lo harás, ¿no es cierto?

—Claro, amigo.

Jack miró a Isabella con una amplia sonrisa.

El timbre sonó de nuevo con más insistencia, pero Isabella lo ignoró y rodeó el cuello de Jack con sus brazos.

—En australiano eso quiere decir: *Sí, Jack, mi amor. No hay nada que desee más que casarme contigo.*

Los ojos azules de Jack brillaron como dos topacios. Con un profundo suspiro cubrió los hombros de Isabella y le ajustó el cinturón del kimono.

—Será mejor que vayamos a comunicarle la buena noticia a Nancy.

—Es una pena que vaya a perderme la fiesta.

—No te preocupes, yo voy a organizarte una privada.

—Seguro que es mucho mejor que la otra.

EPÍLOGO

HACÍA una noche maravillosa. El cielo despejado era de un negro aterciopelado y porporcionaba el fondo perfecto para una magnífica luna en cuarto creciente y su séquito de estrellas.

Isabella y Jack extendieron una manta junto a la orilla del lago y se tumbaron a contemplar el cielo mientras su hija Annie dormía en la cabaña.

–¿Tienen nombre las estrellas que forman la Cruz del Sur? –preguntó Isabella.

–Claro –Jack se incorporó sobre un codo y señaló con el dedo–. Aquélla es Alfa, esa otra Beta, luego Gama y Delta. La pequeñita es Epsilon.

–Me gustan –Isabella sonrió con malicia–. Podríamos llamar Alfa a nuestro próximo hijo.

–Bromeas.

Isabella le clavó un dedo en el costado.

–¿No crees que Annie y Alfa suena bien? ¿Prefieres Epsilon?

Jack rió y metió la mano por debajo de su camiseta para acariciarle el redondeado vientre, donde cobijaba a su futuro hijo.

En aquella ocasión estaba mucho más tranquilo que durante el embarazo anterior. Ya no temía perder a Isabella y al bebé. Todo había ido bien. Isabella dio a luz en un hospital de Valenza. Fue un parto en el agua, en una sala especialmente acondicionada, iluminada con velas. Y no se había presentado el más mínimo problema. Desde entonces tenían un ángel de cabello oscuro.

Nada más nacer, Jack tomó a la niña en brazos y sintió ganas de llorar. Era tan pequeña y tan frágil.

Isabella sonrió con expresión de felicidad.

—¿Quieres que la llamemos Annie en honor a tu primera hija? —preguntó.

Y Jack no pudo contener el llanto por más tiempo. Lloró por la hija que había perdido y por la hermosura y fortaleza de la que acababa de nacer. Y lloró de agradecimiento por tener una mujer tan maravillosa.

Y desde entonces le había dado las gracias cientos de veces.

Isabella se arrebujó contra él y la noche los cubrió como un etéreo manto.

—¿No crees que he tenido una gran idea al sugerir que viniéramos a Pelican's End para celebrar nuestro aniversario?

—Desde luego —Jack la besó—. Cualquier sitio es perfecto si estás a mi lado, cariño.

A Jack le costaba creer que tanta felicidad fuera posible. En los últimos tres años había disfrutado de una matrimonio maravilloso, se había asociado con su padre e Isabella había fundado un hospital en honor al doctor Christos Tenni.

–Sabes que te adoro –dijo y la besó–. *Nagligivaget* –musitó, estrechándola contra sí.

–*Naglig...*, ¿qué?

–*Nagligivaget*.

–¿Qué es eso?

–Significa *te quiero* en inuit.

–Eres maravilloso. ¿En cuántas lenguas lo sabes decir ya?

–He perdido la cuenta.

–Eres tan especial –Isabella sonrió, y tras dirigir una rápida mirada hacia la Cruz del Sur dijo–: *Je t'aime*.

Jack la besó con ternura.

–Te amo, Carmen.

JAZMÍN

TERESA CARPENTER
NO SOLO PROMESAS

El director de instituto Alex Sullivan tenía muy claro que la nueva enfermera de la escuela estaba completamente fuera de su alcance. Pero cuando la bella rubia se presentó en su casa con aquel bebé empeñada en demostrar que él era el padre, Alex supo que tenía un problema.

Después de la muerte de su hermana, Samantha Dell se había encargado de criar a su sobrino como si fuera su propio hijo. Y aunque el pequeño necesitaba un padre, ella no había esperado que Alex quisiera serlo a tiempo completo... y menos que también quisiera casarse con ella.

LUCY GORDON
GANAR UNA ESPOSA

Rinaldo Farnese y su hermano Gino acababan de descubrir que una inglesa llamada Alexandra había heredado parte de sus propiedades. Parecía haber sólo una solución para no perder la tierra: lanzarían una moneda al aire y el ganador se casaría con Alexandra.

Gino era un hombre encantador, pero sólo salían chispas cuando Alex y Rinaldo se miraban... Él parecía odiarla, pero tampoco podía negar la atracción que había entre ellos.

N.º 591

BARBARA HANNAY
PRINCESA A LA FUGA

Isabella Martineau estaba harta de ser princesa y creía que había llegado el momento de escapar y vivir la vida a su manera. La libertad la llamaba desde el desierto australiano, donde el duro Jack Kingsley-Laird enseguida descubrió que, bajo su delicada apariencia, había una mujer salvaje y aventurera. ¿Sería suficiente una increíble pasión para salvar la enorme distancia que existía entre sus mundos?

JULIET LANDON
La falsa amante

Humillada y traicionada por los hombres, lady Annemarie vio la oportunidad de vengarse de todos los malos maridos: descubrió unas cartas íntimas que podrían difamar el nombre del príncipe regente.

Pero lord Jacques Verne se interponía en su camino. Trabajaba para el príncipe y tenía órdenes de recuperar las cartas a cualquier precio..., aunque tuviera que seducir a Annemarie.

SOPHIA JAMES
Mágico encuentro

Modelo de virtudes, la señorita Lillian Davenport poseía una reputación sin igual. Entonces, ¿por qué se ofreció a pagar a Lucas Clairmont, el peligroso americano, por un simple beso?

Lucas se negaba a dejarse moldear por la sociedad y a menudo bordeaba el lado oscuro de la justicia, pero la bondad y vida impecable de Lillian lo fascinaban, e intuía que detrás de aquellos exquisitos modales se ocultaba una mujer de extraordinaria sensualidad.

No. 89

¡YA EN TU PUNTO DE VENTA!

DESEO
MICHELLE CELMER

LA PRINCESA INOCENTE

Para Garrett Sutherland, ser el terrateniente más adinerado de
Thomas Isle no era suficiente. Se había pasado toda la vida
amasando su inmensa fortuna… y su fama sensacionalista.

Pero quería ser recordado, sobre
todo, por seducir a la princesa Louisa,
conocida como la princesa virgen.

Lo había planeado todo al detalle:
entraría poco a poco en el corazón
de Louisa y, luego, en su cama. Y,
cuando se hiciera público, le pro-
pondría matrimonio. Pero el millo-
nario de duro corazón no había
previsto que arrastrar a Louisa a
aquella unión podía costarle más
de lo que estaba dispuesto a pagar.

N.º 572

EL CORAZÓN DE LA PRINCESA

Había bailado con ella como parte de un reto, pero Samuel
Baldwin había seducido a la princesa Anne para saciar su
propio deseo. Vencer la frialdad de Anne había sido puro
placer… hasta que descubrió que en su noche de pasión se
había quedado embarazada.

Estaba destinado a ser el próximo primer ministro, pero casarse con un miembro de la realeza pondría fin a su carrera.
Sin embargo, Sam tenía un gran sentido del honor, así que
la boda se celebraría. Después de que él hiciera tal sacrificio,
¿conseguiría Anne su corazón?

BIANCA™

ABBY GREEN

LEYENDA DE PASIÓN

El primer encuentro entre Gracie O'Brien y Rocco de Marco, multimillonario y soltero de oro, fue memorable; él la vio robando canapés. Pero el segundo fue inolvidable… La inesperada visita de Gracie a su despacho era demasiado sospechosa… Él no podía creer en su inocencia y la experiencia le había enseñado que era mejor tener a los enemigos cerca, hasta averiguar la verdad.

Sin embargo, era muy difícil seguir enojado con la fascinante pelirroja… Ella le hacía sentir emociones que Rocco creía haber enterrado para siempre.

UNA SOLA NOCHE CONTIGO

Entre los espectaculares viñedos de Argentina, Nicolás de Rojas y Magdalena Vázquez tuvieron un romance secreto… hasta que Magda descubrió un devastador secreto sobre Nic, y huyó sin tan siquiera despedirse.

N.º 508

Magda volvió al heredar una propiedad deteriorada, y se encontró a merced de Nic… precisamente donde quería tenerla. Él poseía una de las bodegas más prestigiosas de Argentina y ella necesitaba su ayuda desesperadamente. Pero no estaba segura de poder aceptar la condición que Nic le imponía: pasar una noche con él… para acabar lo que habían empezado ocho años atrás.

BIANCA.

Exigencia en la oficina.
Química fuera del horario laboral

INFILTRADA EN SU CORAZÓN

LOUISE FULLER

N.° 3198

Al borde de la quiebra, la *hacker* profesional Sydney Truitt tuvo que aceptar un lucrativo trabajo que tenía como objetivo la empresa del despiadado CEO Tiger McIntyre. A punto de conseguirlo, el jefe la pilló con las manos en la masa y le dio un impactante ultimátum: enfrentarse a la cárcel o hacerse pasar por su novia.

La cuidada imagen de *playboy* de Tiger estaba diseñada para mantener al mundo a distancia. Llevar a Sydney como su cita a una prestigiosa gala hacía precisamente eso. Pero él no contaba con que sería imposible fingir la cruda necesidad que su proximidad desataba...

Al esforzarse tanto en dejar fuera a los demás, ¿habrá dejado entrar a Sydney?

¡YA EN TU PUNTO DE VENTA!

BIANCA.

Me perteneces.
¡Y también las gemelas!

LA MUJER EQUIVOCADA

TARA PAMMI

N.° 3199

Nyra huyó de su matrimonio con Adriano Cavalieri cuando él quebró la confianza entre ambos al pensar que ella lo había traicionado. Ni siquiera descubrir que estaba embarazada de gemelos la convenció para regresar a Capri. Hasta que su marido descubrió su secreto…

Adriano quería una segunda oportunidad. El deseo puro y vivo que existía entre ellos era tan potente, que dejarse llevar por esa pasión le parecía arriesgado. No obstante, una vez que encontró a Nyra, decidió enmendar su error. Primero, reclamaría a su familia. Después, rompería las barreras que protegían el corazón de su esposa y desnudaría su propio corazón…